www.ingramcontent.com/pod-product-compliance
Lightning Source LLC
LaVergne TN
LVHW050856051026
849532LV00006BA/2278
* 9 7 8 9 3 6 9 0 8 3 4 0 4 *

اندھیرا اجالا

(افسانے)

حیات اللہ انصاری

Andhera Ujaala *(Short Stories)*

by: Hayatullah Ansari

Edition: August '2025

Publisher :

Taemeer Publications LLC (Michigan, USA / Hyderabad, India)

ISBN 978-93-6908-340-4

9 789369 083404

کتاب	:	**اندھیرا اجالا** (افسانے)
مصنف	:	**حیات اللہ انصاری**
صنف	:	فکشن
ناشر	:	تعمیر پبلی کیشنز (حیدرآباد، انڈیا)
سالِ اشاعت	:	۲۰۲۵ء
صفحات	:	۲۰۰
سرورق ڈیزائن	:	تعمیر ویب ڈیزائن

فہرست

آخری کوشش

ٹکٹ بابو نے گیٹ پر گھسیٹے کو روک کر کہا،

"ٹکٹ!"

گھسیٹے نے گھگھیا کر بابو کی طرف دیکھا۔ انھوں نے ماں کی گالی دے کر اسے پھاٹک کے باہر ڈھکیل دیا۔ ایسے بھک منگوں کے ساتھ جب وہ بلا ٹکٹ سفر کریں اور کیا ہی کیا جا سکتا ہے؟

گھسیٹے نے اسٹیشن سے باہر نکل کر اطمینان کی سانس لی کہ خدا خدا کر کے سفر ختم ہو گیا۔ راستہ بھر ٹکٹ بابوؤں کی گالیاں سنیں، ٹھوکریں سہیں، بیسیوں بار ریل سے اتارا گیا۔ ایک اسٹیشن سے دوسرے اسٹیشن سے پیدل بھی چلنا پڑا، ایک دن کے سفر میں بائیس دن لگے مگر ان باتوں سے کیا؟ کسی نہ کسی طرح اپنے وطن تو پہنچ گئے۔۔۔ وطن! پچیس برس کے بعد وطن۔ ہاں پچیس ہی برس تو ہوئے جب میں کلکتہ پہنچا تو کالی مل کھلی تھی اور اب لوگ کہتے ہیں کہ اس کو کھلے پچیس برس سے زیادہ ہو گئے۔ آ گئے وطن۔ ہاں اب فاصلہ ہی کیا ہے۔ اگر یاد غلطی نہیں کرتی ہے تو دو کوس کا کچا راستہ اور۔۔۔ دو گھنٹہ کی بات۔

اپنا گھر! اپنے لوگ! وہ نعمتیں جن کا پچیس سال سے مزا نہیں چکھا۔ کلکتہ میں گھر کے نام کو سڑک تھی یا دکانوں کے تختے یا پھر شہر سے میلوں دور ٹھیکہ دار کی جھونپڑیاں جس

کی زمین پر اتنے آدمی ہوتے تھے کہ کروٹ لینے بھر کی جگہ نہ ملتی تھی۔ رہے اپنے لوگ سو وہاں اپنا کون تھا؟ سب غرض کے بندے، بے ایمان، حرامزادے، ایک وہ سالا تھا بھوندو اور دوسرا تھا بھورا اور وہ ڈائن بھنگوی جو خونچے کی ساری آمدنی کھا گئی، وہ ملوں کے مزدور۔ بھائی ہیں بھائی ہیں، مگر مزدوری کا موقع آیا کہ ہر ایک کو اپنی اپنی پڑ گئی۔ جہاں جاؤ کوئی دوسرا مزدور سفارش لئے موجود یہاں سفارش کرنے والا کون تھا؟ جب جیلر نے آکر مجھے حکم سنایا ہے کہ تیری میعاد ختم، تو آنکھوں سے نہ جانے کیوں آنسو نکل آئے۔ بس ایک دم سے گھر کی یاد آگئی۔ گھر! کیا چیز ہے؟

گھسیٹے کو یقین تھا کہ پچیس سال کی تھکی ماندی آتما کو گھر پہنچتے ہی سکھ مل جائے گا اور گھر اب قریب تھا۔

اسٹیشن سے کچھ دور آکر گھسیٹے بھونچکا سا رہ گیا۔ یہاں کی دنیا ہی اب اور تھی۔ کھیتوں اور باغوں کی جگہ ایک شکر مل کھڑی دھواں اڑا رہی تھی۔ جس کی عمارتیں یہاں سے وہاں تک نظر آتی تھیں۔ کچی سڑک کی جگہ اب پکی سڑک تھی اور اس کے برابر مل تک ریل کی پٹریاں بچھی ہوئی تھیں۔ سڑک خوب آباد تھی۔ مزدوروں کے بہت سے چھوٹے چھوٹے غول آجا رہے تھے۔ اتنی دیر میں کئی موٹریں فراٹے بھرتی نکل گئی تھیں۔ ایک مال گاڑی چھک چھک کرتی جارہی تھی۔ غرض کہ جغرافیہ اتنا بدل گیا تھا کہ راستہ پہچاننا بس سے باہر تھا لیکن پھر بھی گھسیٹے کا دل اس بات پر راضی نہ ہوا کہ میں اپنے اسٹیشن پر اتر کر اپنے ہی قصبہ کا راستہ پوچھوں۔ یہ آپ ہی آپ ایک طرف مڑ گیا۔ تھوڑی دور آکر جب شکر مل کی حدیں ختم ہونے لگیں اور اوکھ کے کھیتوں اور باغوں کا سلسلہ آگیا۔ تب اس کے دل نے دھڑک کر کہا میرا راستہ ٹھیک ہے۔

ڈیڑھ کوس چلنے کے بعد اپنے قصبے کے تاڑ دکھائی دینے لگے۔ ذرا اور چل کر شاہی

زمانے کی ایک ٹوٹی ہوئی مسجد ملی جس کا ایک مینار تو ناچتی ہوئی بیلوں سے منڈھا اور جنگلی کبوتروں سے آباد تھا اور دوسرا تقریباً مسلم زمین پر لیٹا کائی کی مخملیں چادر اوڑھے تھا۔ اس پر نظر پڑنا تھی کہ بچپن کی بہت سی چھوٹی چھوٹی یادیں جو کب کی بھول چکی تھیں۔ پچیس برسوں کے بھاری بوجھ کے نیچے اکدم پھڑ پھڑا کر تڑپ کر نکل آئیں اور کم سن دیہاتی چھو کریوں کی طرح سامنے اچکنے کودنے لگیں۔ وہ زمانہ آنکھوں کے سامنے پھر گیا جب اس مسجد کے گرد پانی بھر جاتا اور گاؤں بھر کے لونڈے ننگے اس میں نہاتے تھے۔ اس وقت بھی یہ کھڑا مینار یوں ہی کھڑا تھا اور لیٹا مینار یوں ہی لیٹا تھا۔

آگے چل کر برگد کا درخت ملا۔ یہ وہ جگہ تھی جہاں ہیرا، بفاتی، بلاقی، تینو، نیولا، سورج، بلی اور کنوا سالا کیا نام تھا اس کا اور کون کون ساری کی ساری ٹولی جمع ہوتی تھی اور دن بھر سیار مار ڈنڈا اڑا کرتا تھا۔ وہ گڑھیا کے اس پار امرود کا ایک باغ تھا۔ اس پر کبھی کبھی لونڈا ڈاکہ پڑا کرتا تھا۔ لونڈے گھس گئے اور چپکے چپکے کچے پکے امرود نوچ نوچ کر جیبوں میں بھرنے لگے اور رکھوالا ماں بہن کی سناتا دوڑا اور ادھر آناً فاناً میں سب ہوا ہو گئے۔ ایک بار ایسا ہوا کہ لونڈے امرود کھسوٹ رہے تھے کہ ادھر سے ایک فقیرنی آنکلی جو منمنا منمنا کر گا رہی تھی۔ کچھ لونڈوں کو سوجھی شرارت۔ وہ چڑیل چڑیل چلا کر بھاگے۔ پھر کیا تھا۔ سب سر پر پاؤں رکھ کر بھاگے۔ بلاقی رہ گیا۔ ارے ڈر کے مارے اس کی جو گھگھی بندھی ہے اور جو لگا ہے فقیرنی کے سامنے ہاتھ جوڑنے۔۔۔

گھسیٹے یہ یاد کر کے بے اختیار ہنس پڑا۔

سورج دن بھر کا سفر طے کر کے افق کے قریب پہنچ چکا تھا۔ دھوپ میں ملائمت آ گئی تھی اور ہوا میں خوش گوار خنکی۔ راستے کے ایک طرف پتاور کے ہرے بھرے جھنڈ تھے۔ جن کے بچت بیچ سے بوڑھی سرکیاں سروں کو نکالے جوانوں کی طرح کھڑی ہونے

کی کوشش کر رہی تھی۔ دوسری طرف آسمان کے کنارے تک کھیتوں اور امرود کے باغوں کا سلسلہ چلا گیا تھا۔ بسیرا لینے والی میناؤں اور کوؤں کا شور کھیتوں سے واپس آنے والے بیلوں کی گھنٹیاں، ہلواہوں کی ہٹ ہٹ باغوں کے رکھوالوں کی ہو ہو، ان سب سے ہوا اسی طرح بسی ہوئی تھی، جیسے پتاوروں کی بھینی بھینی میٹھی میٹھی خوشبو سے معلوم ہوتا تھا کہ ساری دنیا ایک بہت بڑا گھر جس کے رہنے والے یعنی کھیت، درخت، ہوا، آنے والی صدائیں اور خوشبو، سب قریبی رشتہ دار ہیں اور خوشی خوشی مل جل کر رہتے ہیں۔

کسانوں کا ایک جتھا کھیتوں سے واپس آتا ہوا ملا۔ آگے آگے ایک لڑکی پھٹی اوڑھنی سر سے لپیٹے گاتی چلی جا رہی تھی۔ اس کے پیچھے ہلوں کو کندھے پر رکھے، بیلوں کو ہنکاتے چھ سات مرد تھے۔ ان لوگوں نے پھٹے حال گھسیٹے کی طرف توجہ نہ کی۔ مگر جیسے ہی گھسیٹے کی ان میں سے ایک شخص سے نگاہ ملی۔ وہ بے اختیار مسکرا دیا جیسے کوئی دور دراز سفر سے آنے والا اپنے عزیزوں کو دیکھ کر مسکرا دیتا ہے۔

ادھر سورج افق کے دامن میں چھپا اور ادھر قصبہ آگیا۔ اس کا نشان ایک اکل کھرا تاڑ تھا جس سے کچھ دور ہٹ کر آم کے دو چار بوڑھے درخت شام کا دھندلکا اوڑھے کسی یاد میں کھوئے کھڑے تھے۔ اس مقام سے ایک بہت رومان بھری یاد انگڑائی لے کر اٹھی اور گھسیٹے کے پاؤں تھام لئے۔ وہ بلا ارادہ کھڑا ہو گیا۔ وہ سامنے کی جھاڑی اور گڑھیا، یہیں دلاری سے چھپ چھپ کر ملتے تھے۔ وہ بھرے جسم کی جہنا ایسی دلاری جس کے نہ روٹھنے کا ٹھیک پتہ چلتا تھا اور نہ منے چ کا۔ وہاں بیٹھ کر وہ دلاری کا انتظار کرتا تھا، تو دل میں کیا کیا نقشے بنتے تھے۔ شہر جاؤں گا، نوکری کروں گا۔ دونوں وقت چنے چباؤں گا مگر روپیہ جوڑ جوڑ کر رکھوں گا۔ پھر جب ڈھائی سو روپیہ ہو جائے گا تو واپس آؤں گا اور ہیرا لال کی طرح ایک دم سے ایک گوئی بیل لے کر کھیتی شروع کروں گا۔ اس وقت دلاری میری

کتنی خوشامدیں کرے گی۔ میں تو کم سے کم دو مہینے تک اس سے بات بھی نہ کروں گا۔ بس اس جگہ ٹہلتے آجایا کروں گا۔ وہ آئے گی ضرور اور وہاں درخت کی جڑ پر بٹھ، گڑھیا میں ڈھیلے پھینکے گی، گنگنائے گی، میری طرف کن انکھیوں سے دیکھ دیکھ کر ہنسے گی۔ بڑی چڑیل تھی نہ جانے اب کہاں ہے؟

گھسیٹے درختوں کے اندر گھس کر دیکھنے لگا کہ پرانی گڑھیا اب تک ہے؟ ہاں ہے تو اور وہ سامنے جمنی کا درخت بھی ہے جس کی جڑ پر وہ بیٹھتی تھی۔ کیا زمانہ تھا۔

گھسیٹے درختوں سے نکل کر سڑک پر آگیا اور قصبے کے اندر چلا۔ مگر اب اس کی چال دھیمی تھی۔ وہ ان یادوں میں ایسا ڈوب گیا تھا کہ آنکھیں دیکھنا اور کان سننا بھول گئے تھے۔ ایک ایکی ایک موڑ پر چونک پڑا جیسے کوئی بسری بات اک دم یاد آگئی ہو۔ یہی جگہ تو ہے۔ ہاں یہیں ابا نے دو چانٹے مار کر میرے گلے سے شبن میاں کی قمیص کا بٹن نوچ لیا تھا۔ ادھر شبن میاں گھر کے اندر آئے اور ادھر ڈانٹ لگائی۔ "گھسیٹے! گھسیٹے! کدھر مر گیا؟" ٹانگیں پھیلا کر دونوں بوٹ میرے منہ کی طرف بڑھا دیے۔ ان کو اتارو، پھر جرابیں اتارو، پھر انگلیوں کو تولئے سے پونچھو، پھر جوتی لا کر پاؤں کے نیچے دھرو۔۔۔ شبن میاں کی چیزیں دیکھ دیکھ کر جی چاہتا تھا کہ ان میں سے دو ایک ہمارے پاس بھی ہوتیں! ہمارے پاس کیا تھا؟ ایک پھٹا کرتہ پاجامہ پہنے رہتے تھے۔ جب وہ بالکل چیتھڑے ہو جاتا تو خاں صاحبن پھر کسی کا پرانا دھرانا جوڑا دے دیتیں۔ "پھر پھاڑ لایا؟ اس کے بدن پر تو کانٹے ہیں۔ یہ کہاں سے کھونچا لگایا۔۔۔؟ کمینے کو کبھی تمیز نہ آئے گی۔" ایک بار شبن میاں کے کمرے میں جو گیا تو دیکھتا کیا ہوں کہ قمیص کے کف کے دو بٹن پلنگ پر پڑے چم چم کر رہے ہیں۔ اس وقت کچھ ایسے پیارے معلوم ہوئے کہ میں چپکے سے ایک مٹھی میں دبا لیا۔ تھوڑی دیر میں شبن میاں چلانے لگے، "ایک بٹن کیا ہوا؟ کون لے گیا؟" میں نے

جی میں کہا۔ میں لایا ہوں۔ کہو کیا کہتے ہو؟ بٹن تو نہ دوں گا چاہے کچھ کرو۔ بلکہ اب تو تمہارے گھر کا کام بھی نہ کروں گا۔ سب کی آنکھ بچا کر باہر چلا آیا۔ میری قمیص میں آستین کہاں تھی؟ میں نے وہ بٹن گلے میں اس طرح لگایا کہ بٹن اور زنجیر دونوں چیزیں باہر چم چم کریں اور پھر دن بھر بھوکا پیاسا کھیتوں کھیتوں گھومتا رہا۔ جب رات آگئی تب فکر ہوئی کہ اب کہاں جاؤں گا۔ میں ادھر ادھر دبکتا پھرتا تھا کہ ابا نے جو میری کھوج میں لگے تھے، دیکھ لیا۔ "تو شبن میاں کا سونے کا بٹن لے آیا۔۔۔ سونے کا بٹن۔" دو تھپڑ پڑے تھے کہ میں بھاگا۔ سونے کا بٹن۔ کلکتہ میں چار پیسے پتہ ملتا ہے جتنے چاہو اتنے لے لو۔

چھپروں اور نیچی نیچی کچی دیواروں پر شام کی سانولی رنگت چھا گئی۔ فضا میں ہلکی ہلکی خنکی تھی۔ جس سے دل کو عجب سکون ملتا تھا۔ گھروں میں چولھے جل گئے تھے جن کا دھواں اور سرخی چھپروں سے نکل نکل کر بلا کسی گھبراہٹ کے اوپر چڑھ رہے تھے۔ پکارنے اور زور زور سے باتیں کرنے کی آوازیں آرہی تھیں جو اپنے ساتھ دن بھر کی تکان کو لئے بھاگی جارہی تھیں۔ دوارے پر لڑکے لڑکیاں اونچا نیچا کھیل رہے تھے اور بے حد شور مچا رہے تھے جیسے بسیرا لیتے وقت جنگلی مینائیں۔۔۔ ایک گھوڑا دن بھر دوڑ دھوپ کر کے ابھی ابھی تھان پر آیا تھا اور خوشی سے ہنہنا رہا تھا۔

آخر مسجد آگئی۔ اسی کی بغل سے گھٹے دو کا راستہ جاتا تھا۔ پہلی تاریخوں کا ہلال مسجد کے ایک مینار سے لگا ہوا چمک رہا تھا۔ اسے دیکھ کر گھسیٹے کو ایک بارات یاد آگئی۔ جو باجے گاجے لئے مشعلیں جلائے ایک کمزور سی ناؤ پر، چڑھی گنگا کی خونی لہروں کو پار کر کے کنارے آاتری تھی۔

بغیا بھی آگئی۔ اس کے پار آبادی سے ذرا نکل کر گھر تھا۔ گٹے کا دل امیدوں بیم سے زور زور سے دھڑکنے لگا اور ساتھ ساتھ خوشی کے مارے آنسو نکل پڑے۔ آنکھوں کے

سامنے گھر کی تصویر پھر گئی۔ بڑا سا صاف ستھرا لیپا پوتا چھپر۔ دو بڑی بڑی اناج کی کھٹیاں۔ رات کو نہ معلوم کب سے اٹھ کر اماں کا گھرڑ گھرڑ چکی پیسنا اور اس پر گانا۔ "موری چھاگل نہ بولے۔" دن کو کام کاج کر کے گھر آؤ اور لاکھ چلاؤ، "اماں روٹی دے دو، اماں روٹی دے دو۔" اور چلاتے چلاتے تھک جاؤ رو دھو کر اماں اسی طرح پیسے چلی جاتی ہیں۔ جب اس کا جی چاہتا تب اٹھ کر چولہا جلاتی جمیا اور شبراتن! افوہ! دونوں کو اماں کتنا مارتی تھی۔ اور تھیں وہ بھی دونوں بڑی حرامزادی۔ کبھی جو کام کرتیں۔۔۔ ادھر ابا کلھاڑی کندھے پر رکھے بکریاں ہانکتا گھر میں گھستا اور ادھر چلانے لگتا۔ ادھر اماں پر غصہ آیا اور جونٹے پکڑ کر دھوئیں دھوئیں۔۔۔ واہ ری اماں جہاں کسی کا جی خراب ہوا اس کے جی کو لگ گئی۔ پھر تو یہ ہے "ارے آ ترا سر داب دوں۔"۔۔ ادھر آ بخر گجر اتاروں۔۔۔ چاندنی میں بیٹھ کر نہ کھا۔" دونوں وقت ملتے نہ چلا۔ ہر وقت ٹٹکا اتار رہی ہے۔ آنے جانے والوں سے پوچھ پوچھ دوا پلا رہی ہے۔۔۔ کھانے کی کتنی شوقین تھی۔ کچے پکے، گلے سڑے، کھٹے میٹھے جیسے ہی آم مل جائیں بڑے مزے سے بیٹھ کر سب کھا جاتی تھی۔ کچے پکے امرود، جھربیریاں، کیتھے اور کیا کیا سب شوق سے کھاتی تھی مگر بچوں کا کھانا اسے برا نہیں لگتا تھا۔ وہ قصہ جو ہوا تھا کہ اماں کو کہیں سے گڑ کی بھیلی مل گئی۔ اس نے طاق میں رکھ دی۔ میں ادھر سے آؤں چرا کر ایک ٹکڑا منہ میں رکھ لوں۔ شام کو ابا نے جو دیکھا تو ذرا سا گڑ تھا۔ وہ لگے ڈکارنے۔ "کون کھا گیا؟" اماں سمجھ گئیں۔ سہولیت سے بولیں، "چوہا کھا گیا ہو گا۔"، "تو کھا گئی ہے تو کیا چوہے بلی گڑ کھاتے ہیں؟" اماں نے کہا، "کیوں؟ کیا ان میں جان نہیں ہے؟" میں نے جی میں کہا کہ دیکھو جب شہر سے کما کر لوٹوں گا تو گڑ کی ایک پاری بھی لاؤں گا۔ تب تو یہی ابا چٹخارے ماریں گے۔ "واہ کیا مجا ہے۔" جمیا اور شبراتن آنکھیں پھیلا پھیلا کر تکیں گی۔ منہ سے پانی چھوٹے گا۔

گھر میں اب کون ہو گا؟ ابا اماں بھلا کیا زندہ ہوں گے؟ ستر اسی برس کون جیتا ہے۔ جمیا اور شبراتن کہیں بیاہ دی گئی ہوں گی۔ ہاں فقیرا تو جوان ہو گا۔ بھورے کے تو بیوی بچے ہوں گے اور بکریاں؟ اف وہ کلو کے ناتنوں کی ناتنیں ہوں گی۔ کلو زندہ ہو تو پہچانے گی؟ جب بھوکی ہوتی تھی تو میری طرف دیکھ دیکھ کر کیسا میں میں کرتی۔

(۲)

سامنے گھر ہے کہ نہیں؟ بغیا سے باہر آتے ہی گھسیٹے کے دل نے دھڑک کر بڑی بے تابی سے پوچھا۔۔۔ وہ جگہ تھی وہ۔۔۔ ہاں۔۔۔ وہاں کچھ ہے تو ضرور۔

شروع تاریخوں کی اوس کی ماری بیمار چاندنی میں اندھیرے اجالے کا ایک ڈھیر نظر آیا۔ ایک دیوار تھی جس کا آدھا حصہ تو ٹیلے کی طرح ڈھیر تھا۔ آدھا جو کھڑا تھا۔ اس پر ایک ٹوٹا پھوٹا چھپر تھا جس کا پھونس دھواں کھائے ہوئے مکڑی کے جالے کی طرح ہر طرف جھول رہا تھا۔ چھپر کے سامنے کی طرف چوحدی کی جگہ جھانکڑوں، تاڑ کے پتوں اور کسی سوکھی بیل کا ملا جلا ایک اڑم تھا جن کے پتلے پتلے ٹیڑھے میڑھے سائے کیچوؤں اور کھنکھجوروں کی طرح زمین پر بجبجا رہے تھے۔ گھر اور اپنے سناٹے میں قبرستان تھا۔ اندر نہ چولھا جل رہا تھا نہ چراغ۔ گھر کی ایک ایک چیز پکار پکار کر کہہ رہی تھی کہ "ہم خود ٹکڑے کو محتاج ہیں۔۔۔ تم کو کیا کھلائیں گے؟"

یہی گھر تھا جہاں مسافر کی تھیت ماندی آتما کو چین کی تلاش تھی۔ گھسیٹے کی امیدوں کا چمن جسے وہ بائیس روز سے پچیس برسوں کے کچلے ارمانوں کے خون سے سینچ رہا تھا، اکبارگی مرجھا گیا۔ اس کا دل بار بار شک دلاتا کہ یہ گھر خالی ہو گا۔ وہ لوگ کہیں اور اٹھ گئے ہوں گے اور بار بار بکریوں کے موت کی کرھاند اور نابدان کی سڑھاند جو بوجھل ہوا سے دبی ہوئی گھر کے گرد مقید تھیں، ان بالو کے گھروندوں کو ڈھا دیتیں۔ گھٹے بد آدھ

گھنٹے تک جہاں تہاں کھڑا رہا۔ اس میں اتنی ہمت نہ ہوئی کہ اندر جاتا یا کسی کو آواز دیتا۔

دور کہیں پر ایک پلا رو رہا تھا۔ رفتہ رفتہ اس کی آواز سے ایک طرح کی ڈھارس بندھی اور یہ کھکھارا، جواب نہ ملنے پر پھر کھکھارا، بار بار کھکھارنے پر کوئی دبے پاؤں باہر آیا اور راز دارانہ لہجے میں بولا،

"اندر چلی آؤنا۔"

اس دھوکے سے گھسیٹے کی ہمت اور سکڑ گئی۔ اب وہ سہارا لینے کو سچ مچ کھکھارا، پھر کہنے لگا،

"کون فقیرا؟"

"ہاں!"

فقیرا ذرا چڑ کر بولا، "تم کون ہو؟"

"ذرا ادھر آؤ۔"

فقیرا نکل کر قریب آیا اور بولا، "تم کون ہو؟، یہاں کیا کر رہے ہو؟"

"ذرا سنو تو بھائی، تم فقیرا ہو نا؟"

"ہاں۔۔۔ کہہ تو دیا۔"

"تم یہیں رہتے ہو۔"

گھٹے کی آواز میں کچھ اتنا پیار تھا کہ فقیرا کا غصہ تو غائب ہو گیا، مگر اس کی سمجھ میں نہ آیا کہ یہ شخص کون ہے اور کیا چاہتا ہے۔ دوسری طرف گھسیٹے کی سمجھ میں نہ آتا تھا کہ اپنے کو کیسے پہچنوائے۔ اسے خیال تک نہ آیا تھا کہ اپنے گھر پہنچ کر یہ کام بھی کرنا ہو گا۔ آخر دل کڑا کر کے بولا، "میں بائیس روز کا سفر کر کے آرہا ہوں۔۔۔ تمہارے پاس۔"

اب بھی فقیرا کچھ نہیں سمجھا مگر بلا ارادہ اس کی زبان سے نکل گیا، "تو اندر آؤ۔"

اندر آکر گھٹے چھ کی ہمت بندھی اور ساتھ ہی راحت پانے کی امید بھی بلا وجہ ہریانے لگی۔ فقیرا نے دیا سلائی کھینچ کر چراغ جلایا۔ چھپر کے نیچے سات بکریاں اور بکریوں کے بچے بندھے تھے۔ انھیں سے شاید گھرانے کی روٹی چلتی تھی۔ ذرا ادھر ہٹ کر زمین پر ایک چھیدھا ٹاٹ بچھا تھا جس پر ایک میلی سی چیز جو شاید کبھی رضائی ہو مگر چیتھڑا ہو کر گمنام ہو گئی تھی، اوڑھنے کے لئے پڑی تھی۔ گھٹے ٹاٹ پر بیٹھ کر کپکپاتے چراغ کی دھندلی روشنی میں فقیرا کو غور سے دیکھا۔ دبلا پتلا، آنکھیں اندر دھنسی ہوئی اور بے نور چہرے کی کھال جوتے کے چمڑے کی طرح کھردری اور اس پر دونوں طرف دو لمبی لمبی جھریاں، جیسے کچی دیوار پر برکھا کے پانی کی لکیریں۔ بال کھچڑی جن میں سفیدی زیادہ۔ یہ تھا گھٹے بل کا جوان بھائی فقیرا! مصیبت زدہ گھٹے ان دیکھنے میں اس سے زیادہ جوان تھا۔

گھٹے سف اس کی طرف پیار بھری نظروں سے دیکھ کر بولا، "بھیا تم تو جوانی ہی میں بڑھائے گئے۔"

فقیرا ٹھنڈی سانس بھر کر بولا،

"جوانی تو کھلائی پلائی سے ٹھہرتی ہے۔"

"سچ ہے بھیا۔۔۔ بھورا، جمیا اور شبراتن کہاں ہیں؟"

اب فقیرا اٹھٹکا۔۔۔ "پہلے تم یہ بتاؤ کہ تم کون ہو۔۔۔ گھٹے؟، تو نہیں ہو۔"

"ہاں گھٹے یا ہوں اور کون۔ بائیس دن ٹھوکریں کھا کر آرہا ہوں۔"

بھیا کہہ کر فقیرا اس سے لپٹ گیا۔ گھٹے بانے بھی بھینچ کر اسے لپٹا لیا اور جیسے کوئی سوتا پھوٹ جائے، اس کے آنسو دھل دھل بہنے لگے۔ فقیرا بھی رو دیا۔۔۔ تھوڑی دیر تک دونوں روتے رہے۔ پھر فقیرا نے اپنے آنسو پونچھے اور گھسیٹے کو ڈھارس دلائی کہ "اب نہ رو، یہ تو خوشی کی بات ہے کہ تم گھر آگئے۔ اماں کو دیکھو گے؟"

گھٹے ھے کی آنسوؤں سے لبریز آنکھیں حیرت سے پھیل گئیں۔

"اماں۔۔۔! ہے کیا؟"

"ہاں۔"

چھپر کے ایک کونے میں چڑھوؤں کا ڈھیر لگا تھا۔ فقیر ااس کی طرف انگلی اٹھا کر بولا،

"وہ پڑی ہے۔"

گھٹے ک محبت اور اشتیاق کے جوش میں ادھر بھاگا۔

یہاں چڑتسیوں کے انبار میں دفن ایک انسانی پنجر پڑا تھا جس پر مرجھائی ہوئی بدرنگ گندی کھال ڈھیلے کپڑوں کی طرف جھول رہی تھی۔ سر کے بال بیمار بکری کے دم کے نیچے کے بالوں کی طرح میل کچیل میں لتھڑ کر نمدے کی طرح جم گئے تھے۔ آنکھیں دھول میں سوندی کوڑیوں کی طرح بے رنگ ویران حلقوں میں ڈگر ڈگر کر رہی تھیں۔ ان کے کوے کیچڑ اور آنسوؤں میں لت پت تھے۔ گال کی جگہ ایک پتلی سی کھال رہ گئی تھی جو دانتوں کے غائب ہونے سے کئ تہوں میں ہو کر جبڑوں کے نیچے آگئی تھی۔ گال کے اوپر کی ہڈیوں پر کچھ پھولا پن سا تھا، بدگوشت ہو یا ورم! جیسے روتے روتے ورم آگیا ہو۔ گردن اتنی سوکھی تھی کہ ایک ایک رگ نظر آرہی تھی۔ ننگے سینے پر چھاتیاں لٹک رہی تھیں جیسے بھنچی ہوئی الٹی بنڈی کی خالی جیبیں۔ چہرے کی ایک ایک جھری سخت گھناؤنی مصیبتوں کی مہر تھی جسے دیکھ کر بے اختیار ڈھاڑیں مار مار کر رونے کو جی چاہتا تھا۔

فقیرا چراغ لے کر آیا۔ روشنی دیکھتے ہی بڑھیا کچھ بکنے لگی اور داہنے ہاتھ کی انگلیوں سے جھوٹ موٹ کا نوالہ بنا کر اپنے منہ کی طرف بار بار لے جانے لگی۔ جیسے گونگا کھانے کو مانگے۔ بڑھیا نہ معلوم کیا کہہ رہی تھی مگر سننے میں صرف یہ آیا تھا۔۔۔ باب۔ باب۔ باب۔ باب۔

اس کی آواز ایسے ویرانی کے مارے گاؤں کی یاد تازہ کرتی، جہاں کے رہنے والے آگ سے جل مرے تھے اور اب اس کے کھنڈروں میں دن کو بندر چیختے اور رات کو سیار روتے تھے۔

فقیرا نے گھٹے یس کی طرف دیکھ کر کہا، "جب اس کے پاس آؤ یہ اسی طرح کھانا مانگنے لگتی ہے۔ چاہے جتنا کھلاؤ اس کا جی نہیں بھرتا۔ منہ سے نکل نکل پڑتا ہے، پھر بھی مانگے جاتی ہے۔"

آخر گھسیٹے بڑی کوشش سے بولا۔ "اماں۔"

آواز بتا رہی تھی کہ اس کا دل اندر ہی اندر کراہ رہا تھا۔

فقیرا نے کہا، "نہ وہ سنتی ہے نہ سمجھتی ہے۔ بس کھانے کی بات سمجھتی ہے۔"

بڑھیا کا پوپلا منہ دھونکنی کی طرح چل رہا تھا، باب کی آواز نکل رہی تھی اور انگلیوں کا بنا ہوا نوالہ بار بار منہ کی طرف جا رہا تھا مگر ان حرکتوں پر بھی یقین نہ آتا تھا کہ یہ پنجر ازندہ ہے۔

یہ وہی چوڑی چکلی تندرست اماں تھی جو منہ اندھیرے سے دوپہر تک مسلسل چکی پیسا کرتی تھی! جسے دن رات یہی دھن سوار رہتی تھی کہ کسی طرح گھر کی حالت سنبھل جائے۔ اس نے کیسا کیسا اپنا جی مارا۔ ذرا ذرا سی چیز کے لئے کیسا کیسا ترستی رہی۔

گھٹے کے دل میں ماں کے لئے ترس بھرا پیار ابل پڑا جو ہاتھ پھیلا پھیلا کر یہ دعا مانگنے لگا کہ اے خدا اس کی مشکل آسان کر اور اب تو اسے ناپاک دنیا سے اٹھالے۔ اگر اس وقت گھٹے کی آنکھیں رو دیتیں تو اسے سکون مل جاتا، مگر افسوس آنسوؤں جیسی نعمت کوسوں دور تھی۔

فقیرا کے لئے اس نظارے میں کوئی خاص بات نہیں تھی۔ اس نے کہا۔۔۔ "بھیا!

تم ذرا ہاتھ منہ دھولو۔ میں کھانے پینے کا کچھ سبیتا کروں۔"

فقیرا بھاگتا ہوا بغیا کے اس پار جوگیوں کے گھر سے آدھ سیر جوار کا آٹا ادھار مانگ لایا اور پھر چولھا جلا کر روٹیاں پکانے بیٹھ گیا۔ گھسیٹے بھی چولھے کے پاس آبیٹھا اور بولا، "اتنا آٹا؟ کاچ تم نے ابھی نہیں کھایا؟"

"نہیں، آج آٹا ختم ہو گیا تھا تو میں نے کہا کہ ایک رات یوں ہی سہی۔"

"اب کھیتی نہیں ہوتی؟"

"وہ کب کی بند ہو گئی۔ ابا کے مرنے کے بعد بھورے کو جیل ہو گئی۔ میں اکیلا رہ گیا۔ دو برس تک ترکاریاں اور کاریاں بوئیں مگر وہ بکیں بکائیں نہیں۔ لگان تک نہیں ادا ہوا۔"

"بھورے کاہے میں پکڑا گیا؟"

"سونی چند کی ایک بکری بیچ لی تھی۔ پھر جب جیل سے چھوٹ کر یہاں آیا تو اس کی بیوی دوسرے کے گھر بیٹھ چکی تھی۔ یہ فوجداری کرنے پر تیار ہو گیا۔ مگر اس کی طرف سے کوئی کاہے کو کھڑا ہوتا؟ دو مہینے سب کو گالیاں دیتا رہا۔ پھر ایک رات کہنے لگا۔ 'فقیرا! مجھ سے تو اب تیری طرح نہ بھوکوں مرا جائے گا اور نہ اس گاؤں میں رہا جائے گا۔ بلا سے جیل ہو جائے چار دن، عیس تو کر لیں گے۔۔۔ دوسرے دن منہ اندھیرے کہیں نکل گیا۔۔۔ بانکے کہتا تھا کہ اب پھر جیل پہنچ گیا ہے۔"

"جمیا اور شبراتن کہاں ہیں؟"

"جمیا حرام زادی کسی کے ساتھ بھاگ گئی۔ شبراتن کا دس کوس پر تکیہ والوں میں بیاہ ہو گیا ہے۔ ایک امرود کا باغ ہے کسی طرح گذر بسر ہو جاتی ہے۔ مگر کبھی ماں کو نہیں پوچھتی۔"

ذرا دیر خاموشی رہی۔ پھر فقیرا روٹی کے کناروں کو انگاروں پر سینکتے ہوئے بولا، "تمہارے جانے کے بعد بھیا وہ آفتیں آئیں۔ سب گھر مٹ گیا۔ وہ بھی کیا جمانا، تھا ابا کہا کرتے تھے کہ "یہ سب پلے پیٹ بھرے میں پیٹ بھرے۔" سچ کہتے تھے۔ اس زمانے میں تو کوئی رات ایسی نہیں گذری، جب چولھا نہ جلا ہو۔"

گھٹے بھ لمبی سی ٹھنڈی سانس بھر کر چپ ہو گیا اور لپکتے کوئلوں کی طرف تکنے لگا جیسے ان میں پرانے دنوں کو ڈھونڈ رہا ہو۔

فقیرا نے اس سناٹے کو توڑا، "کہاں کہاں رہے گھسیٹے؟"

ہم کلکتہ جا کر ایسے پھنسے کہ خط پتر کو بھی چار پیسے نہ بچے۔ گھر یاد کر کر کے کتنی بار رونا آیا۔ بڑی کٹھن گذری وہاں، ملوں کی خاک چھانی، امیدواری میں کام کیا، بھوت گھر میں روئی ڈھوئی، ہفتوں قبض رہتا تھا، چار سال رکشا چلائی، پھر خونچہ لگایا۔ ارے فقیرا بڑا کٹھن ہے کلکتہ میں رہنا۔ جس کے دو چار جاننے والے ہوں اور جس کے پاس لینے دینے کو ذرا پیسہ ہو اس کے لئے تو وہاں سب کچھ ہے۔ لیکن ایسے ویسوں کو تو کوئی پوچھتا ہی نہیں۔ وہاں تو روئے رلائی نہیں آتی تھی۔ مرنے کی دعائیں مانگا کرتے تھے۔

فقیرا نے لال روٹی کپڑے پر رکھ دی اور دونوں ٹکڑے توڑ توڑ کر کھانے لگے۔

فقیرا بولا، "بھیا ذرا چپکے چپکے کھاؤ، اماں سن لے گی تو چلا چلا کر رات بھر نہ سونے دے گی۔"

گھٹے ا نے شک اور حیرت سے فقیرا کی طرف دیکھا۔ "تم تو کہتے ہو وہ بالکل نہیں سنتی۔"

"ہاں، مگر نہ جانے کیا بات ہے کہ کھانا کھانے کی آواز سن لیتی ہے اور کھانے کی بو بھی پا لیتی ہے، اور پھر باب، باب کرنے لگتی ہے۔"

گھٹے ب بجھتے انگاروں کی طرح تکنے لگا۔ اس کا حلق اتنا سوکھ گیا کہ منہ کا نوالا بلا پانی کے گھونٹ کے نہ اتار سکا۔

(۳)

گھٹے ۳ب گھر کے دوارے ہونٹوں پر بکری کا مسکا ملے، دھوپ میں ننگے بدن بیٹھا، اپنے میلے کرتے کے چلوے چن رہا تھا۔ کئی روز سے ہاتھوں، پیروں اور ہونٹوں کو چٹخا دینے والی سرد ہوا کے تیز جھکڑ چل رہے تھے جن میں سیکڑوں میل کا گردو غبار بھرا تھا جو ناک اور حلق میں گھس رہا تھا۔ کھیتوں کے پودے اور درخت ہوا کی چوٹ کھا کر جھک جاتے تھے اور بے کسی سے اپنے پتے پھڑ پھڑاتے تھے جیسے ہوا سے فریاد کر رہے ہوں کہ اب تو للہ جان چھوڑ دے۔ کھیتوں میں کسان اپنی چادروں کو بدن پر سمیٹے، ہاتھ پاؤں سکیڑے کندھوں کو آگے جھکائے سوسو کر رہے تھے۔ ہر جگہ اتنی اجاڑ اجاڑ تھی اور ہر چیز اتنی دکھ بھری کہ بے اختیار جی گھبرا گھبرا کر کہتا تھا کہ چلو کہیں بھاگ چلیں۔

گھٹے چ دھوپ میں بیٹھا کانپ رہا تھا اور کلکتہ کو یاد کر رہا تھا۔ آنے کے دوسرے ہی دن وہ ٹوٹے پھوٹے ویران چھپر بکریوں کے موت کی کھرھاند اور اپنی ماں کی باب، باب سے گھبرا گیا تھا۔ دن بھر بھوک بہلانا اور بکریاں چرانا اور رات کو برے کی روکھی سوکھی روٹی اور کبھی کبھی تو رات کو بھی فاقہ پھر یہاں کی سردی! افوہ! بدن ہے کہ کٹا جاتا ہے۔ اوڑھنے کو کہو یا پہننے کو دو آدمیوں کے بیچ میں ایک، سب سے بڑی کوفت یہ کہ جوانی کے پچیس سال کلکتہ میں گنوانے کے بعد گھٹے و کو یہاں کہ کسی چیز سے اب لطف نہ آتا تھا۔ چوپال کی باتیں روکھی پھیکی۔ گاؤں کی عورتوں میں شرم اور کھچاؤ پھر جس سفید پوش کو دیکھو تھانے دار کی طرح اکڑ دکھاتا ہے اور فقیرا؟ وہ تو بات بات میں باپ بنتا ہے۔ سب مصیبتوں سے بڑی مصیبت یہ کہ پیسہ کمانے کا کوئی راستہ نہیں، دمڑی دمڑی کے لئے

فقیرا کی محتاجی۔ ہر بات میں اس کا دست نگر رہنا۔

گھٹے اچلوے مار رہا تھا اور کلکتہ سے آنے پر پچھتا رہا تھا۔ وہ دکانوں کے تختوں پر رات کاٹنا، وہ سڑکوں پر جو جاڑوں میں برف کی سلی اور گرمیوں میں دہکتا ہوا توا ہوتی تھیں، خچر کی طرح رکشا لے کر دوڑنا۔ وہ کبھی کبھی تین تین فاقے کر لینا۔ اپنے گھر کی اس زندگی سے لاکھ درجہ بہتر تھا۔ وہ کلکتہ کی ایک پیسہ والی سنگل چائے۔ وہ دھیلے والا پان کا بیڑا! وہ پیسے کی پچیس بیڑیاں! یہ وہ نعمتیں تھیں جن کے لئے وہ یہاں ترس گیا تھا۔

گھٹے کا نے ایک ٹھنڈی سانس بھری اور دور تک پھیلے ہوئے مٹر کے کھیتوں کی طرف دیکھا۔ میری زندگی بھی کیا زندگی رہی ہے۔ پندرہ سولہ برس کے سن تک باپ کے جمائے نوں کی مار کھائی۔ کھانے پینے کو ترستے رہے، پھر ہمت کر کے کمانے کھانے کے لئے شہر بھاگے، وہاں مہینوں ٹھوکریں کھائیں، کہا چلو کلکتہ چلو، وہاں پہنچتے ہی اچھی سی نوکری مل جائے گی اور سب پاپ کٹ جائے گا، کلکتہ کے پچیس برس! افوہ! کوئی کوشش اٹھا نہیں رکھی، رکشا تک چلائی، سیٹھ جی نے کہا کہ گاڑی لینا ہے تو، جمانتی لاؤ۔ میں کسے لاتا؟ جو وہاں کے رہنے والے تھے ایک دوسرے کو جانتے تھے، گھرانے کے گھرانے رہتے تھے۔ جمانتی لے آتے تھے۔ چھمن بولا۔ دو آنے روز دو تو کلوٹا مہاجن جمانتی ہو جائے گا۔ دو آنے روز اسے دیئے، پھر بھی سالے سیٹھ نے ٹوٹی پھوٹی گاڑی دی۔ اسے دور ہی سے دیکھ کر لوگ دور ہٹ جاتے تھے۔ جب سیٹھ سے خوشامد کرو کہ ایک اچھی گاڑی دے دو تو وہ اکڑ کر کہتا تھا کچھ روپیہ جمع کراؤنا۔ روپیہ بچتا تو کیسے بچتا؟ آمدنی بھر تو کلوٹا کھا جاتا تھا۔ چار سال دوڑے مگر رہے وہی موچی کے موچی۔ بخار جو آیا تو کسی طرح گیا ہی نہیں۔ اسپتال میں پڑے پڑے مہینوں بیت گئے، اچھے ہوئے تو ڈاکٹر صاحب نے کہا۔ اب خبردار رکشا نہ چلانا اور نہ زیادہ محنت کا کام کرنا۔ پھر دو روپیہ قرض ادھار کر کے پان

سگریٹ، دیا سلائی کا خونچہ لگایا۔ اب جو آتا کہتا سیزر لاؤ، نیبی کٹ لاؤ، یہ لاؤ وہ لاؤ، یہاں کیا تھا؟ کہتے، "نہیں ہے صاحب، نہیں ہے ہجور۔" وہ بھی تماشا کچھ دنوں رہا، نہ بیٹھنے کو اچھی جگہ تھی نہ اچھا سامان تھا۔ اس پر جو کچھ بھی آیا حرام زادی بھنگوئی کھا گئی۔۔۔ نہ جانے مجھ سالے کو عورت رکھنے کی کیا پڑی تھی۔۔۔ لنگوٹی میں پھاگ۔

گھسیٹے کو اپنے اوپر سخت غصہ آیا اور اپنے کو خوب گالیاں دینے لگا۔ اتنے میں فقیرا سامنے سے آیا اور آتے ہی کڑے پن سے بولا، "پھر تم نے چرا کر دودھ بیچ لیا۔ اب ہمارا تمہارا گذر نہیں ہو سکتا۔ جہاں جانا ہو چلے جاؤ۔"

گھسیٹے نے جواب دیا، "کیسی چوری؟ کچھ پاگل ہو گیا ہے تو؟ روز کا یہی قصہ، روز کا یہی قصہ، بڑا آیا ہے گھر سے نکالنے والا۔ جسے گھر میں میرا حصہ ہی نہیں اور بکریوں میں میرا حصہ ہی نہیں۔"

"گھر میں حصہ، بکریوں میں حصہ، تو حصہ بٹائے گا؟ کام کا نہ کاج کا، دشمن اناج کا۔ پچیس سال کلکتہ میں گنوا کر ہماری جان کو آیا ہے، گیا تھا روپیہ کمانے!"

گھسیٹے گرم ہو کر بولا، "کلکتہ میں کمانا کچھ آسان ہے؟ تو خود تو زندگی بھر قصبہ سے باہر نہیں گیا اور چلا ہے کلکتہ کی کمائی کی باتیں کرنے۔ وہاں وہ کماتا ہے جس کے دس جاننے والے ہوں جو اس کے لئے تکڑم لگائیں۔ وہ کماتا ہے جس کے پاس روپیہ ہو کہ کچھ کھو کر سیکھے۔ کام کچھ دنوں کے بعد آتا ہے کہ آپ ہی آپ؟"

فقیرا نے طعن سے کہا، "ہاں جو یہاں سے جاتے ہیں روپے کے ڈھیر تو لے کر جاتے ہی ہیں۔ بلی جو اتنا روپیہ لایا ہے تو کیسے لایا ہے؟"

اب تو گھسیٹے تلملا گیا۔ وہ سب کچھ سن سکتا تھا مگر یہ کہ اس نے کلکتہ میں رہ کر کچھ نہیں کیا بالکل ہی نہیں سن سکتا تھا۔ وہ چلا کر بولا،

"اور تو نے کیا کر لیا ہے چوٹا کہیں کا۔ ان بکریوں میں، اس گھر میں کیا میرا حصہ نہیں تھا؟ سب کا سب بیچ کر کھا گیا۔ لا میرا حصہ دے۔ میں آج ہی اس منحوس گاؤں سے جاتا ہوں۔ بے ایمان کہیں کا۔۔۔"

گھسیٹے سے بن نہیں پڑتا تھا کہ اپنا سر پھوڑ ڈالے یا جان نکال کر رکھ دے۔ کیا کرے جو فقیرا کو یقین دلا دے کہ کلکتے میں میں نے کوئی کوشش اٹھا نہیں رکھی۔

کچھ یوں ہی تو تو میں میں ہوتی رہی۔ پھر فقیرا بڑبڑاتا ہوا اندر چلا گیا۔ دیر تک وہ اندر سے اور یہ باہر سے بڑبڑاتے رہے۔

یہ قصہ آج تک نیا نہیں تھا بلکہ پورے چار مہینے سے ہو رہا تھا۔ روز یہی جھگڑا اٹھتا، روز یہی باتیں ہوتیں اور روز دونوں اسی طرح بڑبڑا بڑبڑا کر چپ ہو جاتے۔

رات جب روکھی روٹی کھا کر گھسیٹے بستر پر بیٹھ کر حقہ گڑگڑانے لگا تو پھر ایک ٹھنڈی سانس کے ساتھ کلکتہ کی یاد آئی اور وہ سوچنے لگا کہ شاید اب میں ہمیشہ کے لئے اس اجاڑ گاؤں میں دفن ہو گیا۔ اب باقی زندگی اسی طرح بتانا ہے۔ کاش ایک بار صرف ایک بار میرے پاس کچھ پیسہ آ جاتا جو میں کچھ دنوں اپنی تھکی ماندی آتما کو سکھ دے لیتا۔ چالیس برس کی تھکی ماندی آتما! میں یہ نہیں کہتا کہ بڑا سا گھر ہو، دوارے بھینس بندھی ہو، کٹھیوں میں اناج بھرا ہو۔ گھر والی ہو جو ساری کے پلو سے تھالی صاف کرے، اس میں دال بھات لا کر سامنے رکھ دے، اس کے پاؤں میں موٹے موٹے کڑے پڑے ہوں جو بدھی کی طرح آڑے آڑے ایک طرف جھکے ہوں جیسے شرمائی سالی کا سر۔ بس مجھے تو بس اتنا مل جائے کہ اپنا ایک الگ چھپر ہو، دونوں وقت اپنی روکھی سوکھی ہو۔ بس ارے ہاں اپنے پاس کچھ تو ہو۔ اب کہاں گھر والی کی خواہش اور کہاں بچوں کا ارمان۔ چالیس کا سن ہونے کو آیا۔

سن کا خیال آتے ہی دل میں ایک تیز ہوک اٹھی کہ اب دو چار برس جوانی اور ہے پھر اندھیراپاکھ۔ جانے کب موت آجائے۔

ایک زبردست امنگ اٹھی کہ جیسے بنے ایک بار اور ہاتھ پاؤں مارو۔ تھوڑی دیر تک سوچتا رہا۔ پھر اس نے فقیرا کو پکارا، "بھیا فقیرا!"

فقیرا پیار کی پکار سن کر فوراً پاس آگیا۔ جب وہ آرام سے بیٹھ گیا اور حقہ کا ایک دم لے چکا تو گھسیٹے بولا، "میں یہ کب کہتا ہوں کہ میں کچھ کروں گا ہی نہیں۔ مگر کوئی کام بھی تو ایسا ہو کہ جس سے کچھ ملے۔ ارے بھیا تم کہتے ہو کہ کلکتہ میں میں نے پچیس برس بھاڑ جھونکا، مگر میں کہتا ہوں کہ میں کم سے کم اتنا تو سیکھ ہی گیا ہوں کہ کون کام چل سکتا ہے اور کون نہیں۔ تم کہتے ہو پھیری لگائیں، یہ کریں وہ کریں، سچ کہتا ہوں کہ ان میں کچھ نہیں دھرا ہے۔ پیسے والوں کے سامنے کون اپنا روزگار جما سکتا ہے؟"

گھسیٹے یہ کہہ کر اس طرح خاموش ہو گیا جیسے ابھی بات نہیں ہوئی۔ پھر فقیرا کی طرف دیکھ کر بولا، "اگر کچھ مل سکتا ہے تو اسی طرح جیسے ہم کہتے ہیں۔ مگر جو ہم کہتے ہیں۔۔۔ وہ تو تم مانتے ہی نہیں۔۔۔ اس میں تمہارا بھی بھلا، ہمارا بھی بھلا۔ کون جانے گا کہ ہم کیسے کماتے ہیں؟ اور جان بھی گیا تو کیا؟ جب ہمارے پاس پیسے ہوں گے تو سب ہماری برائی کو بھی اچھائی کہیں گے۔ جوگیوں کو دیکھو، ان کے گھر ہن برس رہا ہے ہن۔ کہنے کو ہم شریف اور وہ رذیل۔ مگر کون کس کی خوشامد کرتا ہے؟ ہم ہی ہیں جو آئے دن دوڑے جاتے ہیں کہ اچھے منگلو سیر بھر آٹا ادھار دے دو، دو کنکڑیاں نمک دے دو، ذرا سی تمباکو دے دو۔ وہ ٹال مٹول بھی کرتے ہیں، دھتکار بھی دیتے ہیں، مگر ہم پھر جاتے ہیں نہ جائیں تو کریں کیا؟"

فقیرا بیٹھا چپ چاپ سنتا رہا، گھسیٹے دم لے کر پھر کہنے لگا، "اور ہم تو کہتے ہیں کہ

سب ہم کو چھوڑ بھی دیں تو کیا؟ کیا کوئی لڑکا لڑکی بیاہنے کو بیٹھے ہیں ہم؟ ہم دونوں چین سے الگ ہی رہ لیں گے۔"

گھسیٹے نے اکدم سے کچھ یاد کر کے فقیرا کی طرف معنی خیز نظروں سے دیکھا اور پھر کہا،

"ہاں تمہارا سادی بیاہ کرنا ہے روپیہ دیکھ کر سب ہی لڑکی دینے کو راضی ہو جاتے ہیں اور نہیں تو پھر اپنی برادری میں نہ سہی کسی اور میں سہی۔ ارے ہاں! اس طرح تو کہیں بھی نہیں کر سکتے اور پھر یہ اماں کے لئے بھی اچھا ہے۔ جب پیسے ہوں گے تو ان کو بھی خوب کھانے کو ملے گا۔"

فقیرا اب بھی کچھ نہیں بولا۔ اس سے پہلے بھی گھسیٹے کئی بار یہی باتیں کر چکا تھا۔ مگر تب انھیں سن کر فقیرا کو غصہ آگیا تھا۔ روپیہ کے لئے کہیں شرافت بیچی جاتی ہے؟ روپیہ ہے کیا؟ ہاتھ کا میل۔ آج آیا تو کل گیا اور شرافت وہ دھن ہے جو پیڑھیوں چلتا ہے اور خرچ نہیں ہوتا ہے۔ شریف پھول کا برتن ہے جتنا بھی کیچڑ میں سوند جائے، جب بھی مانجھو چم چم کرنے لگتا ہے اور جہاں شرافت گئی پھر آدمی مٹی ہو جاتا ہے مٹی۔ مانا جوگیوں کے پاس روپیہ ہے، پیسہ ہے، گھر گرہستی ہے، ہم ہی ان کی خوشامد کرتے ہیں وہ نہیں کرتے، ہم ہی ان سے روٹی ادھار مانگتے ہیں، وہ نہیں۔ مگر اس سے کیا؟ ہاتھی لاکھ لٹ جائے پھر بھی سوا لاکھ ٹکے کا۔ ہم اور وہ مکھیا کے گھر جائیں تو ہم تو چبوترے پر بیٹھیں گے اور وہ دور زمین پر۔

فقیرا پانچ برس کا تھا جب گھسیٹے روپیہ کمانے شہر بھاگ گیا تھا، تب سے اس کے دل میں بھی کمانے کی تمنا پیدا ہو گئی تھی۔ لیکن جیسے جیسے دن بیتتے گئے اور گھسیٹے روپیہ کا گٹھر لے کر نہیں لوٹا، اس کی خواہش مرتی گئی۔ غریبوں کو کہاں پیسہ ملتا ہے۔ پیسہ مل جاتا تو

کوئی غریب ہی کیوں رہتا؟ اس جیون میں بس یہی ہے کہ اپنا دوزخ پاٹ لو اور موقع ملے تو کسی سے ہنسی، دل لگی کر لو اور کیا دھرا ہے؟ بھورے کا حشر دیکھ کر تو رہی سہی آس بھی گہری نیند سو گئی۔ لیکن اب جو گھسیٹے روزانہ شام کو، جب یہ دونوں کام کاج سے فارغ ہو کر بیٹھتے، آس جگانے کا یہ منتر اسی موہنی سے پڑھتا رہا تو رفتہ رفتہ فقیرا کی سوئی ہوئی آس چونکی، انگڑائی لے کر اٹھی اور پر پرزے نکالنے لگی۔ وہی فقیرا جسے کل تک کی کوئی فکر نہ تھی، آج جو مایا کے مندر کی راہ سوجھائی دی تو لگا کچھ اور ہی سپنے دیکھنے، ذرا یہ چھپر بدل جاتا، تھوڑی سی بکریاں اور ہو جاتیں اور ذرا چار پانچ روپے اکٹھے ہو جاتے تو پھر ہمارا گھر بس جاتا، ارے ہاں اب گھر نہ بسا تو پھر کب بسے گا، وہ رمضانی کی بیوہ، آنکھ ملاؤ تو کیسا ہنستی ہے، اس سے آج کہو تو آج گھر بیٹھ جائے، کیسا گدرایا بدن ہے۔ جیسے پکا آم۔ کیسا ٹھمک ٹھمک چلتی ہے! اور کتنی محنتی ہے وہ۔ دودھ وہ دوہے، اوپلے وہ تھاپے، دہی وہ متھے، اکیلی جھوؤں پانس اٹھا اٹھا کر کھیتوں میں وہ ڈالے، کیا عورت ہے! میں نے دیر کی تو کوئی اور اپنے گھر بٹھالے گا پھر میں منہ تکتا رہ جاؤں گا۔

جس دن سے فقیرا کے دل میں یہ خیالات گونجنے لگے، وہ رمضان کی بیوہ سے کنائی کاٹنے لگا۔ ادھر وہ سامنے دکھائی دیتی اور یہ راہ کترا کر نکل جاتا۔ پندرہ بیس روز یوں ہی کٹ گئے۔ ایک دن یہ لکڑی چیر رہا تھا کہ وہ اکبارگی پیچھے سے آگئی۔ اسے بھاگتے نہ بنی، کچھ باتیں ہوئیں، کچھ ہنسی دل لگی ہوئی، پھر وہی جس کا فقیرا کو دھڑکا تھا یعنی اسی دن اس نے گھسیٹے کی بات مان لی۔

(۴)

ابھی پہر رات باقی تھی کہ گھسیٹے نے فقیرا کو جگایا۔ دونوں تاروں کی مدھم روشنی میں اٹھے اور ایک ٹوکرے کو بانس سے لٹکا کر ایک ڈولی سی بنالی اور اس میں خوب سا پیال

بھر دیا اور پھر بڑھیا کے پاس گئے۔ گھسیٹے نے ایک ہاتھ گلے میں اور ایک کمر میں ڈال کر اس کو چھپکلی کی طرح اٹھالیا۔ آنکھ کا کھلنا تھا کہ وہ لگی باب، باب، باب کر کے اشارے سے کھانا مانگنے، گھسیٹے نے پہلی بار اسے چھوا تھا۔ اسے ایک عجیب اذیت ہوئی جس سے اس کا چہرہ عجب ہونق ہو گیا۔ ایک طرف تو آنکھوں میں آنسو آرہے تھے اور دوسری طرف بدن کے روئیں کھڑے ہو گئے تھے۔

گھسیٹے نے اسے لے جا کر آہستہ سے جیسے کوئی شیشے کا برتن ہو، ٹوکرے میں رکھ دیا اور پھر اسے چیتھڑوں میں چھپا دیا۔

ایک طرف کا بانس فقیرا نے تھاما اور دوسری طرف کا گھسیٹے نے اور دونوں گھر کے باہر چلے۔ بکریاں ان لوگوں کو جاتے دیکھ کر بے کسی سے میں میں کرنے لگیں۔ جیسے یہ لوگ ان کو ہمیشہ کے لئے بے یار و مددگار چھوڑے جا رہے ہوں۔

جب یہ دونوں رات کے کالے کالے پردوں کی اوٹ میں منہ چھپائے ہوئے گاؤں کے نکڑ پر آ گئے تو پو پھٹی اور نسیم اٹھلا اٹھلا کر چلنے لگی۔ یہ خوش تھے کہ چلو ہم نظروں سے بچ کر نکل آئے کہ اچانک ایک طرف سے ایک کسان کندھے پر ہل رکھے نکل پڑا اور پہچان کر پوچھنے لگا، "کہاں چلے فقیرا؟"

ہوا کا ٹھنڈا جھونکا فقیرا کے کلیجے کو برماتا نکل گیا۔ اس کے کندھے کا بانس کانپا۔ کسی وجہ سے گھسیٹے گھبرا کر فقیرا کی جگہ خود بول اٹھا، "شبراتن کا حال خراب ہے۔ اماں کو لئے وہاں جا رہے ہیں۔"

"اماں کو لئے؟" کسان اتنا متاثر ہوا کہ بے اختیار کہہ اٹھا۔

"شاباش تم لوگوں کو۔۔۔ اپنی مہتاری کی اتنی سیوا کرتے ہو!"

شہر کی جامع مسجد میں جمعہ کی نماز کا خطبہ شروع ہو چکا تھا، اس وقت فقیرا اور گھسیٹے

نے مسجد سے ذرا ہٹ کر، ایک گلی میں آکر ڈولی رکھی گھسیٹے نے بڑھیا کو جو کنڈلی مارے ٹوکرے میں سو رہی تھی، اٹھا کر ٹیک لگا کر بٹھا دیا اور پھر اس کے کانپتے ہوئے ہاتھ کو ٹوکرے میں دو چیتھڑے باندھ کر اس پر رکھ دیا۔ یہ احتیاط تھی اس بات کی کہ کہیں ایسا نہ ہو کہ باب باب کرتے وقت کہیں ہاتھ بجائے منہ کی طرف آنے کا کانپ کر کسی اور طرف نکل جائے۔ مگر احتیاط فضول تھی کیونکہ دس برس سے اس ہاتھ کا صرف یہی کام رہ گیا تھا کہ منہ کی طرف جا جا کر اشارے سے کھانا مانگا کرے اب سوائے ادھر کے اور کسی طرف جانے کی ہاتھ میں سکت ہی نہ تھی۔

بڑھیا جاگ پڑی مگر وہ ہچکولے کھاتے کھاتے اور رات رہے سے اس وقت تک باب باب کرتے کرتے اتنی تھک گئی تھی کہ بلا چلائے اور کھانا مانگے، جیسے بٹھائی گئی تھی ویسی ہی بیٹھی رہی۔ یہ تو بری رہی۔ سارے کیے کرائے پر پانی پھرا جاتا تھا، ضرورت ایجاد کی ماں ہے، فوراً گھسیٹے نے لپک کر سامنے کی حلوائی کی دکان سے ایک پیسہ کا جلیبیوں کا شیرا مانگا۔ اس نے تھال پر چمٹی ہوئی بھڑوں اور بھنکتی ہوئی مکھیوں کو اڑا کر تھال ایک طرف جھکا دیا اور جتنا شیرا بہہ آیا اسے انگلی سے پونچھ پانچھ کر ایک پتہ پر ٹپکا کر گھسیٹے کو تھما دیا۔ اس نے لاکر شیرے کی ایک انگلی بڑھیا کو چٹا دی۔ اس کا چٹانا تھا کہ وہ فوراً باب باب کرکے اور مانگنے لگی۔

چلو عمل کامیاب رہا۔ بڑھیا کی کوک ہاتھ آگئی۔ گھسیٹے نے پتہ فقیرے کو پکڑا کر ہدایت کی کہ موقع پر بڑھیا کو ایک انگلی چٹا دینا۔ فقیرا زندگی میں تیسری بار شہر آیا تھا۔ یہاں کی گہما گہمی، بھیڑ بھاڑ اور بڑی بڑی دکانوں سے وہ بھونچکا ہو گیا تھا، عقل چندھیا گئی تھی اس کے برخلاف شہر کی ہوا لگتے ہی گھسیٹے کی ہر بات میں خود اعتمادی آگئی تھی۔ گھسیٹے مشتاق پیراک کی طرح تھا جو دریا میں اترتے ہی چھلیں کرنے لگتا ہے اور فقیرا نو

سکھیئے کی طرح جو پانی دیکھ دیکھ کر سہا جاتا ہے، گھسیٹے فقیرے کو حکم دے رہا تھا اور وہ کل کی طرح اس کے اشاروں پر چل رہا تھا۔

دونوں ڈولی لے کر مسجد کے سامنے آئے۔ خدا کے گھر کے سامنے انسانی کوڑے کا ڈھیر لگا تھا۔ کئی انگلیاں اور بیٹھی ناک والے کوڑھی۔ منمنا کر ڈراؤنی آواز میں بولنے والی آتشکی بڑھیاں، چندے چپڑے بچے جن کے ہاتھ پاؤں سوکھے اور پیٹ بڑھے ہوئے تھے، جو نہ جانے کیوں مسلسل ریں ریں کر رہے تھے، پھیکے، بے حیا دیدوں والی جوان عورتیں جن کے سر پر جوڑوں کا جنگل اور بدن پر میل کی کہگل، چیتھڑے، ٹھیکرے، میل، آخور، بلغم، ناک، پیپ، مکھیاں، جراثیم، فریب، جھوٹ اور ان سب کو ڈھانک دینے والی، لوریاں دے دے کر، تھپک تھپک کر سلا دینے والی مہا پاپن بے حسی!

اس سمندر میں گھسیٹے اور فقیرا نے بھی ماں کی ڈولی لے کر غوطہ مارا۔ میل کچیل ہو، چاہے ذلت ہو، حیوانیت ہو، چاہے انسانیت ہو، مایا کے مندر کو یہی راستہ جاتا ہے۔ اس وقت جب کہ سب دروازے بند ہو چکے ہیں۔ اکیلا یہ کھلا ہوا ہے۔ صاف اور سیدھا راستہ، تنہا راستہ، پھوٹی آنکھ کا دیدہ۔

ڈولی رکھی ہی تھی کہ پاس کے ایک بڈھے فقیر نے ماں کی گالی دے کر کہا، "ابے ادھر کہاں آیا؟ بھاگ یہاں سے۔"

پھر تو آس پاس کے سب فقیر گالیاں دینے اور غل مچانے لگے۔ کیونکہ ان کی ڈولی دیکھ کر ہر ایک کو اپنی روزی کی پڑ گئی۔ فقیرا کی تو یہ ہنگامہ دیکھ کر جان ہی نکل گئی۔ اس نے جھٹ ڈولی کا ڈنڈا کاندھے پر رکھ وہاں سے ٹلنا چاہا مگر گھسیٹے نے دیکھا کہ ان گیدڑ بھپکیوں سے اگر دبا تو پھر اس برادری میں گھس چکا۔ اس نے دو چار ماں بہن کی سنا کر کہا، "تمہارے باپ کی زمین ہے۔ چپ رہو، ورنہ سب کے سر پھوڑ دوں گا۔"

ڈانٹ سنتے ہی فقیر تو ذرا ذرا بڑبڑا کر چپ ہو گئے مگر بڑھیاں اسی طرح کائیں کائیں کرتی رہیں۔ آخر ایک نمازی نے جو جماعت کے لالچ میں دوڑا جا رہا تھا، ان کو ڈانٹا، "چپ رہو بد نصیبو نماز ہو رہی ہے۔"

نماز کے خیال سے یا ڈانٹ کے ڈر سے، کسی نہ کسی وجہ سے خاموشی ہو گئی۔ اگر کوئی بات نہ ہوتی تو بھی خاموشی ہو جاتی۔ کیونکہ اس سے زیادہ احتجاج کرنے کا بوتا ان لوگوں میں تھا ہی نہیں اور دوسرے گھسیٹے بھی اب جگہ پر پورا قبضہ پا چکا تھا۔

ابھی نمازی نکلنا نہیں شروع ہوئے تھے۔ لیکن وہاں کی فضا سے فقیرا ایسا متاثر ہوا کہ اس نے بے سمجھے بوجھے بڑھیا کو ایک انگلی شیر اچٹا دیا۔ شیر الگتے ہی گراموفون کے ریکارڈ کی طرح وہ بجنے لگی اور مشین کی طرح اس کے جبڑے اور ہاتھ چلنے لگے۔ اسے دیکھ کر ایک دو برس کے بچے نے جسے ایک شخص پھونک ڈلوانے کو لایا تھا، گود میں سہم کر زور سے چیخ ماری اور بسورنے لگا۔ ایک جوان اینگلو انڈین لڑکی ہاتھ میں بٹوا لئے ادھر سے گذر رہی تھی۔ اس نے جو بڑھیا کو دیکھا تو ایک بار سر سے پاؤں تک کانپ گئی۔، جیسے ایسا ہی بھیانک بڑھاپا اس کا پیچھا کر رہا ہو۔ اس نے بے تحاشا دو پیسے نکال کر بڑھیا کے آگے پھینک دیے۔ بالکل اسی طرح جیسے کوئی بوڑھے کتے کے سامنے تر نوالہ پھینک دیتا ہے کہ وہ ہمیں بھول کر اس میں جٹ جائے۔ پیسے بڑھیا کے سامنے لگے ہوئے چیتھڑوں کے انبار میں ڈوب کر غائب ہو گئے۔ اب گھسیٹے کو اپنی ایک غلطی کا احساس ہوا۔ بھیک کوئی اس کے ہاتھ میں تھوڑی دے گا، دے گا بڑھیا کو، اس کے سامنے کوئی چادر ہونی چاہیئے جس پر آکر پیسے گریں۔ گھسیٹے نے جلدی سے اپنا انگوچا ے بڑھیا کی گود میں پھیلا دیا۔

نماز ختم ہوئی اور نمازی غول کے غول باہر نکلنے لگے۔ فقیروں نے شور مچانا شروع کر دیا۔ بھوکا ہوں بابا، بھوکا ہوں بابا، ایک فقیرنی گھگھیانے لگی جیسے کوئی نئی نویلی بیوہ

سسکیاں بھرتی ہو۔ ایک تنگڑا فقیر حلق پھاڑ پھاڑ کر آوازیں لگانے لگا، "جب دے گا اللہ ہی دے گا۔" فقیر ابھیڑ بھاڑ، دھم دھکا اور شور ہنگامے سے ایسا بھونچکا ہوا کہ منہ پھیلا کر ایک طرف تکنے لگا اور شیر اچٹانا بھول گیا۔ گھسیٹے نے چلا چلا کر اسے کئی بار حکم دیا مگر جب دیکھا کہ اس کے حواس بالکل غائب ہیں تو جلدی سے پتہ چھین کر خود ہی چٹا دیا۔ شیرے کا لگنا تھا کہ مشین پھر تیزی سے چلنے لگی۔ مگر پھر بھی لوگ ادھر متوجہ نہیں ہوئے۔ گھسیٹے نے فوراً محسوس کیا کہ کیا کمی ہے۔ پہلے سے اس نے کوئی صدا تو سوچی نہیں تھی۔ جلدی میں اس کے منہ سے نکلا۔ "اللہ ہر آفت سے بچائے۔" اس صدا کو اس طرح دینے لگا، جیسے کوئی والنٹیر، انقلاب زندہ باد، کہے، کیونکہ دوسری لے اسے یاد ہی نہ آئی۔ اس کی صدا میں اگر تاثیر تھی تو صرف اتنی کہ لوگ ادھر دیکھ لیتے تھے، دیکھتے ہی بڑھیا پر نگاہ پڑ جاتی تھی۔ یہ درد انگیز نظارہ دل کو ویرانی اور وحشت سے بھر دیتا تھا جس کی دوا صرف بھیک کے چند پیسے تھے۔ بڑھیا کے سامنے پیسوں کی بارش ہونے لگی۔ آس پاس کے فقیر یا تو خالی ہاتھ یا ایک ایک دو دو پیسے لئے حسرت سے ان دونوں نصیبوں کو تک رہے تھے اور دل ہی دل میں کڑھ رہے تھے کہ ہمارے پاس بھی کوئی ایسی ہی بڑھیا چیز کیوں نہیں ہے۔ گھسیٹے اپنی اتنی کامیابی دیکھ کر خوشی اور غرور سے متوالا ہو گیا اور خوب کڑک کر صدا لگانے لگا۔ آج زندگی میں پہلا دن تھا کہ جس پیشے میں وہ گھسا تھا اس میں چوٹی پر جگہ ملی تھی۔ حسرت رہی کہ کبھی ایسا ہوتا کہ جس پیشے میں گھسوں اس کا اچھا سامان، اس کا سب اونچ نیچ معلوم ہو مگر آخر آج دونوں نعمتیں میسر آ ہی گئیں۔ میرے پاس جو سامنے ہے وہ کسی کے پاس نہیں اور میں صدا بھی کیا خوب لگا رہا ہوں۔ سب خدا کی دین ہے۔ آخر وہ کب تک اپنے بندے کا امتحان لیتا۔ دیکھو پیسے کیسے برس رہے ہیں! تو ہی داتا ہے اور تو ہی جیون کا کھیون ہار ہے مالک۔ اماں زندگی بھر کوشش کر مریں کہ کچھ پیسہ جوڑ کر گھر کی

حالت سدھاریں۔ ایک ایک بات کے پیچھے جان دے مریں مگر کچھ نہ ہوا اور اب ہوا بھی تو کیسی آسانی سے یہ خدا کے کارخانے ہیں۔ حیلے روزی بہانے موت۔

سہ پہر کی سنہری دھوپ میں گھسیٹے اور فقیرا ڈولی لئے شہر کے باہر ایک شاہی کھنڈر کے پاس آئے۔ دونوں سارا دن ڈولی لادے لادے پھیری لگاتے رہے تھے، تکان سے چور چور تھے مگر پھر بھی آنکھوں میں اطمینان اور خوشی موجیں مار رہی تھی۔ مست تھے، گا رہے تھے اور زور زور سے ہنس ہنس کر باتیں کر رہے تھے۔

ایک کھنڈر کے سایہ میں ڈولی اتار دی گئی۔ گھسیٹے نے بھیک کی جھولی کھولی۔ اس میں پانچ چھ آدمیوں کے کھانے بھر روٹیوں کے ٹکڑے، دال بھات اور ترکاریاں ملی جلی بھری تھیں۔ ان پر ایک نظر ڈال کر ماں کی گالی دے کر ایک طرف پھینک دیا۔ پھر ذرا اطمینان سے بیٹھ کر ایک پوٹلی کھولی جس میں تھی بہت سی تیل کی پوریاں، کئی قسم کی ترکاریاں، سیر بھر پچ میل مٹھائی، چٹ پٹے کباب، مولیاں اور بیڑی کا بنڈل۔ آج کے پھیرے میں پونے دو روپے ملے تھے۔ جس میں سے ڈیڑھ کی یہ سب خریداری تھی اور چار آنے ابھی گھسیٹے کی جیب میں اچھل رہے تھے۔ گھسیٹے نے سب نعمتیں نکال کر سامنے یہاں سے وہاں چن دیں۔ سب ملا کر چار آدمیوں بھر کھانا تھا۔ دونوں کی زندگی میں یہ پہلا موقع تھا کہ سامنے نعمتوں کا ڈھیر تھا۔ جس طرح چاہے کھاؤ اور جو چاہے پھینکو۔ پہلے دونوں نے مٹھائی کی ایک ایک ڈلی منہ میں ڈالی اور بدحواسی سے ان کو نگل گئے پھر مر بھکوں کی طرح مٹھائی پر ٹوٹ پڑے۔ گویا زندگی بھر کی بھوک۔ اسی ایک آن میں بجھا دیں گے۔ پوریوں کی باری آئی، ایک ایک پوری کا ایک ایک نوالہ۔ کس کس کر دو چار دانت مارتے اور پھر غپ سے دوزخ میں اتار لیتے۔ اس شور سے بڑھیا جو سو رہی تھی جاگ پڑی اور جاگتے ہی کھانا مانگنے لگی۔ اب ان دونوں کو وہ بھی یاد آئی۔ گھسیٹے اس کی طرف پیار سے دیکھ کر ہنسا اور

اسے اٹھا کر ٹیک لگا کر بٹھا دیا۔

"لو آج تم بھی مزیدار چیزیں کھالو۔ کبھی کاہے کو کھائی ہونگی۔"

گھسیٹے نے کچھ نکتیاں اس کے منہ میں دے دیں۔ وہ جلدی سے ان کو نگل گئی اور نگلتے ہی بدحواسی سے باب باب کرنے لگی۔ حیرت کی بات ہے کہ وہ کسی نہ کسی طرح ہاتھوں پیروں کو ہلا جلا کر آگے سرک آئی۔ گویا کہ چاہتی تھی ایک جھپٹا مار کر سب کچھ ایک ہی دفعہ اپنے منہ میں بھر لے۔ فقیرا اور گھسیٹے کے لئے دشواری یہ تھی کہ خود کھائیں یا اسے کھلائیں۔ ادھر اس کے منہ میں کچھ دیتے اور ادھر وہ نگل کر مانگنے لگتی۔۔۔ گھسیٹے جھلا کر بولا۔۔۔ "لو تم بھی کیا یاد کرو گی۔"

دانت سے کاٹ کر مولی کا ایک ٹکڑا بڑھیا کے منہ میں دے دیا۔ بڑھیا فوراً خوش خوش اسے چبانے لگی مگر چبتا کیا وہ بار بار منہ سے نکل آتا اور پھر کسی نہ کسی طرح کانپتے ہاتھوں سے اسے اندر ٹھیل لیتی۔

دونوں پھر اپنا پیٹ پاٹنے میں جٹ گئے۔ ذرا دیر میں بڑھیا کھانسی۔ اس کے حلق میں ٹکڑا پھنس گیا تھا۔ آنکھیں چڑھ گئیں اور آگے پیچھے جھوم جھوم کر سوں سوں کرنے لگی۔ معلوم ہوتا تھا کہ اب دم نکلا اور تب دم نکلا۔ گھسیٹے اسے مرتے دیکھ کر کھانا بھول گیا اور جلدی سے انگلی ڈال کر اس کے حلق سے ٹکڑا نکال لیا۔ نکلتے ہی بڑھیا نے ایک چیخ ماری جیسے کسی نے اس کا خزانہ لوٹ لیا ہو اور حلق پھاڑ پھاڑ اسے پھر مانگنے لگی۔ اب گھسیٹے نے اسے مشغول رکھنے کو ہاتھ میں ایک رس گلا پکڑا دیا۔ بڑھیا نے اسے اپنی مٹھی میں زور سے دبا لیا اور منہ کی طرف لے چلی۔ مگر ایک تو ہاتھ کانپ رہا تھا اور دوسرے رس گلے کی پکڑ بے تکی تھی، وہ کسی طرح منہ کے اندر نہ جا سکا۔ رس گلا دب رہا تھا۔ اس کا شیرا اٹھڈی باچھوں سے ہوتا ہوا گلے پر اور گلے سے چھاتیوں میں بہہ رہا تھا۔ بڑھیا ساری کی ساری

میٹھی ہو گئی تھی۔

ماں اور بیٹے کھاتے چلے جاتے تھے۔ نہ یہ تھکتی تھی اور نہ وہ۔ رفتہ رفتہ بیٹوں کا ہاتھ تو سست ہوتا گیا مگر ماں کا باب باب تیز ہی ہوتا گیا۔ آخر جب گھسیٹے اور فقیرا میں نگلنے کی بالکل سکت نہ رہی تو دونوں نے بچا کھچا کھانا آگے سے سرکا دیا اور وہیں پڑ کر بیڑیاں پینے لگے۔ بڑھیا چلاتی رہی۔ آخر چلاتے چلاتے تھک کر وہ بھی ٹوکرے میں گر پڑی۔

فقیرا بہت خوش تھا۔ اس کے دل میں اب تو یہ خیال تک نہ تھا کہ اگر کہیں کسی کو معلوم ہو گیا تو کیا ہو گا؟ اب اس کے سامنے ایک دنیا تھی جس میں چھپر نیا ہو گیا تھا۔ اس میں ایک طرف لپا پتا چولھا تھا جسے رمضانی کی بیوہ جھکی ہوئی پھونک رہی تھی۔ جب چراغ جلے بکریوں کا ایک بڑا سا گلہ لئے وہ واپس آتا ہے تو رمضانی کی بیوہ جلدی جلدی گرما گرم و سرخا سرخ روٹیاں پکا کر سامنے رکھ دیتی ہے۔ تھالی میں (گھر میں ایک پھول کی تھالی بھی آ گئی ہے) ایک طرف بکری کا مسکا بھی ہے۔۔۔ فقیرا خوش تھا۔ بہت خوش۔

گھسیٹے کی طبیعت بھی زوروں پر تھی۔ زندگی میں پہلی بار کامیابی ہوئی تھی۔ کامیابی سی کامیابی! پونے دو روپے اور صرف ایک دن میں۔ پچاس روپیہ مہینہ افوہ! اگر ہم کہیں کلکتے میں ہوتے تو وہاں کتنی آمدنی ہوتی! پھر جب روپیہ ہو تو کلکتہ کی زندگی! سنگل چائے، بیڑیاں، تاڑی خانہ، بھنا گوشت، وہ سالی نخریلی رنڈیاں، وہ ان کا مٹک مٹک چلنا، گود میں بل کھا کھا جانا۔ گھسیٹے مسکرانے لگا۔ کچھ دیر انہی خیالوں میں ڈوبا رہا۔ پھر ذرا سنجیدہ ہو گیا۔ سوچنے کی بات ہی تھی۔ فقیرا نے سارے گھر پر قبضہ کر لیا ہے۔ سب بکریاں اپنی کر لی ہیں۔ حصہ مانگا تو سسرا اکڑتا ہے۔ جی چاہتا ہے سر پھوڑ دوں سالے کا۔ اب اماں میں بھی حصہ بٹائے گا۔۔۔ نہیں ایسا نہیں ہو سکتا۔ میں گھر دے دوں گا، بکریاں دے دوں گا، مگر اماں کو نہیں دے سکتا۔ آخر میں بھی تو اس کا لڑکا ہوں اور اب فقیرا کا حق ہی کیا ہے؟ وہ

سب کچھ تو لے چکا۔ اتنے دنوں تک اماں بھی اسی کی رہی، آخر مجھے بھی تو کچھ ملے۔ اماں کو میں نہیں دے سکتا۔ اگر وہ تکرار کرے گا تو ماروں گا، سر پھوڑ دوں گا۔۔۔ حرامی سالا فقیرا!

گھسیٹے سوچ سوچ کر کھولنے لگا۔ فقیرا اتنی دیر میں اونگھ گیا تھا۔ گھسیٹے نے اس کو جھنجھوڑ کر جگایا اور کہا، "فقیرا سونا بعد کو پہلے حصہ بانٹ لو۔ آج یہ جھگڑا چک جانا چاہیئے۔"

"کاہے کا حصہ بانٹ؟"

"ہاں اب تو کہوگے کاہے کا حصہ۔ ارے گھر کا، بکریوں کا اور جو کمایا ہے اس کا۔"

فقیرا تلملا کر اٹھ بیٹھا۔

"پھر وہی گھر، پھر وہی بکریاں۔ ہزار بار کہہ دیا کہ ابا کا بنایا ہوا چھپر پندرہ برس ہوئے جب ہی سڑ گل کر ختم ہو گیا تھا۔ یہ میں نے بنوایا ہے۔ اور وہ بکریاں بھی مر کھپ گئیں۔ یہ سب میری پالی ہوئی ہیں چلا ہے حصہ بانٹ کرنے اور اتنے دنوں تو جو ہماری روٹی توڑ تا رہا ہے؟"

فقیرا اب شہر والا فقیرا نہیں تھا۔ شہر سے نکلتے ہی پھر شیر ہو گیا تھا۔

گھسیٹے غصے میں مگر سمجھانے کے انداز میں کہنے لگا، "اچھا چلو گھر تم لے جاؤ اور بکریاں بھی تم ہی لے جاؤ۔ مگر لاؤ ہماری اماں کو ہمیں دے دو۔ اتنے دنوں اگر تم نے کھلایا ہے تو اب ہم کھلائیں گے۔"

"ہاں اب تو تو کھلائے ہی گا؟ پندرہ برس میں پالتا رہا۔ گو، موت صاف کرتا رہا۔ تب اماں کی یاد نہ آئی۔ اب جو کمائی کے قابل ہو گئی تو اماں تیری ہے۔ تجھے دے دوں؟ مجال ہے تیری تو لے جائے؟"

گھسیٹے پر بھوت سوار ہو گیا اور وہ غصے میں ماں کی طرف لپکا۔ جیسے اس کو جب ہی میں

تو رکھ لے گا، مگر فقیرا فوراً کود کر سامنے آ گیا اور لگا گھسیٹے کو گالیاں دینے۔ گھسیٹے کا پارہ حد سے اونچا ہو گیا۔ اس نے بڑھ کر فقیرا کو زور سے دھکا دیا اور دوڑ کر بڑھیا کو اس طرح ہاتھوں میں دبوچ لیا گویا وہ کوئی گٹھری ہے۔ جس طرح بلی چوہے پر جھپٹتی ہے فقیرا بڑھیا پر جھپٹا اور اس کے سر اور کمر میں ہاتھ دے کر اپنی طرف کھینچنے لگا۔ بڑھیا اس بلی کی طرح جس کا بچہ مر گیا ہو عوعو کر کے حلق پھاڑ پھاڑ رونے لگی۔ مگر ان دونوں کی گالیوں اور غل غپاڑے کے نیچے اس کی آواز دب گئی۔ تھوڑی دیر چھینا جھپٹی ہوئی تھی کہ بڑھیا فقیرا کے ہاتھوں میں آ گئی تھی۔ نہ جانے فقیرا نے زور کر کے چھین لیا یا گھسیٹے نے بڑھیا کے مر جانے کے ڈر سے اسے خود ہی چھوڑ دیا۔ مگر فقیرا جیسے ہی اس کو گالیاں دیتا پیچھے ہٹا ہے گھسیٹے بھوکے بھیڑیے کی طرح اس پر پھاند پڑا۔ وہ تڑ سے کھڑے قد نیچے گر پڑا اور بڑھیا چیختی، قلا بازی کھاتی ایک طرف جا پڑی۔ گھسیٹے فقیرا پر چڑھ بیٹھا اور دونوں ہاتھوں سے اس کا گلا گھونٹنے لگا۔ فقیرا کا اور تو کوئی بس نہیں چلا وہ نیچے سے اس کے سینے اور منہ پر گھونسے جمانے لگا۔ گھسیٹے جیسے جیسے گھونسے کھاتا ویسے ہی ویسے زور سے گلا دباتا۔ آخر فقیرا کے ہاتھ پاؤں ڈھیلے پڑ گئے۔ گھسیٹے نے کس کس کر دو جھٹکے اور دیئے۔ فقیرا کی آنکھوں کے ڈیلے غلوں کی طرح باہر نکل آئے، منہ بھیانک ہو گیا اور ہاتھ پاؤں برر گئے۔ اب گھسیٹے کا غصہ اترا اور پتہ چلا کہ میں نے کیا کیا۔ وہ کانپ کر کھڑا ہو گیا اور سکتے کی سی حالت میں فقیرا کو گھورنے لگا۔ اس کا چہرہ رام لیلا کے بیچا کی طرح ہونق ہو گیا۔

تھوڑی دیر میں گھسیٹے نے اپنے حواس درست کر لیے۔ کلکتہ میں ایسے ایسے کئی قصے یہ دیکھ چکا تھا۔ کئی بار ایسا ہوا کہ اس کے ساتھیوں میں آپس میں لڑائی ہوئی اور ایک نے دوسرے کو مار ڈالا۔ ڈر کس بات کا؟ فقیروں کے مرنے جینے کی کسے پروا ہوتی ہے۔ مر گیا۔۔۔ مر گیا۔۔۔ ہا۔۔۔ فقیرا۔۔۔ ناحق مرا۔ مان لیتا میری بات۔ میں نے کیا برا کہا تھا

کہ اتنے دنوں تک اماں تم نے رکھی ہے۔ اب مجھے دے دو۔ ارے ہاں۔ میں بھی تو کچھ دنوں زندگی کی بہار دیکھ لوں۔ مر کے بھی تو جان ہے۔ مجھے اینٹ پتھر سمجھا تھا، جیسا کیا ویسا بھگتا۔

ہاں اب جلدی سے اماں کو لو اور بھاگو۔۔۔ پیاری اماں۔۔۔ کلکتہ وہاں کی بھیک کا کیا کہنا! اب مزا لے گا کلکتہ کا۔

گھسیٹے جلدی سے بڑھیا کی طرف مڑا۔ دیکھا تو وہ آدھی چت آدھی پٹ، مٹی کے چونتھ کی طرح ڈھیر ہے، آنکھیں چڑھ گئی ہیں۔ منہ کلھیا کی طرح کھلا ہوا ہے اور اس میں سے رہ رہ کر بلغم اور تھوک میں لتھڑی آدھی چبی آدھی پوری غذا نگل رہی ہے۔ نکتیاں، گلاب جامن، پوری کے بھیگے ہوئے ٹکڑے۔ لوندے کے لوندے۔ زرد زرد چھین۔ گھسیٹے نے بڑھ کر ہاتھ لگایا۔۔۔ بڑھیا میں کچھ نہیں تھا۔

سورج ڈوب گیا تھا۔ کھنڈر کا ہر کونا بلاؤں کا بھٹ معلوم ہوتا تھا۔ پت جھڑ ہوا کے جھکڑ سینکڑوں میل سے درختوں کو تاراج کرتے مردہ پتیوں کو اٹھا اٹھا کر پٹکتے۔ وحشت ناک سروں میں سائیں سائیں کرتے ایک طرف سے آرہے تھے اور دوسری طرف بھاگے جارہے تھے۔ معلوم ہوتا تھا کہ ہر چیز کو اڑا کر لے جائیں گے، گھسیٹے ہکا بکا کھڑا تھا۔ اس کے ایک طرف بھائی کی لاش تھی اور دوسری طرف ماں کی۔ دونوں پہلو میں اس کی آخری کوشش کی بھی لاش تھی۔ جب تک ماں زندہ تھی بھیک کا ٹھیکرا تھی مگر مر کر وہ اس کے دل میں سچ مچ ماں بن گئی تھی۔ یہ وہی ماں تھی جو اس کے ہر دکھ پر بیتاب ہو جاتی تھی۔ اس کی ہر خوشی پر اپنی خوشی قربان کر دیتی تھی۔ فقیرا بھی آخر بھائی ہی تھا۔ زندگی کا سہارا اس کی یاد کلکتہ کی بے کسی میں بھٹکے مسافر کا دیا تھی۔ ان دونوں کے مرتے ہی جو رہا سہا دنیا کا رشتہ تھا وہ بھی ٹوٹ گیا۔ سمجھتا تھا کہ اب تو کشتی کنارے لگ چکی ہے پیشہ مل گیا

ہے اور اس کا بہتر سے بہتر سامان ہاتھ آ گیا ہے۔ سب کچھ مل گیا تھا مگر ابھی خود اس کے قابل نہیں بنا تھا۔۔۔ امید کی آخری کرن ڈوب گئی۔ اب زندگی کی اتھاہ مصیبتیں، طوفانی سمندر کی طرح آگے پیچھے، دائیں بائیں، اوپر نیچے ہر طرف تھیں۔ اس کے بھیانک بھنور منہ پھاڑے بڑھ رہے تھے اور پاس تنکے تک کا سہارا نہ تھا۔

گھسیٹے سر جھکائے افق کی طرف چل کھڑا ہوا۔

***

بے حد معمولی

پروفیسر دارا مرزا نے پوری طاقت سے برک دبایا اور چلا کر کہا،

"پگلی کہیں کی۔"

برک لگنے سے پروفیسر منظور کو جو دارا کے پاس بیٹھے ہوئے تھے سخت دھکا لگا اور ان کا سر اسکرین سے ٹکرا گیا۔ ساتھ ساتھ ان کے منہ سے نکلا،

"کیا مر گئی کم بخت؟"

ایک طرف سے دارا اور دوسری طرف سے پروفیسر منظور موٹر سے کود کر نکلے اور بھاگ کر سڑک پر پڑی ہوئی فقیرن کو دیکھنے لگے، اسی وقت ادھر ادھر کے دو موٹروں کے لوگ بھی آ گئے۔ راہ گیروں کی بھیڑ اکٹھی ہو گئی۔ فقیرنی کے سر، ہونٹوں اور انگلیوں سے خون بہہ رہا تھا اور بہہ کر ایک پوٹلی کو جو اس کی بغل میں تھی بھگو رہا تھا۔

ایک موٹر والے صاحب نے پروفیسر دارا کو پہچان کر کہا،

"جو ہوا اس کا مجھے بہت افسوس ہے، لیکن غلطی آپ کی نہیں تھی پروفیسر صاحب"

دوسرا موٹر والا بولا۔ "میں دیکھ رہا تھا کہ آپ نے اسے بچانے کی ہر ممکن کوشش کی لیکن دیکھئے، کیا وہ مر گئی؟"

پروفیسر دارا نے فقیرنی کے نبض پر انگلی رکھ کر کہا،

"ابھی تو جان ہے، اس کو ہسپتال لے چلنا ہو گا۔" پروفیسر دارا نے فقیرنی کو اس کے

زخموں کا خیال کر کے سنبھالا۔

منظور نے دارا کو فقیرنی کے اٹھانے میں مدد دی لیکن جیسے ہی اس کو اٹھایا، اس کی پوٹلی ایک طرف کو لڑھک گئی اور اس کے اندر کا آخور نکل پڑا۔

جو زور زور سے رونے لگا۔

فقیرنی کو موٹر میں ڈالنے کے بعد دارا اور منظور دونوں نے اس روتی ہوئی چیز کو دیکھا۔ وہ ایک بے حد گندہ بچہ تھا جو صرف ہڈی اور چمڑے سے بنا ہوا معلوم ہوتا تھا۔ پسلیاں اس طرح اس کی ادھر ادھر نکل رہی تھیں جیسے کپڑے کے تھیلے میں لکڑیاں ٹھونس دی گئی ہوں۔ سر پر میل اور گنج کی پپڑیاں جمی ہوئی تھیں۔ ناک، آنکھ اور منہ سے گندگی بہہ رہی تھی اور پیشاب اور پاخانہ میں وہ لتھڑا ہوا تھا۔ دارا کو زخمی عورت کو دیکھ کر ذرا سی گھن آئی تھی لیکن اس آخور کو دیکھ کر اس کا جی متلانے لگا۔

منظور، "یہ ابھی ابھی رویا ہے۔ ایسا معلوم ہوتا ہے کہ چوٹ سے بے ہوش ہو گیا تھا۔"

دارا، "یہ ایک نئی ذمہ داری آن پڑی۔"

منظور، "بچے کو بھی لے چلنا ہو گا۔"

دارا، "ہاں، ہاں۔ میں اٹھاتا ہوں اس کو بھی۔"

دارا کا جی چاہا کہ کہدوں کہ اسپتال سے بھنگی بھیج کر منگوالوں گا لیکن اپنی حماقت کا احساس کر کے اس نے اپنی زبان روک لی۔

پروفیسر دارا مرزا نے نسلی خصوصیات کی تحقیقات پر کافی زندگی صرف کی تھی، آج کل وہ اس فن کے ماہروں میں گنے جاتے تھے۔ ان کا خیال تھا کہ معمولی گھرانے صرف معمولی ہی بچے پیدا کر سکتے ہیں۔ جب وہ دیہات سے گزرتے اور وہاں کے ننگے میلے بچوں

کی فوج کو دیکھتے تو کہتے کہ ان لوگوں کے پاس صرف ہاتھ پاؤں ہیں، دماغ نہیں ہے۔ پھر افسوس کے ساتھ کہتے کہ جمہوریہ ہندوستان کو دماغوں کی ضرورت ہے اور وہی بہت کم ہیں۔ اسوقت ایک بے حد معمولی بچے کو دیکھ کر اور وہ بھی ایسی گندی حالت میں دارا کے دماغ میں ناپسندیدگی کا جذبہ ایسی زور سے ابھر آیا کہ محقق ہونے کے باوجود اس گندے اور روتے بچے کو ہاتھ لگاتے اسے کراہیت محسوس ہونے لگی۔ لیکن اپنی ذمہ داری کا خیال کر کے انھوں نے اس بچے کو اٹھالیا اور موٹر میں رکھ کر اسپتال کی طرف چل پڑے۔

دارا جیسے ہی اسپتال پہنچے ان کی نظر سب سے پہلے اپنی بیوی نشاط پر پڑی جو ایک نرس کے ساتھ کھڑی تھیں۔ ان کو دیکھ کر دارا نے کہا،

"نشی تم خوب آگئیں۔"

"مجھے انسپکٹر نورانی نے ٹیلی فون پر اس حادثے کی خبر دے کر یہ بھی بتلایا کہ فقیرنی ایک دم سے خود ہی بیچ میں آگئی تھی اور ٹکرا گئی۔ میں کلاس چھوڑ کر بھاگی بھاگی آرہی ہوں۔"

نشی اور نرس نے فقیرنی کو اتارا اور پھر نرس اسے آپریشن تھیٹر میں لے گئی۔ جہاں ڈاکٹر کو نشی نے پہلے بلالیا تھا۔

نشی تو آناً فاناً ایسا انتظام کر ہی دیا کرتی تھی۔ اس لیے اس وقت دارا کو کوئی حیرت نہیں ہوئی۔ وہ کہنے لگے،

"تھینک یو ڈارلنگ۔ خدا کرے یہ فقیرنی بچ جائے۔"

پھر کہنے لگے،

"میرے خیال میں گردن میں سخت چوٹ ہے۔ شاید ہی بچے۔"

پھر کہنے لگے،

"یہ بچہ کون ہے؟ کیا اسی کا ہے؟"

"ہاں۔ اس کو اٹھانے کے لیے بھنگی کو بلالو۔ بچہ بہت گندہ ہے۔"

"اوفوہ۔ کتنا گندہ ہے۔ کیا اسے بھی چوٹ آئی ہے۔"

"معلوم نہیں۔ گندگی کی وجہ سے اس کو ٹٹولنے کی ہمت نہیں پڑی۔"

نشی کا بھی اسے دیکھ کر جی متلانے لگا۔ اس نے وارڈ بوائے کو بلوا کر اسے اٹھوایا اور ساتھ لے کر معائنے کے ہال میں چلی گئی۔ دو گھنٹے کے بعد جب وہ بچے کو جس کے پیٹ اور سینے پر پٹیاں بندھی ہوئی تھیں اور چیخ چیخ کر رو رہا تھا، صاف کپڑوں میں لیے ہوئے نکلی تو دیکھا کہ دارا بہت مغموم اور نڈھال ٹہل رہا ہے۔ نشی نے اس کے چہرے کی طرف دیکھ کر پوچھا،

"کیا فقیرنی؟"

"ہاں چل بسی۔ ایک پسلی ٹوٹ کر اس کے پھیپھڑے میں گھس گئی تھی۔"

"فکر نہ کرو۔ تم پر کوئی الزام نہیں آسکتا۔"

"یہ تو میں بھی جانتا ہوں۔ لیکن دل پر ایک طرح کا بوجھ تو ہے ہی۔"

"ڈارلنگ جو ہوگا دیکھا جائے گا۔ فکر نہ کرو۔"

دارا کے سامنے ایک کشتی میں کچھ سامان پڑا ہوا تھا۔ نشی اس کی طرف اشارہ کر کے پوچھنے لگی،

"یہ الم غلم کیا ہے؟"

"یہ وہ چیزیں ہیں جو فقیرنی اپنے گلے میں پہنے ہوئے تھی۔ یہ تانبے کے چھلے ہیں۔ یہ شیر کے ناخون ہیں۔ اسپتال والوں نے بتایا کہ یہ دونوں چیزیں کسی ٹوٹکے میں کام آتی ہیں۔ یہ وہ تعویذ ہیں جن کی بنا پر ڈاکٹروں نے فیصلہ کیا کہ فقیرنی مسلمان تھی۔ ان ہی

تعویذوں سے اسی روپیہ کے نوٹ نکلے۔ اسی سے اس کے کفن دفن کا بندوبست ہوا۔"

"بچے کا کیا حال ہے؟"

"ڈاکٹر کا کہنا ہے کہ اگر اس کی پوری دیکھ بھال نہ کی گئی تو دو چار روز میں ختم ہو جائے گا۔"

"پھر کیا کیا جائے؟ چلو اسے مشن کو دے دیں۔ وہ لوگ دیکھ بھال کر لیں گے۔"

"نہیں۔ بچے کے معاملے میں کوئی خطر مول نہ لینا چاہیے۔ فقیرنی کے معاملے میں تو لوگ تم کو بے قصور سمجھتے ہیں لیکن اس کے معاملے میں کوئی نہیں سمجھے گا۔ اخبار والے تمہارے تناسل کے نظریے کی باتیں کرتے ہیں ہو سکتا ہے کہ کہیں اسی کی وجہ سے تم نے فقیرنی کے بچانے کی کوئی خاص کوشش نہیں کی۔"

"سب بکواس ہے۔ اس حادثے کو ان لوگوں نے دیکھا ہے جن کا میرے نظریے سے کوئی تعلق نہیں۔ وہ مجھے یقین دلا رہے ہیں کہ ضرورت ہوئی تو وہ گواہی دیں گے۔ اب بچے کے لیے کیا کیا جائے؟"

"یا تو اسے اسپتال میں ایک وارڈ لے کر رکھا جائے یا پھر اسے گھر لے چلو، وہاں ڈاکٹروں اور نرسوں سے اس کا علاج کروایا جائے۔"

دارا، "نشی دونوں نسخے مہنگے پڑیں گے۔"

"ہاں۔ لیکن اگر یہ مر گیا تو لوگ اس معاملے کو دوسری نظر سے دیکھیں گے۔"

"پھر بہتر کیا ہے؟ اسپتال یا گھر؟"

"جیسا تم کہو۔ لیکن بچے کے ساتھ اسپتال میں میں رہی تو تم کو گھر میں اکیلا رہنا پڑے گا۔"

(۲)

گھر کی زندگی کچھ عجیب سی ہو گئی۔ ڈاکٹروں کا آنا جانا، نشی اور نوکروں کا رات کو باری باری جاگنا۔ بچے کا مسلسل رونا، دواؤں کی بو اور دوستوں کا دارا پر اس کی انوکھی مصیبت کے لیے ترس کھانا، نشی کا سنجیدہ منہ بنائے ہوئے دارا سے دو چار باتیں کر لینا اور پھر بچے کے پاس بھاگ جانا، یہ تھی دارا کی دس دن کی زندگی۔ اس کی سمجھ میں نہیں آتا تھا کہ نشی کو اس گندے بچے کی اتنی فکر کیوں ہے۔ رات کو بھی وہ اٹھ اٹھ کر بچے کے پاس ایک دو مرتبہ چلی جاتی ہے اور صبح ناشتے پر کھوئی کھوئی سی نظر آتی ہے۔

دارا نے پوچھا،

"آخر بچہ کب تک اس قابل ہو جائے گا۔ کہ مشن کو دے دیا جائے؟"

"ڈاکٹر سکھی رام جو یہاں کے انچارج ہیں کہتے ہیں کہ کم سے کم دو ہفتے لگیں گے۔"

دارا ایک بار بھی بچے کے پاس نہیں گیا۔ اس کے ذہن میں بچے کے سر کا گنج، بہتی ناک، بہتا منہ اور بہتا پیشاب اور پاخانہ یہ سب بڑھ کر اتنے پھسل گئے تھے کہ بچہ اس میں غائب ہو گیا تھا۔

پروفیسر دارا کو ایک سیمینار میں شرکت کے لیے کلکتہ جانا پڑا۔ وہاں سے پندرہ دن کے بعد واپس آکر خبر ملی کہ اس درمیان بچے کی حالت بہت خراب ہو گئی تھی۔ نشی اس کو اسپتال لے گئی۔ وہاں کوئی بڑا نازک آپریشن ہوا، اس کو بچہ جھیل لے گیا۔ اب اچھا ہے اور دو ایک روز مین گھر آجائے گا۔ بچہ کے تندرست ہو جانے کی خبر نشی نے بہت خوش ہو کر سنائی اور کہا کہ ڈاکٹر رام نے تمہارا خیال کر کے بچے کا بہت لگن سے علاج کیا ہے۔

دارا نے اسی وقت ڈاکٹر رام کو ٹیلی فون کر کے ان کا شکریہ ادا کیا اور اس سلسلے میں پوچھا،

"ڈاکٹر صاحب کیا آپریشن خطرناک تھا؟"

رام، "کافی خطرناک۔ مگر بچہ قسمت والا ہے بچ گیا اور دن بدن سنبھلتا جارہا ہے۔

دارا کے لبوں پر آیا کہ بچہ قسمت والا ہے یا میں جو بدنامی سے بچ گیا۔ لیکن اس نے یہ فقرہ پی لیا۔

"بہت بہت شکریہ ڈاکٹر رام۔ نشی نے یہ سارا بوجھ اکیلے سر اٹھالیا تھا اور وہ آپ کو مسلسل زحمت دے رہی ہے۔"

"زحمت کی بات نہ کیجیے۔ ہم سب کو فکر تھی کہ آپ کی اس معاملے میں گلو خلاصی ہو جائے۔"

آپ کے سفر پر جانے کے دو دن بعد ہی بچے کی حالت بہت خراب ہوگئی تھی آخر ہم لوگوں نے طے کیا کہ آپریشن کیا جائے اگرچہ وہ خطرناک ہے لیکن بچے کی جان اگر بچ سکتی ہے تو اسی طرح۔ لیکن جب مریض کو آپریشن ٹیبل پر لٹایا گیا تو اس وقت بیہوش کرنے والے ڈاکٹر نے کہا کہ ضروری نہیں ہے کہ مریض کو بیہوشی کے بعد ہوش آ جائے۔ مجبوراً میں نے آپریشن ملتوی کر دیا اور سلفاڈرگ سے علاج کرنے لگا۔ مگر ڈر رہا تھا کہ جانے اس کا ردعمل بچہ برداشت کر سکے گا یا نہیں۔ تین دن اس کی بڑی دیکھ بھال کی گئی۔ مگر بھگوان کی مہربانی سے بچہ نہ صرف سلفاڈرگ برداشت کر لے گیا بلکہ اس کی تندرستی توقع سے زائد بہتر ہوگئی۔ اب آپریشن کی ضرورت تو نہیں، لیکن دیکھ بھال کی بڑی ضرورت ہے اور پیشاب کی جانچ روزانہ ہونا چاہیے۔

اس زمانے میں مسز مرزا جس لگن سے بچہ کی دیکھ بھال کرتی رہیں، وہ سگی ماں کے سوا اور کوئی نہیں کر سکتا ہے۔ آپ دونوں نے ایک فقیرنی کے بچہ کے لیے جو کچھ کیا ہے اس پر ہم سب کو فخر ہے۔

"آج کل کچھ لوگ اخباروں میں آپ کے خلاف یہ کہہ کر شور مچا رہے ہیں کہ آپ

نے ہٹلر کے دور میں جرمنی میں تعلیم حاصل کی تھی۔ اس وجہ سے آپ نسلی برتری کے قائل ہیں اور ذات پات کی اونچ نیچ کو صحیح سمجھتے ہیں۔ فقیرنی کا حادثہ اسی نقطہ نظر کی وجہ سے پیش آیا۔ کاش وہ لوگ دیکھتے کہ آپ اور آپ کی مسز کس طرح فقیرنی کے بچے کی پرورش کر رہے ہیں۔"

(۳)

ایک دن دارا مرزا یونی ورسٹی سے جو آئے تو دیکھا کہ ڈرائینگ روم میں ایک صاف ستھرا بچہ لیٹا ہوا میں مکے مار رہا ہے۔

دارا نے سمجھا کہ کوئی مہمان آیا ہے۔ اس نے نشی سے پوچھا کہ یہ بچہ کس کا ہے؟

نشی ہنسنے لگی، "ارے آپ پہچانتے بھی نہیں۔ یہ وہی ہے جسے آپ نے موت کے منہ سے نکالا ہے۔"

"یہ فقیرنی کا بچہ ہے کیا؟"

"جی ہاں اور کون ہے۔"

نشی نے بچے کی طرف دیکھ کر چمکارا تو اس کے لب کھل گئے اور دو دانت نظر آئے۔

دارا، "یہ وہ بچہ تو ہو ہی نہیں سکتا ہے۔ اس کے منہ میں دانت کہاں تھے۔"

نشی، "واہ۔ واہ۔ آپ نے تو صرف برائیاں ہی برائیاں دیکھیں تھیں۔"

دارا قریب جا کر بچے کو دیکھنے لگا اور سوچنے لگا کہ اس وقت دانت تھے یا نہیں۔ اس نے چمکارا تو بچہ قلقاریاں مارنے لگا۔ دارا نے اور چمکارا تو بچے نے ٹھٹھا مار دیا۔

دارا، "(خوش ہو کر) ارے یہ تو خوب ہنستا ہے۔"

نشی، "ہے آدمی ہی کا بچہ نا۔ اس نے تم کو بہت کم دیکھا ہے۔ پھر بھی اس وقت تمہاری طرف دیکھ کر کس طرح ہنس رہا ہے۔"

نشی پھر بولی،

"ایک بات اور دیکھو۔"

یہ کہہ کر نشی نے بچہ کو گود میں لینے کو ہاتھ بڑھایا تو وہ بہت ہمک کر آ گیا اور پھر نشی کی چھاتیوں کی طرف منہ بڑھانے لگا۔

"نشی ہنس کر بولی۔ دیکھتے ہو کہ یہ مجھے اپنی ماں سمجھ رہا ہے اور دودھ پینا چاہتا ہے۔"

پھر بچے کو چمٹا کر کہنے لگی،

"اگر میں زرا دیر کے لیے بھی پاس سے ہٹوں تو چلانے لگتا ہے۔ اسپتال میں دس دن یہ رہا تو نرس کے پاس۔ لیکن اس سے اتنا نہیں ہلا جتنا مجھ سے۔ اسپتال والے اس پر حیرت کرتے تھے۔"

یہ تو ٹھیک کہتی ہو کہ فقیرنی اور اس قسم کی نسل کے لوگ بھی انسان ہی ہوتے ہیں۔ لیکن یہ بات بھی صحیح ہے کہ ان کے بچے بھی ویسے ہی ہوتے ہیں۔ یہ یاد رکھنا ضروری ہے۔ یہ دیکھو کہ کتے اور بھیڑیے کی شکلیں کتنی ملتی جلتی ہیں۔ لیکن دونوں کے مزاج میں کتنا فرق ہوتا ہے۔ بھیڑیا اپنے پالنے والے کے لیے بھی دغاباز ہوتا ہے۔ لیکن کتا بے حد وفادار۔ بھیڑیے کو طرح طرح سے پال کر دیکھا گیا لیکن اس کی دغابازی نہیں گئی۔ گھوڑا اور گدھا بھی لگ بھگ ایک سی نسل کے ہیں، لیکن گدھا بے حد بیوقوف ہوتا ہے۔ بعض قومیں پانچ سو سال سے اس نسل کو بہتر بنانے کی کوشش کر رہی ہیں، لیکن وہ ویسی کی ویسی ہی رہی۔ انسانوں کی جنگلی قوموں کی بھی یہی حالت ہے۔ ان کو طرح طرح کے موقع ملے ترقی کے لیکن ہزاروں سال سے وہ ویسی ہی ہیں۔ یہ باتیں سائنس کی تسلیم شدہ ہیں، تمھیں ان کو نظر انداز نہ کرنا چاہیے۔

"تم دیکھ لینا کہ ہم اسکول والے اسے اچھا شہری بنا دیں گے۔ عمدہ تعلیم دیں گے اور

ڈھنگ سے رہنا اور کام کرنا سکھائیں گے۔"

"لیکن بڑا ہو کر یہ امتحانوں میں سیکنڈ بھی آنے سے رہا۔"

"تم اپنے بچوں سے اس کا مقابلہ کیوں کرتے ہو۔ اگر وہ فرسٹ آتے ہیں تو یہ تھرڈ تو آ ہی جائے گا۔"

نشی اور دارا کے تین بچے تھے، جن میں سے دو لڑکے مسعود اور محمود جو بڑے تھے، مسوری کے اسکول میں پڑھتے تھے اور وہیں ہوسٹل میں رہتے تھے۔ تیسری ایک لڑکی نجمہ، جو سات سال کی تھی، بمبئی میں اپنی خالا مودودہ کے پاس جو وہاں ایک کانونٹ اسکول میں ٹیچر تھیں، رہتی تھی۔

نشی نے اپنی بات پوری کرتے ہوئے کہا،

"کیا ہندوستان کو صرف گاندھی اور جواہر لال کی ضرورت ہے۔ اسے کیا اچھے کلرکوں اور فوجیوں اور اچھے شہریوں کی ضرورت نہیں ہے؟۔"

"ہاں۔ اس بچے کو اگر اچھی تربیت اور تعلیم کے ساتھ ساتھ کچھ مامتا بھی ملی تو یہ تھرڈ کلاس کا کلرک شاید بن جائے۔"

"یہ بتاؤ کہ آدمی کیسا بنے گا؟ اچھا آدمی کہ برا آدمی؟"

"اچھے آدمی جن کو تم لوگ کہتے ہو، وہ تو بائی پراڈکٹ ہوتے ہیں۔ یعنی افسر اور پروفیسر بنانے میں جو بچے غلط سانچے میں پڑ جاتے ہیں وہ ویسے بن جاتے ہیں۔ مگر اس قسم کے اچھے آدمیوں میں برائی کا مقابلہ کرنے کی سکت نہیں ہوتی ہے۔ خیر ہٹاؤ ان باتوں کو۔ یہ بتاؤ کہ اسے تم مشن کو کب دے رہی ہو؟"

"ابھی ڈاکٹر سکھی رام کی رائے نہیں ہے کہ یہ جس حالت میں ہے اس کو بدلا جائے۔ اب تو میں ایک تحقیقات بھی کرنا چاہتی ہوں۔ میرے اسکول میں ہر سال دو ایک

بچے ایسے بھی آجاتے ہیں جیسا یہ ہے۔ ہم لوگ ان کو اچھا شہری بنانے کی کوشش کرتے رہتے ہیں۔ میری بیس سال کی سروس میں ایسے بچوں سے دو چار اچھے افسر بھی بن گئے اور دو ایک سیاست اور سماج سیوا میں خاصے آگے آگئے۔ پھر میں اس بچارے سے کیوں مایوس ہوں۔ اب دیکھنا یہ ہے کہ کیا مشن والے میرے اس مشن میں میرا ساتھ دیں گے۔؟"

دارا دیکھتا رہا تھا کہ جس لڑکے یا لڑکی میں نشی کو دلچسپی ہو جاتی ہے اس کو گھر بلا بلا کر پڑھاتی ہے۔ وہ نشی کو سوالیہ نظروں سے دیکھنے لگا۔

نشی بولی، "سچ بات تو یہ ہے میں خود نہیں جانتی کہ کیا چاہتی ہوں۔ بچہ پچیس دن جو میرے پاس رہا تو دل میں ایسا گھر کر گیا جب ڈاکٹر اس کو آپریشن کے لیے یہ کہہ کر لیجانے لگا کہ ایسے آپریشن کم ہی کامیاب ہوتے ہیں تو مین بے اختیار رونے لگی۔ جب تک وہ آپریشن تھیٹر میں رہا۔ میں سوچتی رہی کہ یہ کیوں کر ممکن ہے کہ میں اس بچے کو اسی طرح مشن کو دے ڈالوں جیسے پرانے دھرانے کپڑے غریبوں کو دے دیے جاتے ہیں۔

"مشن کو نہ دو گی تو پھر کیا کرو گی؟"

"ہاں، دینا تو ہو گا مشن کو۔"

"مشن کے لوگ بچوں کو بہت پیار سے پالتے ہیں۔"

"پیار سے نہ کہو۔ یہ کہو کہ دیکھ ریکھ کر لیتے ہیں جو کہ مکینکل ہوتی ہے۔"

"لیکن اور کیا بھی کیا جا سکتا ہے۔ آخر تم سوچ کیا رہی ہو؟"

"کل بچے کے کچھ ٹسٹ ہوئے ہیں۔ ان کے نتیجوں کا بھی انتظار ہے۔ پھر طے کروں گی کہ کیا کرنا ہے۔"

اس واقعہ کے دو دن کے بعد دارا یونیورسٹی سے جو آیا تو نشی پریشان سی نظر

آئی۔ کہنے لگی۔

مشن والوں کا خط آیا تھا وہ کہتے ہیں کہ ہم لوگوں کو یہ معاہدہ لکھ کر دینا ہو گا کہ کبھی بچے کو واپس نہیں لیں گے اور اس سے جب ملنے جائیں گے تو جس طرح وہ کہیں گے اسی طرح غیر بن کر ملیں گے۔ اس کا قاصد جواب چاہتا تھا۔ میری سمجھ میں نہیں آیا کہ کیا جواب دوں۔ آخر میں نے لکھ دیا کہ ہم دونوں سوچ کر جواب دیں گے۔

"اگر ان کی شرط نہ مانو گی تو کرو گی کیا؟"

"یہی سوچ رہی ہوں۔ اب ایک بات اور سنو ڈاکٹر نے بچے کے ٹسٹوں کی رپورٹ بھیجی ہے کہتے ہیں کہ دو سال تک بچے کی دیکھ بھال کی سخت ضرورت ہے۔ کیوں کہ اس کے گردے بہت کمزور ہیں۔"

"یہ بات مشن والوں کو بتادی جائے گی۔ وہ دیکھ بھال کر لیں گے۔"

"مجھے یقین نہیں کہ جیسی دیکھ بھال چاہیے ویسی وہ کر لیں گے۔ وہ بس مکینکل کام کر سکتے ہیں۔"

"پھر؟"

"سمجھ میں نہیں آرہا ہے کہ کیا کروں۔"

(۴)

پروفیسر دارا مرزا یونیورسٹی میں کلاس لے رہے تھے کہ ان کو چپراسی نے ایک پرچہ لا کر دیا کہ نشی نے فون کر کے دارا کو فوراً اسپتال بلایا ہے۔

جب دارا اسپتال پہنچا تو نشی نے آنسو بھری آواز مین بتلایا کہ ملازمہ کی لاپروائی سے بچہ پلنگ سے نیچے گر پڑا اور ایسی چوٹ آئی کہ چیخ مار کر اسی وقت بیہوش ہو گیا۔ ڈاکٹر رام کو فون کیا تو انھوں نے ایمبولنس بھیج کر بچے کو اور مجھے فوراً اسپتال بلالیا۔ اب کئی ڈاکٹر معائنہ

کر رہے ہیں۔

تھوڑی دیر میں ڈاکٹر رام معائنہ کے کمرے سے باہر آئے اور کہنے لگے،

"بچے کے گردوں میں جو پہلے سے چوٹ کھائے ہوئے تھے، مگر دواؤں سے ذرا سنبھل گئے تھے، وہ پھر چوٹ کھا گئے ہیں۔ اکسرے سے ایک تو بہت چوٹیلا معلوم ہوتا ہے اور دوسرا کم۔ اب علاج آپریشن کے سوا اور کچھ نہیں ہے۔ مگر افسوس ہمارے پاس وہی آلات اور مشینیں ہیں جو عالمی جنگ سے پہلے آئے تھے، وہ ایسے نہیں ہیں جن پر زیادہ بھروسا کیا جائے۔ صرف ڈاکٹر ارشد کے پرائیویٹ اسپتال میں کچھ بہتر انتظام ہو سکتا ہے۔ ان سے میں نے فون پر بات کی وہ ہر ممکن مدد کے لیے تیار ہیں۔ انھوں نے کہا ہے کہ مسز مرزا بچے سے متعلق کاغذات لکر فوراً آجائیں۔ میں نے بچے کو سونے کی دوا دے دی ہے۔ آپ اسی حالت میں اس کو لے کر چلے جائیں۔"

ڈاکٹر ارشد نے بچے کو دیکھا پھر کہنے لگے،

"ڈاکٹر رام کی تشخیص مجھے صحیح معلوم ہوتی ہے۔ بچے کے گردے جو پہلے سے چوٹ کھائے ہوئے تھے، دوسری چوٹ سے ان میں سے ایک بیکار ہو گیا اور دوسرا کافی زخمی ہو گیا۔ علاج صرف یہ ہے کہ خراب گردہ نکال دیا جائے اور دوسرے کو ایسا کر دیا جائے کہ وہ دونوں گردوں کا کام دینے لگے۔ ایسے آپریشن ہو چکے ہیں اور کامیاب رہے ہیں۔ لیکن اس بچے کے ایسے آپریشن میں کئی دشواریاں ہیں۔ ایک تو یہ کہ تین دن سے زیادہ انتظار نہیں کیا جا سکتا ہے۔ دوسرے یہ کہ خون سے یورک ایسڈ نکالنے والی مشین جو میرے پاس ہے وہ اس شہر کی سب مشینوں سے اچھی ہے۔ لیکن ہے وہ بھی سات آٹھ سال پرانی جو دوسری عالمی جنگ سے پہلے آئی تھی۔ اس کے بھروسے پر بچے کا آپریشن کرنا مناسب نہیں۔ ایک بات یہ بھی ہے کہ اکسرے کا جو فوٹو آیا ہے وہ بھی پرانے قسم کی مشین کا

ہے۔ اس لیے یقین کے ساتھ نہیں کہا جاسکتا ہے کہ دوسرا گردہ کس حد تک درست ہے۔ اگر وہ تین چوتھائی بھی درست ہے۔ تو کام چل جائے گا۔ لیکن اگر خرابی زیادہ ہے تو اس کو، جب پہلے گردہ کو نکالا جائے، اسی وقت بدل دینا چاہیے۔ لیکن ایک چھوٹے گردے کا فوراً مل جانا ممکن نہیں۔ ایک صورت یہ بھی ہوسکتی ہے کہ میرے ایک دوست ڈاکٹر ریڈی کا بنگلور میں پرائیویٹ کلینک ہے اور وہ گردے بدلنے کے ماہر بھی ہیں اور انھوں نے گردوں کی فراہمی کا بھی کچھ انتظام کررکھا ہے۔ میں ان سے فون پر بات چیت کرکے دیکھوں گا کہ ان سے کتنی مدد مل سکتی ہے۔

"اس وقت تو آپ بچے کو یہیں چھوڑ دیجیے۔ تاکہ مشین سے اس کا خون صاف کردیا جائے اور میں بنگلور سے فون ملاتا ہوں۔ جو معلوم ہوگا اس کی خبر آپ کو فون پر دیدوں گا۔"

دارا، "بنگلور کے اخراجات کیا ہوں؟ اس کا کچھ اندازہ آپ بتاسکتے ہیں؟"

"یہ بھی فون کے بعد بتاسکوں گا۔ مگر یہ سمجھ لیجیے کہ وہ اسپتال پیسہ والوں کے لیے ہے۔ دوسری عالمی جنگ کو ختم ہوئے دو سال ہوچکے ہیں۔ لیکن فوجیوں اور جنگی سامان کی واپسی ابھی تک جاری ہے اس وجہ سے جہازوں میں سامان لانے کی جگہ مشکل سے ملتی ہے۔ ہماری میڈیکل مشینیں اور آلات پرانے ہوگئے ہیں۔ لیکن ان کی جگہ نئے نہیں منگوائے جاسکے ہیں۔ ڈاکٹر ریڈی نے نہ جانے کیوں کر یہ انتظام کرلیا کہ جو جہاز حیدرآباد کی رضاکار پارٹی کے لیے خلاف قانون جنگی سامان لاتے تھے، وہ ریڈی کے لیے میڈیکل سامان بھی لاکر حیدرآباد میں اتار دیتے تھے، وہاں سے وہ بنگلور منگوالیتا تھا۔ اس طرح اس نے جانے کتنا سامان منگوالیا ہے۔ اس بات کی شہرت جو ہوگئی تو پیسے والے مریضوں کا تانتا بندھ گیا۔ اب وہ بھاری بھاری فیسیں چارج کرتا ہے اور اس کا اسپتال لکھ پتیوں کا اسپتال

ہو گیا ہے۔ لیکن وہ مجھے پچاس فی صد کنسیشن دیدیتا ہے۔ آپ سے ویسا ہی چارج کرے گا۔

پھر ڈاکٹر ارشد کہنے لگے،

"میں ایک بات اور بھی سوچ رہا ہوں۔ وہ یہ کہ آج کل جو نئی دوا نکلی ہے پنسلین، جس کو جادوئی ڈرگ کہا جاتا ہے۔ دیکھو گا کہ اس دوا سے اس بچے کا علاج کس حد تک کیا جا سکتا ہے؟"

گھر آکر دارا اور نشی دونوں سوچنے لگے کہ وہ فوری طور پر کتنا روپیہ فراہم کر سکتے ہیں۔ بینک میں ان لوگوں کا سات ہزار کے لگ بھگ تھا۔ مکان میں چچازاد بھائیوں کا بھی حصہ تھا۔ اس لیے فوری طور پر نہ تو اسے بیچا جا سکتا تھا اور نہ رہن رکھا جا سکتا تھا۔ ان لوگوں کی کار ایک پرانا ماڈل تھی اور اتنی پرانی کہ برابر مرمت کی محتاج رہتی تھی۔ اگر بیچی جائے تو جلدی میں بہت کم داموں پر بکے گی اور اس کے بک جانے سے دونوں کو اپنی ڈیوٹیوں پر وقت پر پہنچنا ممکن نہ ہو گا۔ اب لے دے کر رہ جاتا تھا نشی کا زیور، جو ہو گا چالیس پچاس ہزار کا۔ لیکن اس کے بیچنے میں دونوں ہچکچا رہے تھے۔ کیوں کہ ان کے سامنے اپنی بیٹی نجمہ بھی تھی۔ کیا اس کو محروم کر دیا جائے اس بچے کے لیے؟

ذرا دیر میں فون پر ڈاکٹر ارشد نے بتایا کہ ڈاکٹر ریڈی نے یہ سن کر کہ آپ ایک فقیرنی کے بچے کا اس طرح علاج کرا رہے ہیں، ہر ممکن کنسیشن دینے کے لیے تیار ہو گئے۔ لیکن کہتے ہیں کہ بچے کا گردہ حاصل کرنا اور وہ بھی اتنی جلد، یہ بہت مشکل ہے اگر پندرہ بیس ہزار کا انتظام ہو جائے تو کوشش تو کی ہی جا سکتی ہے۔

نشی نے جواب میں کہا کہ ہم لوگ سوچ کر بتائیں گے۔ دارا کہنے لگا،

"صرف گردہ ہی تو فراہم کرنا نہیں ہے اور بھی تو بہت سے اخراجات ہوں گے۔

اس لیے تیس ہزار کا بندوبست ہونا چاہیے۔"

زرا دیر میں ڈاکٹر رام کا فون آیا۔ وہ کہنے لگے،

"مریض جب تندرست ہو کر اسپتال سے جانے لگتے ہیں تو ان میں سے دو چار ہمارے خیراتی بکس میں کچھ رقم ڈال دیتے ہیں۔ وہ رقم خاص خاص مریضوں پر جیسے کہ غریب شاعر یا غریب مصنف یا اوسط طبقے کی بیوائیں ہیں، ان پر خرچ کی جاتی ہے۔ آج ہماری ایسوسی ایشن نے فیصلہ کیا ہے کہ اس فنڈ سے اس بچے کے علاج کے لیے وہ پانچ ہزار کی رقم دے سکتی ہے۔"

یہ سن کر دارا تو خوش ہوا۔ لیکن نشی مرجھا کر کہنے لگی،

"فقیرنی کا بچہ ہماری پناہ میں آکر بھی خیرات پر پلے، یہ مجھے گوارا نہیں۔ میں ایسی رقم جب اپنے بچوں کے لیے نہیں قبول کر سکتی ہوں تو اس کے لیے بھی قبول نہیں کروں گی۔"

نشی نے ڈاکٹر رام کے رقم لینے سے انکار تو کر دیا، لیکن ایسا کر کے وہ بہت متفکر ہو گئی اور کچھ سوچ کر بولی،

"کیوں دارا، اگر میں اپنا آدھا زیور بیچ ڈالوں تو اس سے فوری کام تو چل ہی جائے گا۔ پھر میں آپا مودودہ سے قرض لے لوں گی۔ وہ ضرور دیدیں گی۔"

"قرض۔ ارے اس چیز پر تو میں نے ابھی تک غور نہیں کیا تھا۔ میرا ایک عزیز شاگرد ہے ہری رام، اس کا ایک گہرا دوست قرض کا کاروبار کرتا ہے۔ میں ابھی ہری رام کو فون کرتا ہوں کہ مجھے تم اپنی ضمانت پر تیس ہزار قرض دلا دو۔"

دارا نے ہری کو فون کیا تو اس نے کہا میں آدھے گھنٹے میں بتاؤں گا کہ رقم مل سکتی ہے یا نہیں۔ پھر آدھے گھنٹے کے بعد ہری رام نے کہا کہ اس کا دوست تیس ہزار قرض

دیدے گا۔ سود صرف دو فی صد ہو گا۔ جو سال بسال اس وقت تک پابندی سے ادا ہوتا رہے گا جب تک کل رقم نہ ادا کر دی جائے۔

یہ سن کر نشی بہت خوش ہو گئی اور کہنے لگی،

"منظور کر لو۔ دارا منظور کر لو۔ سود کی ادائی کا انتظام میں کر لوں گی۔ سیٹھ جی کی لڑکیوں کا ٹیوشن میں نے چھوڑ دیا تھا۔ مگر وہ برابر اصرار کر رہے ہیں کہ اس کو جاری کر دیجیے اور فیس بھی بڑھا رہے ہیں۔ اس کو قبول کر لوں گی۔ اس طرح سود تو ادا ہوتا ہی رہے گا۔ لیکن ضرورت پڑی تو اس رقم سے ایک اچھی آیا بھی رکھی جاسکے گی۔"

پھر وہ بولی، "ہاں یہ بھی تو کہو ہری سے کہ روپیہ فوراً چاہیے اور ہاں ڈاکٹر ارشد سے کہو کہ وہ ریڈی سے کہیں کہ وہ گردے کا بندوبست کر لیں۔ رقم تیار رہے۔"

دارا نے ہری سے بات کی تو اس نے کہا کہ روپیہ کل بینک کھلتے ہی مل جائے گا۔

یہ سن کر نشی کے چہرے پر خوشی ناچنے لگی۔ وہ بولی اب راہ میں ایک کانٹا رہ گیا ہے۔ وہ ہے ہوائی جہاز میں نشست کا ملنا۔ اس کے لیے فون کرو۔

دارا کو بڑی دیر میں نمبر ملا تو وہاں سے جواب آیا کہ چار دن تک کوئی نشست خالی نہیں ہے۔ اب تو نشی کی خوشی اڑ گئی اور اس کے لبوں سے ایک دردناک ہائے نکلی۔ دارا نے یہ کہہ کر ڈھارس دی کہ ڈاکٹر کہہ رہے ہیں کہ تین دن تک خطرہ نہیں ہے۔ اگر چار دن ہو گئے تو ذرا دیر تو ضرور ہو جائے گی۔ لیکن شاید اتنی دیر خطرناک نہ ہو۔ گھبراؤ نہیں۔

"اس کے ایک گھنٹے کے بعد ڈاکٹر ارشد کا ٹیلی فون آیا۔ انھوں نے بہت افسوس کے ساتھ خبر دی کہ ڈاکٹر ریڈی جو گردہ خرید رہے تھے وہ ایک مرحوم شیر خوار بیٹے کا تھا، جس کو اس کے چچا بیچ رہے تھے۔ ریڈی کے وکیل کی رائے ہوئی اگر یہ خریداری کر لی گئی تو

زبردست مقدمہ بازی کا شکار ہونا پڑے گا۔ اس لیے ڈاکٹر ریڈی نے خریداری سے انکار کردیا۔ اب وہ کسی اور گردے کی تلاش میں ہیں۔ مگر ان کو شک ہے کہ مل سکے گا۔"

نشی آنکھوں میں آنسو بھر کر دارا سے کہنے لگی،

"ہائے بچہ جارہا ہے اور میں کچھ نہیں کرسکتی۔"

"خدا سے دعا تو کرہی سکتی ہو۔ یہ کیوں نہیں کرتی ہو۔"

"کروں گی دعا۔ ضرور کروں گی۔ لیکن اب میں جاکر بیٹھوں گی اپنے بچے کے پاس اور وہیں رہوں گی جب تک کہ۔۔۔"

نشی کی آواز رک گئی۔ اس نے خاموشی سے اپنے آنسو پوچھے۔

اسی وقت ڈاکٹر رام کا ٹیلی فون آیا۔

ایک خوش خبری سن لیجیے۔ یہاں جری کے آلات کا ایک تاجر ہے جو برما ہندستان کی سرحد پر جاکر، جہاں انگریزی فوجوں نے برما سے فرار کے وقت اپنا بہت سا فوجی سامان ڈھیر کردیا تھا، کیوں کہ اس کے پاس بار برداری کے ذرائع نہیں تھے۔ نہ مال گاڑیوں میں جگہ تھی اور نہ ٹرکوں کے لیے پٹرول تھا۔ یہ سامان بہت سستے داموں میں فروخت ہورہا تھا۔ اس تاجر نے کچھ سامان خرید لیا اور اسے ہاتھیوں اور کشتیوں پر، اور نہ جانے کس کس طرح لاد کر تین چار مہینے میں یہاں لے آیا۔ اب وہ اسے دس گنے داموں پر فروخت کرنا چاہتا ہے۔

ڈاکٹر رام نے اس سے کہا کہ جب تک اسپتال کے ذمہ دار لوگ ان آلات اور مشینوں کو آزما کر نہ دیکھ لیں گے، وہ خرید نہیں سکتے ہیں۔ تاجر تیار ہوگیا ہے آزمائش کرانے کے لیے۔ یہ آزمائش اسپتال میں نہیں کی جاسکتی ہے، کیوں کہ وہاں اگر کسی مشین کو لگادیا گیا تو مریضوں کی لائن لگ جائے گی اور پھر مشین استعمال ہوتی چلی جائے گی۔ اگر

اسے ہٹالیا گیا تو لوگ ہنگامہ کر دیں گے۔ اس لیے ہم لوگوں نے یہ فیصلہ کیا ہے کہ آپ کے ڈرائنگ روم کو جو کہ کافی کھلا ہوا اور ساف ستھرا ہے، آپریشن تھیٹر بنالیا جائے۔ وہاں جو سامان ہے اس کو ہٹا کر مشین لگادی جائیں۔ یہ کام ڈاکٹر ارشد کے آدمی جو ایسے کاموں کے ماہر ہیں، رات بھر میں کر کے اسے آپریشن تھیٹر بنادیں گے۔

"خون صاف کرنے کی مشین جو مل رہی ہے وہ جدید ترین ہے۔ باقی آلات بھی بہت عمدہ ہیں۔ ان باتوں سے ہم کو بہت امید ہے کہ بچہ بچ جائے گا۔ اگر دوسرا گردہ زیادہ خراب نکلا تو پھر اس کا بھی آپریشن کر دیا جائے گا، اور پنسلین کے بارہ انجکشن تین دنوں میں دے کر زخم کو بگڑنے سے روک دیا جائے گا۔ ہاں یہ بات بھی کہہ دینا اچھا ہے کہ پنسلین کے انجکشن جو چھ مہینے ادھر بارہ ہزار میں ملتے تھے۔ اب صرف چھ ہزار میں آ جائیں گے۔ آپ کا سب کام دس ہزار میں ہو جائے گا۔ بھگوان ہم گوگوں پر بڑا مہربان ہے، جو ایسے اچھے اسباب پیدا کر دیئے۔ لیکن پھر بھی آپریشن خطرے سے خالی نہیں ہے۔ کیوں کہ اگر دوسرا گردہ بھی بیکار نکلا تو اس کی جگہ لگانے کے لیے ہمارے پاس نیا گردہ نہیں ہے۔ اب آپ لوگ سوچ کر فیصلہ کیجیے کہ کیا کرنا ہے۔ لیکن جلد فیصلہ کیجیے ورنہ تاجر کا گودام بند ہو جائے گا اور پھر ایک دن نکل جائے گا۔

ڈاکٹر رام کی بات سن کر نشی خوشی سے اچھل پڑی اور ہنسنے لگی۔ پھر بولی خدا نے میری سن لی۔ اور آپریشن کا انتظام کر دیا۔ یا اللہ اب تو دوسرا گردہ صحت مند نکلے۔"

پھر نشی نے ٹیلی فون لے کر ڈاکٹر ارشد اور ڈاکٹر رام سے الگ الگ کہا،

"ڈاکٹر صاحب۔ آپ دونوں جو کچھ کر رہے ہیں وہ ہم لوگوں پر بڑا احسان ہے۔ مجھے منظور ہے آپ لوگوں کی تجویز۔ انتظام شروع کر دیجیے۔"

دوسرے دن دو بجے دونوں ڈاکٹر اپنے اسٹاف کو لے کر نئے بنے ہوئے آپریشن

تھیٹر کے اندر بچے کو لے کر چلے گئے اور یہ حکم دے دیا کہ وہاں کوئی نہیں آ سکتا ہے۔ یہاں تک کہ دارا بھی نہیں۔

نشی اتنی پریشان تھی کہ منٹ گن گن کر وقت گزار رہی تھی۔ لیکن آدھے گھنٹے بعد ایک جونیئر ڈاکٹر باہر آیا، نشی نے گھبرا کر پوچھا، "کیا آپریشن ختم ہو گیا۔" اس نے جواب دیا۔

"ابھی تو شروع بھی نہیں ہوا ہے۔ کمرے کا ٹمپریچر درست کیا جا رہا ہے۔"

اس کے بعد آدھے گھنٹے تک کوئی خبر نہیں ملی۔ پھر ایک نرس کسی کام سے باہر آئی تو اس نے بتایا کہ آپریشن کے لیے بچے کے بدن کو صاف کیا جا رہا ہے۔ اس کے پون گھنٹے کے بعد ڈاکٹر ارشد باہر آئے اور مسکرا کر کہنے لگے،

"مبارک ہو پروفیسر صاحب اور بیگم صاحبہ آپریشن کامیاب رہا۔ بچہ خطرے سے بالکل باہر ہے۔"

پھر انھوں نے بتایا کہ ڈیڑھ گھنٹہ آپریشن رہا۔ دوسرا گردہ زخمی تو ہے، لیکن خطرے سے باہر۔ مریض کو پنسلین کا انجکشن بھی دے دیا گیا ہے۔

نشی سمجھ گئی کہ جب ڈاکٹر نے کہا کہ کمرے کا ٹمپریچر درست کیا جا رہا ہے۔ اس وقت آپریشن شروع ہو چکا تھا۔ لیکن مجھے پریشانی سے بچانے کے لیے بتایا نہیں گیا۔ نشی خوشی سے چلا کر بولی،

"یا اللہ تیرا شکر۔ یا اللہ تیرا شکر۔ ہزار ہزار شکر۔"

پھر نشی نے پوچھا،

"پنسلین کے دام۔۔۔؟"

"دے دیے گئے۔"

"کتنے دیے گئے اور کہاں سے دیے گئے؟ مجھے اس کے بارے میں کیوں نہیں بتایا گیا؟ کہیں خیراتی رقم سے تو۔۔۔"

"بیگم صاحبہ اسپتال والوں کو حق ہے کہ جو دوا چاہیں استعمال کریں جہاں سے چاہیں فراہم کریں اور جو دام چاہیں دیں۔ آپ سے دام لینا ہوتے تو ضرور آپ کی اجازت لے لی جاتی۔"

آپریشن کامیاب رہا۔ اور بچہ چند ہی دنوں کے بعد بیٹھنے لگا۔ نشی نے دیکھ بھال کے لیے ایک ٹرینڈ نرس رکھ لی، جس کے اخراجات وہ اس ٹیوشن کی رقم سے پورے کرتی تھی جو اس نے سیٹھ جی کے یہاں اسی وقت کر لیا تھا جب آپریشن کا فیصلہ کیا تھا۔ نرس بچے کو نہلاتی دھلاتی، اس کی صفائی کرتی اور اس کا دودھ تیار کر کے پلاتی اور وقت پر دوا دیتی۔ مگر بچہ گود میں نہیں دیا جاتا تھا۔ وہ ایک کٹہرے میں جس کو ڈاکٹر نے منگوا دیا تھا، رہتا تھا۔ کٹہرا بچے کی پلنگڑی پر جڑا ہوا تھا۔ ڈاکٹر کا حکم تھا کہ صفائی اور نہلائے دھلانے کے سوا اور کسی کام کے لیے بچے کو کٹہرے سے نہ نکالا جائے اور نرس اور نشی کے سوا اور کوئی نہ نکالے۔ کٹہرے کے گرد کرسیاں پڑی رہتی تھیں۔ لوگ اس پر بیٹھ کر بچے کو کھلاتے تھے۔ سب سے زائد اس کو کھلاتی تھی نجمہ، جو اپنی خالا کے ساتھ بمبئی سے آگئی تھی۔ ان لوگوں کو دارا نے اس وقت تار دے کر بلا لیا تھا کیوں کہ جب آپریشن کا فیصلہ ہو گیا تو دارا کو فکر ہوئی کہ نتیجہ توقع کے خلاف بھی تو ہو سکتا ہے۔ ایسی صورت میں خود اس کے سوا کوئی اور بھی ہونا چاہیے نشی کو سنبھالنے کے لیے۔

مودودہ تار پاتے ہی نجمہ کو لے کر فوراً آگئی۔ گرمیوں کی چھٹیاں بھی ہو گئیں تھیں، اس لیے یہ دونوں ایک مہینے ٹھہریں۔ نجمہ سے بچہ بہت ہل گیا تھا اور نجمہ بھی اس کو بہت چاہنے لگی تھی۔

بچے کا نام نشی نے خداداد رکھ دیا تھا۔ اب وہ نا (نشی) اور با (نجمہ) اور بی (بسکٹ) کہنے لگا تھا۔ نا (شی) سے بہت ہلا ہوا تھا اور چاہتا تھا کہ وہ ہر وقت پاس رہے۔ جہاں وہ جانے لگتی۔ خداداد نانا کہہ کر چلاتا اور کٹہرے پر زور زور سے ہاتھ مار مار کر روتا۔

ایک مہینے کے بعد خداداد کے سب ٹسٹ پھر ہوئے۔ ان کے نتیجوں کے لے کر ڈاکٹر رام خود آ گئے اور کہنے لگے،

"بیگم مرزا۔ خداداد ماشاء اللہ سے اب نارمل ہے۔ لیکن دو سال تک کڑی دیکھ بھال ضروری ہے۔"

پھر بولے،

"میرا تجربہ ہے کہ سڑک کے بچوں میں قوت برداشت اور بیماریوں سے مقابلہ کرنے کی طاقت بلا کی ہوتی ہے۔ ایسا نہ ہوتا تو ان بچاروں کا کھانا پینا، رہن سہن جیسا کچھ ہے اس میں سو بچوں میں سے مشکل سے دو زندہ رہتے۔"

نشی خداداد کی تندرستی کی بات سن کر بہت خوش ہوئی۔ کہنے لگی،

"ڈاکٹر سکھی رام جی۔ آپ نے اور ڈاکٹر ارشد نے جس طرح خداداد کا علاج کیا اور محبت کا جو برتاؤ کیا ہے اس کو ہم لوگ کبھی بھول نہیں سکتے۔ لیکن ایک مہربانی آپ لوگ اور کیجئے، یہ بھول جائیے کہ خداداد سڑک کا بچہ ہے۔"

"وہ تو میں کب کا بھول چکا ہوں۔ لیکن اس موقع پر اس کا حوالہ دیئے بغیر بات نہیں پوری ہوتی تھی۔ اسے معاف کر دیجئے۔"

ایک دن مشن کے فادر آ گئے اور دارا سے کہنے لگے،

"آپ لوگ خداداد کو اس شرط پر مشن کو دینا چاہتے ہیں کہ آپ اس کو گھر بلا کر تعلیم دیتے رہیں، یہ بہت نیک ارادہ ہے۔ اس لئے ہم لوگ اپنے طور طریقوں سے ہٹ

کر آپ کو ایک کنسیشن دے سکتے ہیں وہ یہ کہ اگر آپ خداداد کے ساتھ دس اور بچوں کو بھی اسی طرح تعلیم دیں جس طرح خدادا کو، تو ہم کو کوئی اعتراض نہ ہو گا۔ بات یہ ہے کہ ہم کسی ایک بچے کے ساتھ خاص برتاؤ مناسب نہیں سمجھتے ہیں۔"

دارا جو پہچان گیا تھا کہ خداداد کے لئے نشی کے جذبات کیا ہیں، کہنے لگا،

میں اور نشی دو ایک دن میں اس بات کا آپ کو جواب دیں گے۔ پھر نشی نے کہا، "قادر نے جو تجویز پیش کی ہے وہ میرے مطلب کی نہیں، کیوں کہ میں خداداد کے لئے صرف ایک گھنٹہ نکال سکوں گی۔ اس میں دس بچے اور شریک ہو گئے تو پھر خداداد کو اتنا وقت نہیں ملے گا کہ میں اس کو جو بنانا چاہتی ہوں وہ بن سکے۔"

جب مودودہ نجمہ کو لے کر بمبئی جانے لگی تو نجمہ بچے کو لپٹا کر خوب روئی، اسٹیشن جاتے میں مودودہ دارا سے کہنے لگی۔

"نشی پر فقیرنی کے چھوکرے نے جانے کیسا جادو کر دیا ہے کہ اس نے اپنا اور اپنے بچوں کا اچھا برا سوچنا چھوڑ دیا۔ وہ یہ نہیں دیکھتی ہے کہ اگر وہ چھوکرا گھر میں رہ کر پلا اور بڑھا تو لوگ نجمہ، مسعود اور محمود کو بھی اسی طرح کے بچے سمجھنے لگیں گے۔ دیکھو نا کہ نجمہ جب اس کو کھلاتی ہے تو دونوں ایک درجے کے معلوم ہوتے ہیں یا نہیں؟ میں یہ مانتی ہوں کہ بچہ لاوارث ہے۔ اس لئے جو مدد بھی ممکن ہو، کرنا چاہیئے۔ تم اس پر ایک مناسب رقم خرچ کرو، اس میں کوئی ہرج نہیں، اس کو کسی اچھے یتیم خانے یا مشن میں داخل کر دو۔

دارا، تم جو نسلی اثرات کی باتیں کرتے ہو وہ صحیح ہیں۔ میرا روز کا تجربہ ہے کہ کمینے لوگوں کی اولاد کی جتنی بھی چاہے دیکھ بھال کرو اور جیسی بھی ان کو تعلیم دو، وہ ویسی ہی کی ویسی رہتی ہے۔"

دارانے جب یہ بات نشی کو بتائی تو وہ کہنے لگی،

باجی یہ باتیں مجھ سے کر چکی ہیں۔ لیکن ان کا تجربہ ہے بمبئی کے غنڈوں کے بچوں کا، جو اسکول میں پڑھتے ہیں چار گھنٹے اور باقی بیس گھنٹے گزارتے ہیں اپنے لوگوں میں، اس وجہ سے وہ ان ہی کی باتیں سیکھتے ہیں۔ ہمارے خداداد کی بات دوسری ہوگی۔ اس کے لئے جو کچھ بھی ہوں گے، ہم ہی لوگ ہوں گے۔ دو دن کے بعد جب دارا یونیورسٹی سے واپس آئے تو نشی سے کہنے لگے،

"آج ایک عجیب بات ہوئی۔ ڈاکٹر رام میرے پاس یونیورسٹی میں آئے اور تنہائی میں کہنے لگے۔"

میں آپ کو راز کی ایک بات بتانے آیا ہوں جو خداداد کے مسئلے کے حل کرنے میں معاون ہوگی۔ میں جانتا ہوں کہ آج کل آپ اور مسز دارا میں کیا بحث چھڑی ہوئی ہے۔ آپ نسلی خصوصیات کو مستقل چیز سمجھتے ہیں اور بیگم مرزا ایسا نہیں سمجھتی ہیں۔

میرا دادا جو کہ ذات کا بھنگی تھا وہ چوری اور قتل کے اقدام میں گرفتار ہوا اور اسے سات سال کی سزا ہوگئی، کسی نے ہمارے دیہات کے زمیندار کو اس کی طرف توجہ دلائی، تو انہوں نے اس کے چال چلن کی ضمانت لے لی، اس طرح وہ چار سال کی قید کاٹ کر ان کے گھر آ گیا۔ اس کو کھیت اور مکان کے لئے زمین اور لکڑی مل گئی۔ پھر وہ زمیندار کی نگرانی میں ان کا اسامی بن کر رہنے لگا۔ زمیندار نے اپنے اسامیوں میں سے کسی کی لڑکی سے شادی کر دی۔ پھر یہ خاندان پھیلنے لگا۔

اس خاندان کے افراد کی شادی بیاہ زمیندار ادھر ادھر کراتے رہے، ہمارا شمار اچھی ذات والوں میں تو نہیں ہوا، لیکن یہ کوئی نہیں جانتا تھا کہ ہم ذات کے بھنگی ہیں۔ میں اکلوتا بچہ تھا اپنے ماں باپ کا۔ میری ماں نے بڑے ارمانوں سے مجھے دیہاتی اسکول میں

داخل کرادیا۔ میں نے چار سال میں چہارم پاس کر لیا اور اس زمانے میں چہارم پاس کو پٹواری کے قسم کی سرکاری ملازمتیں مل جاتی تھیں۔ میرا شوق دیکھ کر اس وقت کے زمیندار نے جن کا خاندان ہم لوگوں کا پشتینی سرپرست تھا ایسے مہربان ہوگئے کہ انھوں نے مجھے اپنے بیٹے کے پاس بھیج دیا جو شہر کے ایک اسکول کے ہڈماسٹر تھے۔ وہاں جاکر مجھے ہڈماسٹر کے عزیزوں کے بچوں کی صحبت ملی، جن میں سے ہر ایک کے سامنے کوئی نہ کوئی مستقبل تھا۔ دوسری طرف مجھے استادوں کی توجہ بھی ملی۔ پھر تو میں ڈاکٹر بننے کا خواب دیکھنے لگا اور اس کے لیے محنت سے پڑھنے لگا۔ ڈاکٹری تعلیم کے داخلے کے امتحان میں جو بیٹھا تو پاس ہو گیا پھر پانچ سال میں ڈاکٹر ہو گیا اور پریکٹس بھی چل نکلی۔ اب میرے خاندان کی اور شاخوں میں بھی میری مثال دیکھ کر تعلیم پھیل رہی ہے۔ اور دھیرے دھیرے وہ سب پستی سے اٹھتے چلے جارہے ہیں۔

اس کے بعد ڈاکٹر رام نے آٹھ نام ایسے لوگوں کے لیے جن کو آج اچھی سماجی اہمیت حاصل ہے۔ ان میں سے چند ایسے ہیں جن کو میں بھی جانتا ہوں۔ ڈاکٹر رام کا کہنا ہے کہ لوگوں کے بھی دادا، پردادا، ویسے ہی تھے جیسے خود ڈاکٹر رام کے تھے۔ یہ مثالیں پیش کر کے ڈاکٹر رام کہنے لگے کہ وہ آئے تھے یہ بتانے کہ مجھے خداداد کے مستقبل کی طرف سے مایوس نہ ہونا چاہیے۔ پھر کہنے لگے کہ خداداد کی تعلیم و تربیت میں اگر ان کی خدمات کی ضرورت ہو تو وہ حاضر ہیں۔

ڈاکٹر رام کی بات سنا کر دارا کہنے لگا،

"نسلی مسئلے کو اب میں ذرا دوسری طرح سے دیکھنے لگا ہوں۔ اور اس کا مطالعہ نئے رخ سے کرنا چاہتا ہوں۔ اب میں یہ دیکھوں گا کہ تعلیم و تربیت کس حد تک انسانی بھیڑیے کو وفادار اور انسانی گدھے کو سمجھدار بنا سکتی ہے۔ اس غرض سے میں خداداد کی

تعلیم و تربیت میں دل سے تمہارا شریک رہوں گا۔ اب بتاؤ کہ تم کیا چاہتی ہو خداداد کے لیے؟""

"کیا چاہتی ہوں؟ یہی تو مجھے نہیں معلوم۔ دو مہینے سے سوچ رہی ہوں لیکن کچھ طے نہیں کر پا رہی ہوں۔ میں حیرت زدہ ہوں کہ مجھے خداداد سے اتنی محبت کیوں ہو گئی۔ میرے اپنے تین بچے ماشاء اللہ سے موجود ہیں اور مین ان کو بہت چاہتی ہوں۔ پھر میری مامتا میں ایسا خلا کہاں سے آ گیا ہے جس میں یہ نیا بچہ آ کر بیٹھ گیا۔ جب سوچتی ہوں کہ دنیا میں میرے سوا اس کا کوئی نہیں ہے تو میری مامتا تڑپ اٹھتی ہے۔"

نشی زرا دیر سوچ کر کہنے لگی،

"حال یہ ہے کہ جب سوچتی ہوں کہ خداداد کو مشن کو دیدوں تو خیال آتا ہے کہ اس کی صحت کا کچھ بھروسا نہیں۔ اگر خدانخواستہ کچھ ایسا ویسا ہو گیا تو مرتے دم تک مجھے کوفت رہے گی کہ ہائے میں نے خداداد کو خود کیوں نہیں پالا۔ اسی طرح یہ بھی سوچتی ہوں کہ اگر مشن کی تعلیم و تربیت میرے معیار کی ہوتی نظر نہ آئی تو بھی میں مسلسل کوفت میں مبتلا رہوں گی کہ ہائے میں نے اسے مشن کو کیوں دے دیا۔ مگر جب سوچتی ہوں کہ خداداد کو خود پالوں تو اس کی ذمہ داریاں سوچ سوچ کر گھبرا جاتی ہوں۔ بچے کی ضدوں اور بیماریوں کا جھیل لے جانا سگی ماں کے سوا اور کسی کے بس کی بات نہیں۔ کیا میں جھیل سکوں گی سب کچھ؟"

"ٹھیک سوچ رہی ہو نشی تم۔ اخراجات کا معاملہ بھی تو ایسا ہی پیچیدہ ہے۔ ابھی تین چار سال تک تو کام تمہارے ٹیوشن سے چل جائے گا۔ مگر آگے چل کر ایک طرف خداداد کے اخراجات بڑھیں گے اور دوسری طرف اپنے تینوں بچوں کے۔ میں تو یہ بھی سوچ رہا ہوں کہ اپنے بچوں میں سے کسی کو اعلا تعلیم کے لیے کسی بیرونی ملک کو بھیج دوں۔ اس

کے لیے بھی کچھ بچانا ہو گا۔"

"لوگ اپنے بھتیجوں اور بھانجوں کو اپنے ساتھ رکھ کر پڑھاتے ہیں۔ مگر ان کی ایک جگہ ہوتی ہے اور اپنے بچوں کی اور جگہ۔"

"ہاں میں دیکھ رہا ہوں کہ تم کس طرح خدا داد کو پال رہی ہو۔ اس کے اخراجات پورا کرنے کے لیے تم نے وہ ٹیوشن کر لیا جو تم کو پسند نہیں تھا۔ تم یہ بھی تو کر سکتی تھیں کہ اپنے دونوں بیٹوں کو مسوری سے بلا کر یہاں کے اسکولوں میں پڑھاتیں اور اس طرح جو بچت ہوتی اس سے خدا داد کے اخراجات پورے کرتیں۔"

"میرا دھیان گیا ہی نہیں اس طرف کہ خرچ یوں بھی پورا کیا جا سکتا ہے۔"

"دھیان کا اسطرف نہ جانا قدرتی بات ہے۔ اولاد اولاد ہوتی ہے۔ اب طے کر لو کہ ہم خدا داد کے لیے کیا کر سکتے ہیں اور کیا نہیں کر سکتے ہیں۔ یہ بھی سوچ لو کہ آگے چل کر اچھا برا جو بھی سامنے آئے اپنے فیصلے کو نباہنا پڑے گا۔"

"سوچ تو رہی ہوں۔ لیکن فیصلہ کہاں کر پا رہی ہوں۔"

"تم خدا داد کو اتنا چاہنے لگی ہو، اتنا چاہنے لگی ہو کہ اب اس کے بغیر نہیں رہ سکتی ہو۔ اس لیے یہ تو طے سمجھو کہ اس کو اپنے پاس ہی رکھو گی۔ مجھے یقین ہے کہ تم اس کی پرورش کی سب ذمہ داریاں خوشی خوشی سنبھال لو گی۔"

ہمارے گھر میں اس کی حیثیت کیا ہو گی، یہ بات سمجھ میں نہیں آ رہی۔ تمہاری خاص الجھن یہ ہے کہ تم چاہتی ہو خدا داد کو بیٹا بنانا۔ مگر راہ میں بہت سی جذباتی اور عملی رکاوٹیں محسوس کرتی ہو، دیکھو ہم میں سے کچھ لوگ اپنے مرحوم بھائی یا مرحوم بہن کے بچوں کو اپنے ساتھ رکھ کر پالتے اور تعلیم دیتے ہیں۔ ہم یہ کیوں نہ سمجھیں کہ خدا داد ہمارا ویسا ہی بھتیجا یا بھانجہ ہے۔ اس طرح اس کی ایک اپنی جگہ ہو گی اور ہمارے بچوں کی اپنی

جگہ۔ پھر وہ کچھ سوچ کر بولا کہ جانے کیا ہوا کہ میں بھی اب خداداد سے کچھ لگاؤ محسوس کرنے لگا ہوں۔ اگر تم یہ راستہ اختیار کر لو گی تو اس کام میں میں بھی تمہارا شریک رہوں گا۔

نشی نے تھوڑی دیر اس تجویز پر غور کیا۔ پھر خوش ہو کر بولی،

"منظور۔ آج ہی سے، اسی وقت سے اس پر عمل شروع۔"

***

ماں بیٹا

مومنہ آندھی اور پانی میں رات بھر بھاگتی رہی۔ بھیگتی رہی ٹھٹھرتی رہی اور بھاگتی رہی۔ اندھیرا اس غضب کا تھا کہ دو قدم آگے کا درخت تک نہیں سوجھائی دیتا تھا۔ کھیت اور مینڈھ ٹیلا اور کھائی۔ پورب اور پچھم۔ زمین اور آسمان سب ایک غیر محدود سیاہ وسعت میں گم ہو گئے تھے۔ ہر قدم پر اسے اندیشہ تھا کہ میں کسی کنوئیں پاندی پانالے میں نہ جا گروں۔ لیکن پھر بھی وہ بھاگتی رہی۔ بلکہ یہ اندیشہ تو بھاگنے میں اس کی اور ہمت افزائی کر رہا تھا۔ موت اچانک آکر میری اس بے اور چھور کی زندگی کا خاتمہ کر دے۔ یہ تو ایک سہانا سپنا تھا۔ ایک بار تو اس نے یہ ارادہ بھی کر لیا کہ سامنے کے کنوئیں میں جسے بجلی نے چمک کر دکھا دیا تھا۔ اپنے کو گرا دوں۔ لیکن پاپی دل نے حامی بھی بھری تو روکر۔ شاید اس کو اب بھی امید تھی کہ کبھی نہ کبھی زندگی کے افق پر کوئی نہ کوئی کرن پھوٹ آئے گی۔ مورکھ!

وہ بھاگتی رہی اور اندھا دھند بھاگتی رہی۔ لیکن اس کی زندگی ایسی نکمی تھی کہ نہ کھائی نے پوچھا نہ خندق نے نگلا۔ نہ بھیڑیے نے پھاڑا نہ سانپ نے ڈسا۔ نہ کوئی درخت پھٹ پڑا اور نہ بجلی نے بھسم کیا۔ پاپن ایسی جلی نا کوئلا بھئی نہ راکھ۔

مومنہ کو اس بات کا کوئی اندازہ نہیں تھا کہ وہ کتنی دیر تک بھاگتی رہی ہے کیوں کہ کالی رات اگر دکھ درد کی وجہ سے شب ہجر تھی تو انسانی درندوں سے اسے چھپا لینے کی وجہ

سے شب وصل۔ اگر جسم کا جوڑ جوڑ چلا رہا تھا کہ اے صبح خدا کے لئے اب تو آجا۔ تو ظالم ہندوؤں سے ڈرا ہوا دل کہتا تھا کہ اے رات تو قیامت تک مجھے اپنی آغوش میں یوں ہی چھپائے رکھ۔

مومنہ جب تھک کر ایک پرانے برگد کی بھیگی جڑ پر گری ہے تو پو پھٹ رہی تھی۔ گھٹا چھٹ رہی تھی اور کچھ دور پیڑوں، مکانوں اور اندھیرے کے تودوں کے بیچ میں ایک شوالے کی چوٹی نظر آرہی تھی شوالہ! اسی کے ماننے والوں نے تو مسلمانوں پر ظلم ڈھائے ہیں۔ کتنے بچوں کو یتیم کیا۔ کتنی عورتوں کو بیوہ کیا ہے۔ کتنی عصمتوں کو ناس کیا ہے۔ ایک دو تین نہیں، لاکھوں گھروں کو برباد کیا ہے اور ابھی تک ان کی خون کی پیاس بجھی نہیں ہے۔

بارش سے دھلی ہوئی صبح کے آنے سے منظر میں رونق آگئی۔ سرسبز کھیتوں نے انگڑائی لی۔ کووں نے کاؤں کاؤں کا شور مچایا۔ پیڑوں نے نسیم کی لہروں پر تالیاں بجائیں اور دور پر کسی بھینس نے اپنے بچھڑے کو پکارا۔ سامنے کو شوالے کے گرداب پیڑوں سے ڈھکے ہوئے کچے گھر بھی نظر آنے لگے تھے۔

یہ منظر ان لوگوں کے لئے جن کی زندگی دیہات میں گزری ہے غضب کی جاذبیت رکھتا ہے۔ مومنہ اسی میں کھوگئی اور اس کی تصوری نظریں ان گھروں کے اندر کی چھل پھل کو دیکھنے لگیں۔ کسان بیل کھول رہے ہیں۔ ان کی استریاں گائے کو دوھ رہی ہیں، لڑکیاں دودھ بلو رہی ہیں۔ دھوبی کپڑوں کی لادی گدھے پر رکھے گھاٹ جارہا ہے۔ سامنے کے پکے گھر میں دبے ہوئے کنڈوں کو کرید کر آگ بنائی جارہی ہے۔ جوان ڈنڈ پیل رہے ہیں۔ عورتیں گاگریں لئے کنوؤں پر جارہی رہی ہیں۔ ان کے بچے سوتے سے اٹھے ہیں۔ اور بھوک سے آں غاں کررہے ہیں۔

تصور نے یہ بھیرویں کچھ اس طرح الاپی کہ مومنہ مست ہو گیت اور تھوڑی دیر کے لئے اپنے غم و الم کو بھول گئی اور پھر اس کے سینے میں زندگی اور امید کی کونپلیں پھوٹنے لگیں۔

گاؤں کے کنارے ایک پختہ مکان بھی تھا۔ جو مومہ کو اپنا مکان یاد دلا رہا تھا۔ اس میں بھی بڑا سا پھاٹک لگا تھا اور اس کی بغل میں بھی مردانہ کمرہ تھا اور اس کے آگے بھی دو بڑے بڑے سایہ دار درخت تھے۔ ہائے اپنے گھر کے سامنے سایہ دار درخت! جن کے نیچے اس کا بچپن گزرا تھا اور اس کے بچے مہرن شمس اور قمر بھی وہاں کھیلتے تھے۔ اسی داہنی طرف کے نیچے تو میں نے اور ہاجرہ نے تالاب سے مٹی لا کر گھروندہ بنایا تھا۔ بنانے میں ججے کی انگلی میں شیشے کا ایک ٹکڑا لگ گیا اور خون نکل آیا۔ ہم دونوں خون دیکھ کر کتنا ڈر گئے تھے کہ اب گھر میں ڈانٹ پڑے گی لیکن چچی جان نے دونوں کو بچا لیا۔ پھر اسی گھروندے میں ہاجرہ کے گڈے اور میری گڑیا میں شادی ہوئی۔ بور، شبراتن، بہارو، سنڈی اور نہ جانے کتنی لڑکیاں اکٹھا ہوئیں اور گھروندا جو میرا گھر تھا وہاں برات آئی۔ برات بیٹھی تھی کہ درخت سے ایک املی گری اور میں نے دوڑ کر اٹھالی۔ ججے بولی واہ یہ املی تو براتیوں کا حق ہے۔ میں نے کہا کہ براتی آئے ہیں وہ کھانا کھائیں گے۔ جہیز لیں گے اور گڑیا کو بیاہ لے جائیں گے۔ یا سارا گھر لے لیں گے۔ پھر تو ججے بگڑی گئی۔ میں نے اس پر کہا کہ چلو میں بیاہ نہیں کرتی۔ پھر کیا تھا سب براتی بگڑ گئے اور سخت جنگ چھڑ گئی۔ اتنے میں ادھر سے آ نکلے دادا میاں۔ انہوں نے مجھے اور ججے کو پکارا اور پوچھا کیا معاملہ ہے؟ میں نے کہا کہ املی میں نے اٹھائی تھی اس لئے میری ہوئی۔ ججے بولی کہ نہیں میری ہوئی دادا میاں نے سب لڑکیوں کو نام لے کر پکارا۔ ہم سب ڈر رہے تھے کہ اب سب ڈانٹے جائیں گے۔ لیکن دادا میاں پورا مقدمہ سن کر ججے سے کہنے لگے،

"بتاؤ بیٹا تم املی لو گی یا آم؟"

املی سے آم کی باتیں۔ یہ پلٹا بہت مزے کا تھا۔ ہم سب کے چہرے پر بحالی آگئی۔ ہجے لہک کر بولی،

"آم"

"کیوں لڑکیوں، کے کے آم کھاؤ گی؟"

"ہجے، "دو، دو!"

دادا میاں نے ہر لڑکی سے پوچھا۔ ہر ایک نے یہی جواب دیا، "دو، دو "لیکن فتو ہمت کر کے بولی "تین تین" پھر کیا تھا سب لڑکیاں چلا اٹھیں،

"تین تین "ہاں دادا میاں "تین تین "میں نے دل کو مضبوط کر کے کہا،

"چار چار" پھر تو ہر طرف سے شور ہونے لگا، "چار چار"، اسی طرح بولی بڑھتی گئی اور دس پر آکر ٹھہری۔ اس سے آگے بڑھتے لڑکیاں ڈر رہی تھیں کہ کہیں ایسا نہ ہو کہ دادا میاں ناراض ہو جائیں اور پھر جتنے آم مل رہے ہیں وہ بھی نہ ملیں۔

دادا میاں خاموشی سے سن رہے تھے۔ جب نیلامی بولی آگے نہیں بڑھی تو وہ کہنے لگے،

"اچھا اگر تم کو گیارہ گیارہ ملیں؟"

"اب تو لڑکیوں میں جیسے خوشی کی مرچیں لگ گئیں۔ "وہ بے تابی سے چیخنے لگیں،

"ہاں دادا میاں۔ گیارہ گیارہ"

"اور اگر بارہ بارہ ملیں؟"

لڑکیاں ٹھٹھے مارنے لگیں۔ دو چار دادا میاں سے چمٹ بھی گئیں سب شور کر رہی تھیں۔

"ہاں دادا میاں بارہ بارہ"

"اور اگر پیٹ بھر کے ملیں؟"

اب تو لڑکیاں ناچنے لگیں اور غل شور سے انہوں نے سارا گاؤں سر پر اٹھالیا۔ اتنا شور ہوا کہ اور بچے بھی آنے لگے اور بھیڑ بڑھنے لگی۔

دادا میاں نے آواز دی، "میکو آموں کا ٹوکرا اور بالٹیوں میں پانی لے آؤ۔"

بالٹیوں میں پانی آگیا۔ اس میں آم ڈال دیئے گئے اور سب لڑکیاں اور لڑکے چوسنے لگے۔ آم کھلانے کے بعد دادا میاں نے دودھ منگوایا۔ اسے دیکھ کر ہندو لڑکے لڑکیاں کھسکنے لگے تو دادا میاں نے کہا،

"کہاں چلیں؟ تمہارے لئے بھی دودھ آرہا ہے۔"

ہندو بچوں کے لئے الگ دودھ آگیا۔ ساتھ ساتھ آنجورے بھی، دوپہر تک یہی ہنگامہ رہا۔

میری شادی بھی ان ہی درختوں کے نیچے ہوئی تھی۔ بڑا سا شامیانہ لگایا گیا تھا۔ نیچے دریاں۔ چاندنیاں اور قالین بچھے تھے۔ رنڈیاں "مبارک باشد" گا رہی تھیں۔ کتنا شور تھا۔ پلاؤ کی دیگ دے جاؤ۔ بفاتی کہاں اڑ گیا؟ ارے دودھ کا گھڑا کس نے لنڈھا دیا۔ اے میکو، اے کلو، اے رمضانی۔ اے مدار بکس، اے منگل داس، اے بابا جی۔ کان پڑی آواز سنائی نہیں دیتی تھی۔ اس پر روشن چوکی کا شور، برتنوں کی کھنا کھن۔ دیگوں کی ٹھن ٹھن، بچوں کا رونا۔ گھوڑوں کا ہنہنانا، سب کیسا عجیب سا اور بھلا سا معلوم ہوتا تھا۔

میں دلہن بنی پسینے میں شرابور ایک کوٹھری میں منہ ڈھکے لیٹی تھی۔ رہ رہ کر ان کا خیال آتا تھا۔ دادا میاں کی یہی خواہش تھی کہ ان کے پوتی پوتا میں رشتہ ہو جائے۔ اس لئے ان کے انتقال کے بعد ابا اور چچا نے رشتہ طے کر لیا۔ منگنی ہوتے ہی مجھے تو ان کے نام

سے شرم آنے لگی اور پردہ کرنے لگی۔ لیکن وہ مجھے موقع نکال نکال کرتا کنے لگے۔ ان کی وہ شرارت کہ اس درخت میں جھولا ڈالا اور کھڑے ہو کر اتنے بڑے بڑے پینگ لینے لگے کہ میں کوٹھے پر تھی اس پر بھی ان سے نظریں مل گئی۔ پھر تو تانیں مارنے لگے۔

کاکل کی طرح آج جو بل کھائے ہوئے ہو
معلوم ہوا غیر کے بھڑکائے ہوئے ہو

میں اپنے دل میں کہنے لگی کہ یہ غیر یا تو اماں کو کہہ رہے ہیں یا ابا کو لیکن ان میں سے کسی پر یہ تہمت دھرنا کہ انہوں نے مجھے بھڑکایا ہے۔ کیسی بری بات ہے۔

مومنہ اپنا یہ بھولا پن یاد کر کے مسکرا دی۔ آج اسے جھولے کا قصہ برسوں بعد یاد آیا۔ ورنہ وہ اسے کب کی بھول چکی تھی۔

مومنہ کی جب آنکھ کھلی ہے تو سورج چوتھائی آسمان طے کر چکا تھا۔ اور وہ دھوپ میں پڑی جل رہی تھی۔ کھیت، باغ مندر اور مکان سب دھوپ سے مالا مال تھے۔ مومنہ نے انگڑائی لے کر رنگین اور سنہرے زمین و آسمان کی طرف دیکھا اور اٹھی۔ اٹھتے ہی اسے خیال آیا کہ کہیں کسی نے مجھے دیکھ نہ لیا ہو اور کہیں یہ گاؤں ہندوؤں کا نہ ہو۔ اس خیال کا آنا تھا کہ وہ کانپ گئی اور اپنے کو اس طرح بے خبر ہو جانے پر برا بھلا کہنے لگی لیکن اسے کسی طرف آدمی کا نام ونشان بھی نظر نہیں آیا۔ کھیت خالی۔ باغ خالی۔ کچا راستہ خالی۔ گاؤں کے اندر بھی نہ کوئی آدمی چلتا پھرتا نظر آرہا تھا۔ اور نہ کسی کی آواز سنائی دے رہی تھی۔ اسے یہ دیکھ کر اطمینان بھی ہوا اور حیرت بھی۔ گاؤں خالی کیوں ہے؟

کہیں ایسی بات تو نہیں کہ یہاں کے سب بسنے والے مسلمان ہوں اور وہ ڈر کر پاکستان بھاگ گئے ہوں۔ ممکن تو ہے ایسا؟ پر ابھی ذرا اور دیکھ لینا چاہیئے کہ وہاں کوئی ہندو یا سکھ تو نہیں ہے۔

مومنہ کو بھوک بہت سخت لگی تھی۔ ایک برساتی گڈھے سے پانی پی کر اس نے پیٹ پھلا لیا۔ اس وقت اسے یہ خوش خبری ملی کہ اس کی قمیص اور ڈوپٹہ سوکھ چکے ہیں۔ صرف شلوار کمر کے پاس بھیگی رہ گئی ہے۔ مومنہ نے اطمینان کر کے کہ آس پاس واقعی کوئی آدمی نہیں ہے ڈوپٹہ کی تہمد باندھ لی اور شلوار سوکھنے پھیلا دی۔

جب مومنہ کی نظر اپنی برہنہ پنڈلیوں پر پڑی تو دل پر ایک سخت گھونسا لگا کہ ہائے اس جسم پر ان چار پانچ دنوں میں کیا کیا بیت گئی۔ ہائے کیسی بے حیائی کے دن رات کاٹنا پڑے ہیں۔ دو روز تک تو میرے اور میرے گاؤں کی پندرہ بیس عورتوں کے جسم پر کپڑے کی ایک دھجی تک نہ تھی۔ اس حال میں سو دو سو مردوں کے بیچ میں رہنا پڑا۔ وہ ان کا شراب پی پی کر ننگے ناچنا اور مظلوم عورتوں پر جفائیں ڈھانا۔

اف اس کلوٹے موئے بودار گالی بکنے والے کے بازوؤں میں۔ کم بخت مسلمانوں سے نفرت کی وجہ سے مجھے استعمال کرتا تھا۔ ہائے میں کیوں نظارہ دیکھ رہی۔ کیوں نہ میں ججے کی طرح دوڑ کر کنوئیں میں پھاند پڑی۔ میں بے حیا یہ شرمناک زندگی لے کر اب کہاں جاؤں۔ شرمناک سی شرمناک۔۔۔ اف۔

مومنہ کو اپنی دودھ پیتی بچی لاڈلی کا آنکھوں کے سامنے مارا جانا یاد آگیا اور پھر ایک ہائے کے ساتھ پورا منظر آنکھوں کے سامنے پھر گیا۔

یہی کوئی دن کے نو بجے ہوں گے۔ ابا باہر کی کوٹھری میں بھوسا بھروا رہے تھے تاکہ بارش میں خراب نہ ہو جائے۔ چچا نے باہر پیڑ کے نیچے حقہ منگوایا تھا۔ بچے مدرسے جانے کے لئے روٹی مانگ رہے تھے اور مہرن جلدی جلدی ان کے کھانے کا بندوبست کر رہی تھی کہ ابا، چچا اور وہ بھاگتے ہوئے گھر میں آئے چہروں پر ہوائیاں اڑ رہی تھیں۔ آتے ہی چلائے، "پردے میں جاؤ۔ پردے میں جاؤ۔" میں چھپی رقیہ اور لڑکیاں ابھی کمرے میں

گھنے آ بھی نہ پائے تھے کہ ابا نے پکارا۔ اندر آ جاؤ۔ " آواز کے ساتھ ہی خیراتی۔ مولا، گنی جمعراتی سب لاٹھیاں لئے اندر آ گئے۔ پھاٹک بند کر لیا گیا۔ ابا نے حکم دیا کہ "خرکاتی تم اوپر چھت پر چڑھ جاؤ۔ چچا سے کہا تم گنی اور مولا کو لے کر پچھواڑے کے دروازے پر جاؤ۔ خود ابا ان کو ساتھ لے کر پھاٹک کی طرف گئے۔

ان لوگوں کے آنے سے پہلے میں لاڈلی کو دودھ پلا رہی تھی۔ اس وقت کچھ شور کان میں آیا۔ میں سوچنے لگی کہ ایک تو آج بازار کا دن نہیں ہے اور دوسرے یہ دہلی والی سڑک کی طرف سے آ رہا ہے۔ یہ شور کیسا ہے؟ اب جو یہ ہنگامہ ہوا تو میں سمجھی کوئی بہت خوفناک بات ہے۔

ابھی ابا اور چچا وغیرہ اپنی جگہوں پر بھی نہیں پہنچے ہوں گے کہ شور ہمارے گھر کے قریب آ گیا اور یہ نعرے سنائی دینے لگے۔

"بجرنگ بلی کی جے۔"

"مسلمانوں کا ناس ہو۔"

"خون کا بدلہ خون ہے۔ مسلمانوں کو بھارت سے نکال دو۔"

"مہاتما گاندھی کی جے۔"

بندوقیں دغیں۔ مرنے والوں کی چیخیں سنائی دیں اور ذرا دیر میں ہمارے پھاٹک پر دھڑ دھڑ ہونے لگا۔ پھر اتنا شور ہوا کہ کچھ سمجھ میں نہیں آتا تھا کہ کیا ہو رہا ہے۔ کئی بندوقیں ایک ساتھ چھوٹیں۔ ابا کی چیخ سنائی دی اور ساتھ بجرنگ بلی کی جے اور پھر ہمارا صحن حملہ آوروں سے پٹ گیا۔ ان لوگوں میں کھدر کی ٹوپیاں بھی تھیں، فوجی وردیاں بھی تھین، سادھو اور سنااسی بھی اور ہمارے گاؤں کے بہت سے ہندو بھی تھے۔ ذرا دیر میں یہ لوگ ایک بلی لائے اور اسے دس بارہ آدمی پکڑ کر جھونک دے کر جس کمرہ میں ہم تھے

اس کے ایک کنواڑے پر مارنے لگے۔ وہ چرچر کرنے لگا۔ ہم سب کو اپنی موت کا یقین ہو گیا۔ جو جو آیتیں یاد آئیں پڑھنے لگے بچوں کو سمجھایا کہ روؤ نہیں، خدا کو یاد کرو۔ اتنے میں چچا اور مولا کسی طرف سے دوڑتے ہوئے کمرے کی طرف آئے اور لاٹھیاں تان کر دروازے کے سامنے سینہ سپر ہو گئے۔ لیکن وہ ابھی قدم جما بھی نہیں پائے تھے کہ چھ سات بندوقیں ایک ساتھ چھوٹیں اور وہ دونوں جس جگہ تھے وہیں ڈھیر ہو گئے۔ میری آنکھوں میں دینا اندھیر ہو گئی اور منہ سے چیخ نکل گئی۔ چچی نے کان میں کہا، "بی بی۔ خدا کو یاد کرو۔"

ان دونوں کے مرتے ہی دروازہ ٹوٹ گیا۔ حملہ آور اندر آ گئے اور ہم سب کو پکڑ پکڑ کر بات کی بات میں گھر کے باہر پہنچا دیا۔ ایک جوان پستول ہاتھ میں لئے کھڑا احکام دے رہا تھا۔ اس نے میری اور مہرن کی صورت دیکھ کر کہا،

"یہ لڑکی تو کام کی ہے اور یہ عورت بھی کچھ بری نہیں۔ لیکن اس کی گود میں کیا جھنجھٹ ہے۔ پھینکو اسے۔"

میں لاڈلی کو چمٹا کر بیٹھ گئی۔ لیکن تین چار جوانوں نے مجھے پچھاڑ کر لاڈلی کو چھین لیا اور ایک ٹانگ پکڑ کر زمین پر دے مارا۔ اس کا بھیجا بہہ نکلا۔ ہائے اس کی بجھتی ہوئی وہ نظریں! ماں مر جائے اس کے عوض۔ ظالموں نے اس پر ایک قہقہہ لگایا۔

لاڈلی کا دم نکلا ہی تھا کہ چند حملہ آور ان کو مع شمس و قمر کے کھینچتے ہوئے لائے اور سردار سے کہا،

"یہ اپنے بچوں کو لے کر بھاگ رہا تھا۔"

وہ زخمی تھے۔ ہو سکتا ہے کہ بچوں کو بچانے کے لئے انہوں نے کچھ مقابلہ بھی کیا ہو۔ سردار نے حکم دیا کہ ان کو اسی طرح کنوئیں میں ڈال دو۔ سامنے ایک کنوئیں میں

لاشیں پھینکی جا رہی تھیں۔ اسی میں وہ جھونک دیئے گئے۔ ہائے وہ اندر سے رہ رہ کر پکارتے تھے، "ظالمو! خدا کے لئے مجھے ایک گولی مار دو۔" ان کی طرف سے میں، بھی ایک ایک کی خوشامد کرتی رہی۔ پر کسی نے گولی نہ ماری۔

شمس اور قمر کو ٹھائیں ٹھائیں گولیاں ماردی گئیں اور وہ ہائے اماں کہہ کر ختم ہو گئے، پھر مردہ بیٹوں کو زندہ باپ کے اوپر جھونک دیا گیا۔ آنکھوں کے سامنے میرا سارا خاندان مارا گیا اور کنوئیں میں جھونک دیا گیا۔ مجھے اور مہرن کو ننگا کر کے ننگی عورتوں کے غول میں شامل کر دیا گیا۔ اسی غول میں ججے بھی تھی اور سر جھکائے مہرن کی طرح پھوٹ پھوٹ کر رو رہی تھی۔

اسی رات ظالموں نے خوب شرابیں پی اور ہم لوگوں کو بے دردی سے استعمال کیا۔ ہمارے آنسوؤں اور چیخوں سے ان لوگوں کو مزہ آتا تھا اور جوش میں اضافہ ہوتا تھا، " ججے موقع پا کر ان لوگوں کے بیچ سے نکل بھاگی اور تیر کی طرح جا کر ایک کنوئیں میں جو سامنے کچھ دور پر تھا۔ کود پڑی۔ کیسی بہادر اور خوش نصیب تھی وہ۔ ان لوگوں کو ایک مال کے ضائع ہو جانے کا افسوس تو بہت ہوا لیکن کسی کو اتنی توفیق نہیں ہوئی کہ نکالنے کی کوشش کرتا۔

صبح عورتوں کی تقسیم ہوئی، مہرن نامراد کو خدا جانے کون لے گیا۔ میں کلوٹے خبیث کے حصے میں آئی۔ وہ لے کر اپنے گھر آیا۔ ہائے وہاں کی شرمناک زندگی۔ باتوں سے مجھے پتہ چل گیا کہ وہاں سے پاکستان کی سرحد قریب ہے۔ گزشتہ رات اندھیرے اور کالی گھٹا کو غمگسار پا کر گھر سے نکل بھاگی اور اپنے حساب سے پاکستان کی طرف چل دی۔ اب پتہ نہیں کہ کہاں ہوں۔ ہائے مجھ بے حیا میں اتنی ہمت کیوں نہیں ہے کہ ججے کی طرح اپنی ناپاک زندگی کا خاتمہ کر لوں۔

ان خیالات کے ساتھ مومنہ کے دل میں ایک ہوک اٹھی جو دل و دماغ کو اس طرح پتانے لگی جیسے دہکتی بھٹی میں لوہا۔ آہ! چاروں طرف نالے۔ تال۔ تلیاں۔ حد یہ ہے کہ ذرا ذرا سے گڈھے تک پانی سے لبریز تھے، لیکن مومنہ کی آنکھیں تھیں کہ دو بوند پانی کے لئے اس طرح تڑپ رہی تھیں۔ جیسے تپتے صحرا میں ریت کے ذرے۔

کئی روز کی بارش کے بعد جو دھوپ نکلی تو چیونٹیاں انڈے سکھانے اور غذا جمع کرنے کے لئے باہر نکل پڑیں۔ ان کی ایک فوج نے ایک جیتی جاگتی بڑیکو پکڑ لیا اور درجنوں کی تعداد میں اس کے پیروں، بازوؤں۔ پیٹ اور سر میں چمٹ گئیں اور اسے گھسیٹ کر لے چلیں۔ پھڑ پھڑاتی تھی۔ لیکن اس کے بازو اور پاؤں سب اس بے پناہ فوج کے سامنے بیکار تھے۔ اگر وہ تڑپ کر اپنے جسم کا کوئی حصہ چھڑا بھی لیتی تھی تو پھر اس جگہ ایک کے بجائے چار چیونٹیاں چمٹ جاتیں۔ چیونٹیاں بھڑ کو کشاں کشاں لئے جارہی تھیں۔ کھینچے لئے جارہی تھیں۔

مومنہ جب اپنی کہانی کو اپنے من میں دہرا رہی تھی۔ اس کی نظریں بھڑ اور چیونٹیوں پر جمی ہوئی تھیں۔ اپنی داستان کے خاتمہ پر پہنچتے ہی اسے خیال آیا کہ ایک چیونٹی کاٹ لے تو کتنی تکلیف ہوتی ہے پھر اس بیچاری بھڑ کا کیا حال ہوگا؟ بے رحم چیونٹیو! کس بے دردی سے ایک زندہ جسم کو کھا رہی ہو۔ کیا اناج کے دانے تم کو میسر نہیں آتے۔ اس بچاری نے تمہارا کیا بگاڑا تھا کہ ایک جان پر ہزاروں ٹوٹ پڑی ہو۔ ہو سکتا ہے کہ اس بھڑ کے بچے ہوں اور اس کے نہ ہونے سے بھوکے پیاسے مرجائیں۔

مومنہ نے ایک تنکا اٹھا کر اس سے چیونٹیوں کو بھگا دیا۔ لیکن بھڑ اتنی زخمی ہو چکی تھی کہ وہ آزاد تو ہوگئی۔ پر اڑ نہ سکی۔

افسوس اپاہج کر دیا اس بچاری کو۔ اب جئے گی بھی تو سسک سسک کر۔ اس سے تو

اچھا ہوتا اگر چیونٹیاں اسے ایک ہی دفعہ میں نگل جاتیں۔

مومنہ نے ایک پتے سے بھڑ کو اٹھا کر درخت پر بٹھا دیا۔ کہ وہ وہاں حفاظت سے رہے۔ جب اچھی ہو جائے اپنے چھتے چلی جائے ورنہ سکون سے مر جائے۔

شلوار سوکھ چکی تھی۔ دکھیا بھڑ کو بچانے کی خوشی کے علاوہ مومنہ کو ایک خوشی اور بھی میسر آگئی۔ وہ یہ کہ رات بارش میں بھیگنے کی وجہ سے اس کے گندے کپڑے، گندہ جسم اور گندہ سر یہ سب صاف ہو گئے تھے۔ بس کنگھی کی کسر تھی۔

مومنہ کا دھیان گاؤں کی طرف لگا ہوا تھا۔ اتنی دیر ہو چکی تھی آبادی کی کوئی علامت نظر آتی تھی۔ نہ کوئی آدمی آتا جاتا دکھائی دیتا تھا۔ نہ بچے کھیلنے نکلے تھے اور نہ کھیتوں سے کسی نے کسی کو پکارا تھا۔ گاؤں یقیناً بے روح تھا۔

مومنہ پگ ڈنڈی پگ ڈنڈی پر جا رہی تھی، لیکن بہت چوکنا۔ ہوا پر کان لگائے ہوئے اور پتے پتے کی حرکت بھانپتی ہوئی۔ پگ ڈنڈی نے ذرا سا چکر دے کر دوسرے رخ سے گاؤں میں پہنچا دیا۔ گاؤں واقعی خالی تھا۔ ہر طرف آگ کی کارستانیاں اور تباہ کاریاں نظر آ رہی تھیں۔ یہ بھی نظر آ رہا تھا کہ بارش نے آکر کوئلے کو راکھ ہونے سے بچا لیا ہے۔ چھتیں ڈھیر تھیں، کواڑے کوئلہ بن کر مکان کے سامنے آ رہے تھے اور گھروں کے اندر نہ کوئی کھٹیا تھی، نہ برتن اور نہ کسی قسم کا سامان۔ یا تو کوئلہ تھا یا پھر مٹی کے برتنوں کے ٹھیکرے جو ہر گھر کے اندر اور باہر کثرت سے نظر آتے تھے۔

مومنہ آگے بڑھی تو حلوائی کی دوکان نظر آئی۔ اس کا خوانچہ سجانے والا چبوترہ باقی رہ گیا تھا۔ یہاں مومنہ کی نظر ایک ایسی چیز پر پڑی کہ وہ ٹھٹھک کر رہ گئی۔ غور سے دیکھنے لگی، یہ واقعہ تھا کہ چبوترے کی دیوار پر کوئلے سے اللہ اکبر لکھا ہوا تھا۔ جو بارش سے آڑ میں ہونے کی وجہ سے دھندلا سا باقی رہ گیا تھا۔ اس کے آگے بھڑ بھونجے کا بھاڑ ملا۔ یہاں

بھی دیوار پر اللہ اکبر لکھا ہوا نظر آیا۔ کہیں ایسا تو نہیں ہوا کہ یہ گاؤں مسلمانوں کا تھا اور آگ نے ان کو بھگا دیا؟ لیکن ایسا کیوں کر ہو سکتا ہے؟ دیکھو ان کھیتوں کو جو کھڑے لہلہا رہے ہیں۔ بھلا ان کو چھوڑ کر وہ لوگ کہیں دور جا سکتے ہیں لیکن اگر آس پاس ہوتے تو کھیتوں میں تو نظر آتے۔ پھر کیا ہوا؟

مومنہ کو اللہ اکبر دیکھ کر گاؤں سے ایک قربت سی محسوس ہونے لگی۔ گویا وطن سے بہت دور، ویرانے میں اسے ایک اپنا مل گیا۔ یہ گاؤں ویران ہونے پر بھی آباد محسوس ہو رہا تھا اور جی تڑپ تڑپ کر کہہ رہا تھا کہ مومنہ اس کے در و دیوار سے لپٹ لپٹ کر اپنی وہ رام کہانی سنا دے جس کا سننے والا میسر نہیں آرہا ہے اور یہ پہاڑ سا بوجھ اس سے بٹا لے۔

گاؤں! مومنہ کو بے اختیار اپنا گاؤں یاد آگیا۔ جس دن میں حسرت کے ساتھ اس سے رخصت ہو رہی تھی۔ کتنی ویرانی تھی اس کی آبادی میں۔ ہر چہرا اجنبی، ہر آنکھ نفرت سے بھری، ہر مکان اپنے مکینوں کی یاد میں سوگوار۔ رحیم درزی کی دوکان پر نہ وہ تھا نہ اس کا لڑکا۔ نہ مشین نہ کپڑے۔ ایک اجنبی بیٹھا ہوا موٹے ڈنڈے سے بھنگ گھونٹ رہا تھا۔ ڈنڈے میں بندھے گھونگرو چھن چھن بول رہے تھے اور وہ اس کی گت پر جھوم جھوم کر تانیں اڑا رہا تھا۔ مرادی کے دروازے پر جو میدان تھا جہاں کل تک وہ اور اس کے بیٹے دوڑ دوڑ تاگے کے لچھے سلجھاتے تھے اور تانا تانتے تھے اور پھر تھان بنتے تھے جس میں ایسے ایسے پھول ڈالتے تھے کہ بس بیٹھے دیکھا کرو، وہاں اب میلی گندی عورتیں سر جھاڑ منہ پہاڑ بیٹھی جوئیں دیکھ رہی تھیں۔ سر دھو رہی تھیں اور سب کے سامنے نہا رہی تھیں اور بچوں کو دودھ پلا رہی تھیں۔

ڈیوڑھی میں، عورتوں سے ذرا آڑ میں ایک جوان مگدر کی جوڑی ہلا رہا تھا۔

مرادی کے مٹھو میاں درخت سے لٹکے ہوئے اپنے کھانے کی کٹوری بجا رہے تھے اور بی بی جی، بی بی جی، کی رٹ لگا رکھی تھی۔ ایک لڑکی کچھ دینے آئی تو مٹھو میاں نے خوش ہو کر صدا لگائی، "منی جی بھیجو۔"

اسے سنتے ہی لڑکی نے ہاتھ روک لیا اور ایک ستر، اسی برس کی بڑھیا نے دور سے چلا کر کہا،

"اری چھوکری تو کس کا پیٹ پال رہی ہے۔ دیکھتی نہیں ہے کہ وہ حرامزادہ مسلمان ہے۔ مار ڈال اسے۔"

لڑکی نے پنجرا اٹھا کر ٹپک دیا۔ لیکن مٹھو مرا نہیں۔ ٹیں ٹیں کرنے لگا۔ اس میں فریاد تھی کہ آج تک کسی نے سوائے مٹھو میاں مٹھو میاں کہنے کے میرے ساتھ برا تاؤ نہیں کیا۔ تم لوگ یہ کیا کر رہے ہو۔

جہاں پنجرا الٹکا تھا وہ جگہ مگدر ہلانے والے جوان کے سامنے تھی اور وہ یہ سب کچھ دیکھ رہا تھا۔ اس نے باہر آکر لڑکی سے کہا،

"واہ ری چھوکری۔ مٹھی بھر کا مسلمان تجھ سے نہیں مرتا۔"

پہلوان نے رومال ہاتھ پر لپیٹ کر پنجرے میں ہاتھ ڈالا اور مٹھو میاں کی گردن مروڑ کر پنجرے کے باہر پھینک دیا اور خود جا کر بدستور مگدر ہلانے لگا۔

پنجرے کے پٹ کھلے تھے اور وہ بھائیں بھائیں کر رہا تھا۔ اس سے ذرا ہی دور پر طوطا پڑا تھا۔ جس کی سرخ چونچ گردن ٹوٹ جانے کی وجہ سے سبز پروں کے بیچ میں آ گئی تھی۔ مٹھو میاں مٹھو میاں۔ نبی جی بھیجو۔ نبی جی بھیجو کی رٹ لگانے والی زبان ہمیشہ کے لئے خاموش ہو چکی تھی۔

شاہی زمانے کی خوبصورت مسجد جسے دور دور سے لوگ دیکھنے آتے تھے۔ اس کے

کٹاؤ دار محراب کو بیلچوں سے زخمی کر کے وہاں گیرو سے ایک مورت بنا دی گئی تھی اور گھنٹہ لٹکا دیا گیا تھا۔ اب وہ مندر تھا۔ جہاں ایک پجاری بھی بیٹھا ہوا تھا، اپنے گھر کی حالت! اف یاد کر کے کلیجہ پھٹتا ہے۔

مومنہ ان خیالوں میں ڈوبی ہوئی شوالے تک آگئی۔ یہاں ایک چیز بالکل خلاف توقع نظر آئی۔ اس کے کلس سے ایک جانور کا سر لٹک رہا تھا۔ جس کی آنکھیں اور گوشت کوے نکال کر کھا گئے تھے اور کھال بگڑ چکی تھی۔ لیکن پھر بھی سینگ اور چہرہ بتا رہے تھے کہ میں گائے کا سر ہوں۔ شوالے کے اندر شیو کا استھان توڑ پھوڑ ڈالا گیا تھا اور کوئلے سے محراب بنا کر اللہ اکبر لکھ دیا گیا تھا۔

مومنہ نے ادھر اس مسجد کو دیکھا اور ادھر اس کی ناک میں اتنی سخت تعفن آئی کہ جی متلانے لگا۔ لیکن یہ دیکھ کر اس کے دل میں کچھ سکون ہوا کہ دنیا میں ایک جگہ تو ایسی نکلی جہاں مسجد نے مندر کو فتح کر لیا ہے ہو نہ ہو، یہ جگہ پاکستان ہے۔ خدا چاہے گا تو یہاں ایسے ایسے پرسکون نظارے بہت دیکھنے میں آئیں گے۔

مومنہ دونوں درختوں کے نیچے کھڑی اس مکان کو دیکھ رہی تھی جو دور سے اسے اپنے گھر سے ملتا جلتا نظر آیا تھا۔ اس کے گھر ہی کی طرح اس میں بھی باہر بیٹھکا اور بغل میں حاطہ تھا۔ جس میں برابر برابر بہت سی ناندیں لگی ہوئی ان سروں کو یاد کر رہی تھیں جو ان سے گھنٹوں کانا پھوسی کرتے رہتے تھے۔ یہاں بھی حاطے کے اندر اور باہر مٹی کے برتنوں کے ٹھیکرے بکھرے پڑے تھے۔ بیٹھکے کے سامنے تینوں دروازے اور ایک وہ دروازہ جو بیٹھکے کے اندر سے گھر میں کھلتا تھا یہ سب پاٹو پاٹ کھلے تھے اور گھر کے اندر کا بہت سا حصہ نظر آ رہا تھا۔ بیٹھکے کے بعد دالان تھا پھر بہت بڑا صحن پھر کھپریل جو جل کر نیچے ڈھیر ہو چکی تھی۔ اس کے پیچھے ایک اور دالان اور وہ بھی آگ کا شکار ہو چکا تھا۔

یہ بیٹھکا دیکھ کر مومنہ کو اپنا بیٹھکا یاد آگیا۔ وہ بھی اسی طرح پھاٹک کے بغل میں تھا۔ وہاں جاڑوں میں رات گئے تک تاش اور شطرنج ہوتی رہتی تھی۔ اور قہقہے گونجا کرتے تھے کبھی کبھی کوئی شخص تانیں بھی مارنے لگتا تھا۔ گراموفون کا چسکا لگ جاتا تھا تو روز وہی بجا کرتا تھا۔ وہی گنتی کے چند ریکارڈ تھے سننے والے روز سنتے تھے دن میں دو دو تین تین بار اور کبھی کبھی تو دن دن بھر سنتے تھے۔ مومنہ سوچنے لگی کیا اس بیٹھکے میں بھی یہی ہوا کرتا ہوگا؟ اس سوال میں اور اس یاد میں کچھ اتنا زور تھا کہ وہ مومنہ کو ڈھکیل کر بیٹھکے کے اندر لے گیا۔ یہاں پہنچتے ہی اس کی نگاہ ایک ایسی چیز پر پڑگئی جس کے لئے صبح سے اس کا جوڑ جوڑ بلک رہا تھا۔ بیٹھکے کے اندر کچھ چنے اس طرح بکھرے ہوئے پڑے تھے جیسے پھوہڑپن سے رکھنے اٹھانے سے اناج بکھر جاتا ہے۔ لیکن بارش کی بوچھار اور نمی سے ان میں اکھوے پھوٹ آئے تھے۔ مومنہ ان چنوں پر اس طرح ٹوٹ پڑی جیسے بھوکی مرغیاں دانے پر گرتی ہیں اور ان کو چن چن کر کھانے لگی۔ کھاتی جاتی تھی اور سوچتی جاتی تھی کہ اکھوا پھوٹے چنے بھی مزے کے ہوتے ہیں۔ نہ نمک، نہ مرچ۔ مگر کیسے سوندھے معلوم ہو رہے ہیں۔ سچ ہے کہ بھوک میں ہر چیز مزا دیتی ہے۔

چنے کھاتے کھاتے مومنہ کی نظر بیٹھکے اور گھر کے درمیانی دروازے پر پڑی اور کچھ دیکھ کر وہ اچھل پڑی۔ ایک کتیا کھڑی بہت غور سے مومنہ کی طرف دیکھ رہی تھی۔ مومنہ پہلے تو ڈری کہ کہیں یہ مجھ پر حملہ نہ کردے۔ لیکن اس کی آنکھوں میں خونخواری نہ پاکر چمکارا۔ کتیا دم ہلانے لگی۔ اس نے پھر چمکارا۔ پھر تو کتیا کوں کوں کرتی ہوئی دوڑی اور مومنہ کے پاؤں پر لوٹنے لگی اور اس کے گرد تصدق ہونے لگی۔ اس کی بے تاب محبت دیکھ کر مومنہ کو سرور سا آنے لگا۔ افوہ کتنے دنوں کے بعد محبت ملی ہے۔ اس نے کتیا کو چمٹا لیا۔ گویا بہت دنوں کے بچھڑے ہوئے اچانک مل گئے ہیں۔ چمٹانے کے بعد مومنہ کو

خیال آیا کہ کتا نجس ہوتا ہے۔

جب پیار ہو چکا تو کتیا اندر بھاگ گئی۔ دم بھر میں واپس آکر مومنہ کے قدموں پر لوٹنے لگی اور پھر اندر بھاگ گئی۔ اور پھر باہر آکر قدموں پر لوٹنے لگی۔ مومنہ سمجھ گئی کہ یہ مجھے اندر لے جانا چاہتی ہے۔ وہ اسی مکان میں رات بسر کرنا چاہتی تھی۔ اس لئے اس کا کچھ ارادہ ہو رہا تھا کہ اندر کا ایک جائزہ لے لوں۔ کتیا کے بلاوا دینے سے وہ نڈر ہو گئی اور اس کے پیچھے پیچھے اندر چلی۔ مکان سادہ سا بنا ہوا تھا۔ بیٹھکے کے پیچھے دالان تھا اور بغل میں ایک چھوٹا سا کمرہ، مکان کا سامنے کا حصہ تو جل گیا تھا، پر آگ صحن پار کر کے اس طرف نہیں آئی تھی۔ یہ ہوا کی مہربانی ہو یا بارش کی۔

کتیا کمرے کی طرف مڑی۔ مومنہ نے جیسے ہی ادھر دیکھا اس کا دل دھک سے ہو گیا اور منہ سے چیخ نکلتے نکلتے رہ گئی۔ لیکن اس نے فوراً ہی اپنے کو سنبھال لیا۔ ڈر کی کوئی بات نہیں تھی اس کے سامنے صرف ایک چھوٹا سا دبلا پتلا حقیر سا ننگا مادر زاد لڑکا تھا۔

لڑکے کا ایک پہلو، ایک بازو۔ سینہ اور سر اور شاید دونوں آنکھیں آگ نے چاٹ لی تھیں ان زخموں سے پانی بہہ رہا تھا اور ان پر مکھیوں کے جھنڈ بھنک رہے تھے جن کو لڑکا کراہ کراہ کر نحیف ہاتھوں سے اڑا رہا تھا۔

لڑکا پرنالے کے نیچے کے گڈھے کو ٹٹول رہا تھا۔ شاید پانی کی تلاش میں تھا۔ جب وہ نہیں ملا تو اس کے منہ سے ہائے ماں نکل گیا اور پھر وہ ہاتھوں اور کولھوں کے بل گھسٹتا ہوا کمرے کے اندر گیا اور زمین پر کروٹ سے لیٹ گیا۔ اس لڑکے کے علاوہ گھر مین کوئی انسان نہ تھا اور نہ کسی قسم کا ساز و سامان یہاں تک کہ پینے کے پانی کے لئے ایک برتن بھی نہ تھا۔

کتیا جوش میں لڑکے کے پاؤں چاٹنے لگی۔ لڑکا کراہ کر بولا،

"کیا بات ہے آشا تو بھی بھوکی پیاسی ہو گی۔"

مومنہ کے خوف کی جگہ ترس نے لے لی اور پھر ترس "ہائے ماں"

سن کر ممتا بن گیا۔ ہائے یہ ننھا سا اپاہج اس اندھیر نگری میں بالکل ہی اکیلا ہے بچارا! سوائے آشا بے زبان کے کوئی پوچھنے والا تک نہیں۔ کوئی دو بوند پانی دینے والا تک نہیں۔ بچارا پرنالے کے نیچے کے گڈھے میں پانی ڈھونڈ رہا تھا۔ ایک بوند بھی نہ ملا۔

مومنہ کی آنکھیں ممتا سے نم ہو گئیں اور وہ دبے پاؤں ذرا اور قریب چلی گئی، آشا خوشی سے اچھلنے لگی۔

لڑکے نے کراہ کر کہا، "ہے رام۔"

ہے رام سنتے ہی ممتا پر بجلی گر پڑی اور اس نے شعلۂ جوالہ بن کر مومنہ کے تن بدن کو پھونک دیا۔

یہ تو ہندو ہے ہندو، پھر تو یقیناً اس پر خدائی قہر ٹوٹا ہے۔ ان کم بختوں نے کس بے دردی سے میری ہنستی کھیلتی لاڈلی کو اٹھا کر پٹکا ہے اور اس پر قہقہہ لگایا ہے۔ ہائے ان بچاروں کا زندہ کنوئیں میں اپنے بیٹوں کی لاشوں سے دبا دیا جانا! اف! نہ جانے کتنے دنوں میں جان نکلی ہو گی۔ میرے پیارے شمش و قمر، ان کا چیخ مار کر اماں پکارنا بد نصیب مہرن۔ خدا جانے زندہ بھی ہے اور اگر زندہ ہے تو اس کی کیسی کٹ رہی ہے؟ ہائے کیسے کیسے داغ ہیں میرے دل پر۔ یہ ظالم پاپی ہندو تو اس قابل ہیں کہ ان کا ایک ایک بچہ اسی طرح سسکا سسکا کر مارا جائے اور مرتے وقت بھی ایک بوند پانی نہ دیا جائے۔

مومنہ نے تھوڑی دیر لڑکے کے کراہنے اور تڑپنے کا سکون بخش نظارا دیکھا اور پھر وہ جس طرح دبے پاؤں آئی تھی اسی طرح دبے پاؤں باہر چلی۔ اس کے منہ موڑتے ہی پھر سخت تعفن کا جھونکا آیا جس سے اس کی روح تلملا گئی۔

بچے کی تنہا آس آسا مومنہ کی طرف حسرت سے دیکھنے لگی۔ اور اس کے قدموں پر لوٹنے لگی۔ لیکن مومنہ کے لوٹتے ہوئے قدموں پر برک نہ لگا سکی۔

بیٹھکے میں آکر مومنہ چنے سمیٹ کر آنچل میں بھرنے لگی۔ اس وقت اس کی نظر ایک اونچے طاق پر پڑی جس میں سونڈ والے دیوتا کی مورتی رکھی ہوئی تھی۔ اس کا مطلب یہ ہے کہ یہ گھر ہی ہندو کا ہے ایک ہندو کے گھر میں پناہ لینے سے اس درخت کے نیچے زندگی کاٹنا لاکھ درجے بہتر ہے جہاں میری بھڑ رہتی ہے۔

دھوپ کی تیزی جا چکی تھی۔ آسمان پر بادلوں کے بڑے بڑے سفید ٹکڑے سکون سے ایک طرف سے دوسری طرف جا رہے تھے۔ خوش گوار ہوا کے دھیمے دھیمے جھونکے تھکے ہوئے بدن کو سہلا رہے تھے۔ درخت کے نیچے غوغائیاں شور مچا رہی تھیں اور آپس میں آنکھ مچولی کھیل رہی تھیں، مومنہ اپنے درخت سے کچھ دور ایک تلیا کے پاس بیٹھی اکھوا پھوٹے چنوں کو دھو دھو کر کھا رہی تھی اور غوغائیوں کے بچکانے شور سے لطف اٹھا رہی تھی۔ اس کے دل میں آج کتنے دنوں کے بعد مسرت کی موجیں اٹھ رہی تھیں، مومنہ دل میں کہہ رہی تھی دیکھ شک بھرے دل دیکھ۔ خدا کے یہاں دیر ہے۔ اندھیر نہیں۔ دیکھ سامنے کا گاؤں کس طرح جل کر کھنڈر بن گیا ہے اور اس کے بسنے والوں کو جبری دیس نکالا ملا ہے۔ ایک بچہ جو سب کے پاپوں کو بھوگنے کے لئے رہ گیا ہے کس طرح سسک سسک کر مر رہا ہے۔ یہ خدا کا قہر نہیں تو اور کیا ہے۔ اس کی لاٹھی میں آواز نہ ج۔ کس زبان سے تیرا شکر ادا کروں۔ اوارحم الراحمین۔

تو نے مجھ دکھیاری کے شوہر اور بچوں کی آہوں کو رائیگاں نہیں جانے دیا۔

مومنہ چنے کھا رہی تھی اور اپنے تصور کی آنکھوں سے سسکتے ہوئے بچے کا تڑپنا، ایڑیاں رگڑنا اور سکرات میں مبتلا ہو کر آنکھوں آنکھوں میں در و دیوار سے پانی مانگنا، دیکھ

رہی تھی کیوں رے ہندو، اب محسوس کیا تو نے کہ میری لاڈلی کی جان کس طرح نکلی ہو گی۔ اب جانا کہ قتل کرنا اور وہ بھی بچوں کو ماں کے سامنے اور شوہر کو بیوی کے سامنے۔ عصمت دری کرنا اور وہ بھی بیٹی کے سامنے، یہ کیسے پاپ ہیں اور اس دنیا کا پالن ہار اس کی سزا کیسی بھیانک دیتا ہے۔

اس منظر سے مومنہ کو کچھ ایسی لذت مل رہی تھی کہ درجنوں بار تکرار کے باوجود جی نہیں بھرا تھا بلکہ جی میں تو یہ موجیں اٹھ رہی تھیں کہ کاش اسی تصور کی تانوں اور کٹگری میں ساری زندگی بیت جائے۔

ظالم آسمان تو ذرا اوپر بھی کسی کو ہنستے کھیلتے نہیں دیکھ سکتا ہے۔ مومنہ ان خیالوں سے لطف لے رہی تھی کہ وہ چاروں طرف سے گھر آیا اور کڑک اور گرج سے اس نے دنیا کو بھر دیا۔ مومنہ کے خیالات کی پرواز رک گئی۔ اور وہ سوچنے لگی کہ میں کہاں جاؤں کہ رات بلا بھیگے کٹ جائے۔ ایک رات بھیگ چکنے کے بعد اب اس میں پھر اس مصیبت کے جھیلنے کی بالکل ہمت نہ تھی۔ دوسری طرف اسے مہرن یاد آنے لگی تھی۔ خدا جانے کس حال میں ہو اور کیسے ظالموں سے سابقہ پڑا ہو۔ ہو سکتا ہے کہ وہ بیمار ہو گئی ہو اور اس کے خوشہ چینوں نے بھی اس کے ساتھ وہی سلوک کیا ہو جو کنیزن کے ساتھ بے رحموں نے کیا تھا کہ جب بہت بیمار ہو گئی تو اسے کہیں پھکوا دیا۔ ہو سکتا ہے کہ مہرن اس حالت میں ہو اور میں اس کی مدد کر سکوں۔ مومنہ ان خیالات کو ڈرامے کی شکل میں دیکھنے لگی کہ مہرن بیمار ہے۔ بے گھر ہے کہ ایکا ایکی میں پہنچ جاتی ہوں اور اس کی مدد کرتی ہوں اور سوچنے لگی کہ میری جان مہرن کے لئے بہت قیمتی ہے اس لئے اس کی حفاظت ضروری ہے۔

ساتھ ساتھ ایک بات اور بھی تھی وہ یہ کہ وہ ڈر رہی تھی۔ تھی تو وہ بہادر اور بہادر دادا اور بہادر باپ کی اولاد۔ ایک بار چوروں کو بھی بھگا چکی تھی لیکن دل مضبوط ہونے پر

ملائم کنارے رکھتا تھا۔ اور اس وقت چھوٹے چھوٹے بہت سے خوفوں نے اسے گھیر لیا تھا۔ رات کا خوف، جنگل کا خوف۔ درندوں کا خوف، سانپ بچھو کا خوف، چوروں، ڈاکوؤں کا خوف، شرنار تھی کا خوف، بھیگ کر بیمار ہونے اور پھر تنہا ایڑیاں رگڑ رگڑ کر مرنے کا خوف۔ یہ سب خوف مہرن کے لئے زندہ رہنے کی تمنا میں گڈ مڈ ہو کر ایک گھبراہٹ میں تبدیل ہو گئے تھے کہ کیا کروں اور کہاں جاؤں۔

مومنہ نے فیصلہ کر لیا کیا کرنا چاہئے۔ یہ فیصلہ اس نے کسی منطق سے نہیں کیا، بلکہ اسی طرح کیا جس طرح اس نے کلوٹے کے گھر سے نکل بھاگنے کا فیصلہ کیا تھا۔ یعنی دو سمتوں میں سے جو سمت جذبات کے لئے زیادہ پر کشش ہوتی وہ مومنہ کو کھینچ لے گئی۔

مومنہ پگ ڈنڈی چھوڑ کر کھیتوں کھیتوں ہوتی ہوئی آشا کے گھر کی طرف چلی وہاں چھت تھی جو بارش کو روکے گی۔ دروازے تھے جو بند ہو جائیں گے اور آشا تھی جو وقت پڑنے پر ضرور کام آئے گی۔ پھر یہ بات بھی ہے کہ جب ہندوؤں نے میرے باپ دادا کے گھر پر قبضہ کر لیا ہے تو میں کیوں نہ ان کے گھر پر قبضہ کر لوں؟ ضرور کروں گی۔ آشا کا گھر میرا گھر ہے، ہاں میرا گھر۔

مومنہ اپنے گھر پہنچ گئی اور بیٹھکے میں جا کر اس نے جلدی جلدی سب دروازے بند کر لئے۔ اب وہ شب کے حملہ آوروں سے بھی محفوظ تھی اور آشا کی نظروں سے بھی، وہ آشا سے اور آشا اس سے محبت کرتی تھی۔ لیکن پھر بھی مومنہ آشا کی نظروں سے ڈرتی تھی، وہ ان کی التجا نہیں برداشت کر سکتی تھی۔

مومنہ خیریت سے اپنے گھر پہنچ گئی۔ اپنا گھر، ہاں، اب یہ اپنا گھر تو ہے ہی۔ میں یہاں کی گھر والی ہوں۔ مہرن آئے گی تو اسے بھی یہیں رکھوں گی۔ بیٹھکے، دالان اور کمرے کو میں صاف کروں گی۔ پھر دیکھا جائے گا۔ ضروریات زندگی کا کوئی نہ کوئی

بندوبست ہو ہی جائے گا۔ اگر مجھے کوئی شخص یہاں سے نکالے گا بھی تو بھی میں نہیں نکلوں گی، کہوں گی کہ پہلے تم میرا مکان مجھے دلا دو۔ تب اسے مانگنا۔ کسی کو کیا حق تھا میرے باپ دادا کے گرھ کو مجھ سے چھین لینے کا۔

رات آگئی، سیارے ہوا ہوا پکارنے لگے۔ ذرا رات گزری تھی کہ ان کے ساتھ دوسرے جانوروں کی چیخیں بھی شامل ہو گئیں۔ مومنہ کے دماغ پر سینما کے پردے کی طرح ہیبت ناک مناظر گزر رہے تھے۔ کبھی وہ یہ دیکھتی کہ میں اپنے مکان میں ہوں اور ابا میاں گھبرائے ہوئے اندر آرہے ہیں اور حملہ ہو رہا ہے اور میری لاڈلی ماری جارہی ہے اور کبھی یہ کہ میں اپنے نئے مکان میں ہوں اور مجاہدین اسلام کا حملہ ہو رہا ہے۔ ہندو سے لڑکے دادا نے گھر کو چاروں طرف سے بند کر کے مقابلہ کرنا چاہا، لیکن اسلامی جوش اور اللہ اکبر کے نعروں کے سامنے وہ شکست کھا گئے اور مجاہدین اندر گھس آئے اور دروازے پر انہوں نے لڑکے دادا کو مارا۔ پھر مومنہ کو ایسا محسوس ہوا کہ میں خود بھی حملہ آوروں کے ساتھ ہوں، مجاہدوں نے عورتوں کو کھینچ کھینچ کر گھر سے باہر نکالا، لڑکے کی دودھ پیتی بہن کو ماں کی گود سے چھین کر ٹپک دیا۔ پھر اس کی بہن اور اس کی ماں کی عصمت۔۔۔

مومنہ خواب میں بھی یہی سب کچھ دیکھتی رہی۔ ایک بار اس نے دیکھا کہ لاڈلی ٹپک دینے سے مری نہیں ہے بلکہ ایک تنہا کمرے میں پڑی سسک رہی ہے اور کوئی اسے دو بوند پانی تک نہیں دیتا ہے۔ ایک بار خواب میں اس کی آنکھیں آشا کی پلکوں کے بیچ میں شمس کی آنکھیں ہیں۔ افوہ وہ کس حسرت سے میری طرف تاک رہا ہے! ہائے میں اسے ظالموں سے کیسے چھڑاؤں، وہ دیکھو شمس کی آنکھیں پیاسی ہیں اور دو بوند پانی کے لئے تڑپ رہی ہیں۔

پھر مومنہ کو ایسا نظر آیا کہ مہرن بھاگی چلی آرہی ہے اور اس کے پیچھے بہت سے

لوگ پکڑنے کے لئے دوڑ رہے ہیں۔ مہرن چلارہی ہے بچاؤ بچاؤ لیکن کوئی مدد کو نہیں آتا۔ بھاگتے بھاگتے مہرن بیٹھکے کے دروازے پر آگئی اور التجائیں کرنے لگی،

"اماں دروازہ کھول دو۔ اماں، اماں، میری اماں، مجھے اندر لے لو، اماں جلدی کر دور نہ وہ لوگ آجائیں گے۔ اماں میری اماں خدا کے لئے۔۔۔"

مومنہ کے ہاتھ اور پاؤں اور زبان سے جیسے کسی نے جان نکال لی ہے۔ ان میں کسی قسم کی سکت نہیں۔ نہ وہ ہل سکتی ہے، نہ بول سکتی ہے سخت بے بسی کے عالم میں مہرن کی آواز سنتی رہی۔

ذرا دیر میں جب مومنہ کے حواس بجا ہوئے تو اسے پتہ چلا کہ باہر کے دروازے پر مہرن نہیں آشا ہے جو چوکھٹ سے اپنا سر رگڑ رہی ہے اور التجائیں کر رہی ہے کہ مرتے ہوئے بچے کے حلق میں دو بوند پانی ٹپکا دو۔ ساتھ ساتھ مکان کے اندر سے کراہنے کی نحیف آواز آرہی ہے،

"ماں۔ ہے ماں۔ ماں۔ پانی۔ ایک بوند پانی۔ ہے رام۔ ماں۔ ماں۔ ماں۔ میں چلا۔ ماں۔ ایک بوند۔ ہائے ماں۔ تم کہاں ہو ماں۔"

کواڑوں کی درازوں سے چاند کی میٹھی کرنیں آرہی تھیں اور ہوا کے خوش گوار جھونکے بھی۔ یعنی گھٹا چھٹ چکی تھی اور اب آسمان صاف تھا۔ مومنہ نے کواڑ کھولا اور اس کے کھلتے ہی آشا اندر آکر مومنہ کے پاؤں پر لوٹنے لگی اور التجائیں کرنے لگی۔ اس کے لوٹنے میں التجا تھی اس کے لیٹ کر دونوں ہاتھوں کو اس کی طرف پھیلانے میں التجا تھی۔ اس کی بھک منگی نظروں میں التجا تھی۔

مومنہ نے چمکا کر آشا کو اپنے ساتھ لیا اور مٹی کے برتن کا ایک بڑا سا ٹکڑا لے کر تلیا تک گئی۔ اس کے پانی میں اس وقت چاند ستاروں کا عکس پڑ رہا تھا۔ جب مومنہ جھک کر پانی

بھرنے لگی تو اسے ایسا محسوس ہوا کہ میں اس قتل وغارت کی دنیا سے نکل کر ایسی دنیا میں آ گئی ہوں جہاں اوپر بھی چاند ستارے ہیں اور نیچے بھی چاند ستارے۔

مومنہ پانی لے کر ایسی احتیاط سے واپس چلی کہ اس نے جو کچھ ٹوٹے برتن میں چاند ستاروں کی چھاؤں میں بھر لیا ہے وہ چھلک نہ جائے اس کے آگے التجاؤں بھری آشا تھی۔ گھر آتے ہی وہ مومنہ سے پہلے لڑکے کے پاس پہنچ کر خوشی سے بھونکنے اور اچھلنے لگی اور لڑکے کے پاؤں چاٹنے لگی،

"کیا بات ہے آشا؟ کیوں اتنی خوش ہے؟"، "ہائے ماں" مومنہ نے قریب جا کر پکارا۔

"بیٹا۔"

لڑکا اچھل پڑا اور اپنی خالی آنکھوں سے ادھر ادھر دیکھنے لگا۔ مومنہ نے ڈھارس دینے والی آواز سے پکارا۔

"بیٹا۔"

"کون!"

اس کی آواز میں ڈر بھی تھا اور حیرت بھی۔ مومنہ نے اور پاس جا کر کہا۔

"بیٹا۔"

بچہ پھر اچھل پڑا۔ کانپتی ہوئی آواز سے بولا۔

"کون؟ ماں؟"

"ہاں بیٹا۔"

"ماں!"

"ہاں۔ ہاں بیٹا۔ میں ہوں۔"

"ماں! تم!"

"ہاں ہاں بیٹا میں ہوں۔"

"ماں!"

مومنہ نے لڑکے کا سر اٹھا کر اپنے زانو پر رکھ لیا۔

"بیٹا!"

"ماں۔ کیا تم مسلمان سے بچ کر آ گئیں؟"

"ہاں بیٹا میں بھاگ آئی۔"

"ماں۔ ماں۔ ماں۔ ماں۔ ماں۔"

بچہ مومنہ کے گلے میں باہیں ڈال کر پھوٹ پھوٹ کر رونے لگا۔ مومنہ کی آنکھوں سے جو شوہر اور بچوں کی موت کے دن سے لے کر آج تک آنسو کی ایک بوند کو ترستی رہی تھیں، آبشار پھوٹ نکلا۔ وہ آنچل سے بچے کا زخم بچا کر اس کے آنسو پوچھتی اور پھر اپنے۔ جب ذرا دل ہلکا ہو گیا تو مومنہ بچے کو ڈھارس دینے لگی،

"بیٹا اب نہ رو۔ اب تو میں آ گئی ہوں۔"

لڑکا ہچکیاں لیتے ہوئے کہنے لگا۔

"ماں پانی۔"

مومنہ، "لو بیٹا۔"

مومنہ لڑکے کو گود میں بٹھا کر پانی پلانے لگی اور وہ بدحواسی سے اس پر ٹوٹ پڑا۔ اس وقت مومنہ نے محسوس کیا کہ لڑکے کو خاصا تیز بخار ہے جب پانی پی چکا تو کہنے لگا،

"ماں"

"ہاں بیٹا۔"

اندھا ہو گیا ہوں اور شاید بہرا بھی۔ کسی بات کی خبر نہیں ہوتی ماں میرا اب کیا ہو گا؟"

بچہ پھر رونے لگا۔ مومنہ کی آنکھوں میں بھی آنسو آ گئے۔ وہ سمجھا کر کہنے لگی،

"بیٹا گھبراؤ نہیں اچھے ہو جاؤ گے۔"

مومنہ نے بچے کی پیشانی پر پیار کیا۔ بچہ کھٹک کر بولا،

"ماں تم مجھے رامو کیوں نہیں کہتیں؟"

"کہتی تو ہوں۔ رامو۔ رامو بیٹا۔ میرا پیارا رامو۔"

"تمہاری آواز اور تمہاری باتیں کچھ بدلی بدلی معلوم ہوتی ہیں۔ میں جل گیا ہوں اس وجہ سے شاید ایسا معلوم ہوتا ہو گا۔ کیوں ماں۔"

آخری جملے میں بچے نے جو سوال کیا تھا اس کی مخاطب مومنہ اتنی نہ تھی جتنا اس کا اپنا دل،

"بیٹا میں نے بہت تکلیفیں جھیلی ہیں۔"

"ہائے ماں۔ تم کو مسلمانوں نے بہت دکھ پہنچایا؟ کیا مارا؟ جلایا تو نہیں؟"

"بیٹا اب ان باتوں کو۔۔۔ نہ یاد دلاؤ۔ جب تم اچھے ہو جاؤ گے تب میں خود بتا دوں گی۔"

"اچھا ماں۔ تم کو ان باتوں کو یاد کر کے بہت دکھ ہوتا ہو گا۔ ہائے ماں تم نے ابھی یہاں جلے پر ہاتھ رکھ دیا تھا تو جان نکل گئی۔"

چچ چچ۔ میرا پیارا رامو۔ اب میں خیال رکھوں گی۔ گھبراؤ نہیں میں آ گئی ہوں اب تو اچھا ہو جائے گا۔"

آشا برابر ان دونوں کے گرد خوشی سے ناچ رہی تھی۔ رامو کے کان میں اس کی

آواز کی بھنک پہنچی تو بولا۔

ماں۔ آشا کو بھی پیار کر لو۔ اس نے میری بڑی خبر لی ہے۔ مجھے لاش کھانے والے جنگلی جانوروں سے جو رات کو گاؤں میں گھومتے رہتے ہیں۔ بچایا ہے۔"

مومنہ نے آشا کو چمٹا لیا اور کہنے لگی،

"آشا تو نے میرے بچے کی حفاظت کی ہے۔ تو میری بیٹی کے برابر ہے۔"

آشا اپنی تعریف سن کر اترانے لگی۔

رامو، "مسلمانوں سے تو یہ کتیا اچھی۔ اس کے دل میں دیا تو ہے۔"

مومنہ کے دل پر ایک برچھی لگی۔ لیکن وہ ضبط کر کے بولی۔

"ہاں بیٹا۔"

رامو ماں کی گود میں کھسک کر لیٹ گیا۔ ذرا دیر چپ رہ کر بولا،

"ماں۔"

"ہاں رامو۔"

"میری آنکھیں اچھی ہو جائیں گی؟"

"ہاں بیٹا ضرور اچھی ہو جائیں گی۔"

"اور کان۔"

"وہ بھی۔"

رامو خوش ہو کر ماں کے گلے میں باہیں ڈال کر بولا،

"ماں مجھے ایسا لگتا ہے جیسے میں اچھا ہو جاؤں گا۔"

"ہاں میرے چاند! اللہ نے چاہا تو جلد ہی اچھا ہو جائے گا۔"

رامو اس طرح چونک پڑا جیسے اس کے گولی لگ گئی۔ اس نے اپنی باہیں کھینچ لیں اور

مومنہ کے زانو سے سر اٹھا کر بولا،

"ماں!"

مومنہ، (گھبرا کر) "کیا بات ہے رامو؟ کیا ہوا؟"

"تم؟"

"ہاں بیٹا۔ کہونا۔"

"تم اللہ کہتی ہو!"

بچہ بہت سہما ہوا تھا اور اپنی خالی آنکھوں سے مومنہ کا چہرہ دیکھ رہا تھا۔ گویا ڈر رہا تھا کہ کہیں ایسا تو نہیں ہے کہ یہ میری ماں نہ ہو۔ بلکہ کوئی مسلمان ہو۔ مومنہ کے دل پر دوسری برچھی لگی لیکن اس نے پھر ضبط کر کے رامو کا سر اپنی گود میں کھینچ لیا۔ اس کے ہاتھ اپنے گلے میں حمائل کر لئے اور بولی۔

"بیٹا مجھے اتنے دنوں مسلمانوں میں جو رہنا پڑا ہے۔"

رامو نے کچھ سوچا اور پھر کہنے لگا۔

"وہ لوگ تم سے زبردستی اللہ اللہ کہلواتے ہوں گے۔ اس کے لئے مارتے ہوں گے۔"

یہ بات رامو نے سوال کے طور پر نہیں، اپنے کو اطمینان دلانے کے لئے کہی تھی اور وہ مطمئن بھی ہو گیا تھا۔ اس کے نزدیک مسلمانوں کے مظالم ہر تبدیلی کو ممکن بنا سکتے تھے۔

مومنہ، "ہاں بیٹا۔ لیکن اب ان باتوں کو نہ پوچھو۔"

رامو، "اماں جب میں اللہ اکبر کی پکاروں کو یاد کرتا ہوں تو۔"

بچہ سہمنے لگا اور اس کے گلے میں پھانسی سی لگنے لگی۔ مومنہ نے اس کے سر پر ہاتھ

پھیرا اور کہا،

"تم بھی ان باتوں کو بھول جاؤ۔"

رامو ذرا دیر کچھ سوچتا رہا۔ پھر ہچکچاتے ہوئے بولا۔

"ماں"

"رامو۔"

"سچ بتاؤ تم میری ماں ہو؟"

"اور کون تجھے اس طرح پیار کر سکتا ہے بیٹا۔"

"سچ ہے۔ جانے کیا بات ہے مجھے شک ہوتا ہے۔"

شک نہ کرو بیٹا۔

رامو پھر ذرا دیر کے بعد پوچھنے لگا۔

"کہیں یہ سپنا تو نہیں؟"

"نہیں بیٹا۔"

"ایسا تو نہیں کہ جب صبح ہو تو تم نہ ملو۔"

بچے کے دل میں واقعی ڈر پیدا ہو چلا تھا اور اس نے مومنہ کو اس طرح ٹٹولا کہ کہیں وہ وہم تو نہیں ہے۔

"نہیں نہیں بیٹا ایسا نہیں ہو گا۔ دیکھ تیری آشنا بھی تو مجھے دیکھ رہی ہے۔"

رامو کی باہیں زیادہ مضبوطی سے مومنہ کے گرد چمٹ گئیں۔

"ماں میرا من بھی اندر سے یہی کہہ رہا ہے کہ تم میری ماں ہو اور اب سچ مچ آ گئی ہو، مجھے رامو رامو کہو۔"

"میرا رامو، میرا اچھا رامو، میرا پیارا رامو۔۔۔"

راموزخموں کو سنبھال کر ماں کی گود میں سمٹ آیا اور فوراً غافل سو گیا۔ مومنہ کو ایسا محسوس ہونے لگا گویا اس بچے کو گود لے کر میرے زخم ہرے ہو گئے ہیں، دل ہے کہ امڈا چلا آرہا ہے اور بچے کو کلیجے سے لگا کر دھاڑیں مار مار کر رونے کو جی چاہ رہا ہے۔ لیکن ساتھ ساتھ یہ بھی محسوس ہو رہا ہے کہ ایک بے سہارے کو سہارا دینے سے اپنی زندگی بے سہارے نہ رہی۔

دراصل مومنہ اپنے جذبات سمجھنے سے بالکل قاصر تھی۔ اس وقت سے قاصر تھی جب سے وہ سو کر اٹھی ہے اور سیدھی بچے کے پاس چلی آئی ہے۔ میرے اندر آخر کیا الٹ پلٹ ہو گیا جو میں نے اس ہندو بچے کو نفرت کرتے کرتے کلیجے سے لگا لیا۔ ایک ہندو سے اتنی محبت کرنا کوئی بڑی بات تو نہیں؟ لیکن اس کو اندر سے اس بات کا یقین ضرور تھا کہ میں نے جو کچھ کیا ہے ٹھیک کیا ہے۔

پو پھٹی اور صبح کی روشنی ہر طرف پھیلنے لگی، مومنہ نے دلارے رامو کی طرف دیکھا۔ اس کا چہرہ کتنا بھولا اور کتنا مظلوم ہے۔ ذرا خنکی ہو رہی تھی اس لئے مومنہ نے رامو کو اپنا دوپٹہ دہرا کر کے اڑھا دیا اور ہلکے سے اس کے ماتھے پر پیار کر کے دل میں یہ عہد کر لیا کہ یہ میرا شمس اور میرا قمر ہے اور میں اس کو اسی طرح پالوں گی۔

دن چڑھے جب رامو کی آنکھ کھلی تو مومنہ نے اپنا دوپٹہ تر کر کے اس کا منہ اور بدن جو جھوٹے برتنوں کی طرح گھنونے ہو رہے تھے صاف کئے۔ پھر جتنا اس سے ہو سکا اور رامو برداشت کر سکا زخموں کو صاف کیا اور پھر اسے ضروریات سے فراغت کرائی۔ ان کاموں میں اس نے کسی قسم کی گھن نہیں محسوس کی۔ اپنی اولاد کا گو موت کرنے میں گھن کیسی۔

ان باتوں سے فارغ ہو کر رامو کہنے لگا،

"جس دن گاؤں لٹا ہے میں اس دن کا کھایا ہوا ہوں۔ تب سے سوائے اس برساتی پانی کے جو پرنالے کے نیچے گڈھے میں جمع ہو جاتا تھا، میرے پیٹ میں کچھ نہیں گیا ہے۔ شاید چھ روز ہوئے مجھے کھانا کھائے۔"

مومنہ نے ذرا خوش ہو کر پوچھا،

"تم نے کیسے پہچانا کہ چھ دن ہوئے؟ کیا اتنا نظر آجاتا ہے؟"

"رات کو لاشوں کو کھانے کے لئے جو جانور آتے ہیں وہ آپس میں لڑتے ہیں، چیختے ہیں اور شور مچاتے ہیں، ان کے آنے سے معلوم ہو جاتا ہے کہ رات ہو گئی اور جانے سے یہ کہ دن ہو گیا۔"

مومنہ اس خوفناک گھڑیال کا حال سن کر لرز گئی۔

راموا تنا بھوکا تھا لیکن اس پر بھی اسے گوارا نہ تھا کہ ماں پاس سے چلی جائے۔ مومنہ اسے بہت سمجھا بجھا کر اور ڈھارس دے کر غذا کی تلاش میں نکلی۔ بخار میں بھنتے ہوئے چھ دن کے فاقہ زدہ بچے کو چنے دنیا تو اسے موت کے منہ میں جھونک دینا ہے پھر اور کیا دیا جائے؟ آگ تک تو میسر نہیں جو چنوں کو ٹھیکروں میں ابال ہی لیا جائے۔ مومنہ کو جو کچھ۔ امید تھی ایک آواز سے تھی جسے وہ کل کئی بار سن چکی تھی اور آج صبح پھر سنی تھی اور اس وقت کچھ اندازہ بھی کر لیا تھا کہ وہ کس طرف سے آرہی ہے۔ اس وقت کچھ اندازہ بھی کر لیا تھا کہ وہ کس طرف سے آرہی ہے۔ اس وقت دراصل اسی آواز کی تلاش میں نکلی تھی۔ وہ مل جائے تو راموکی غذا کا بلکہ خود اس کی غذا کا بھی انتظام ہو جائے شاید۔

مومنہ اپنے مکان کے پچھواڑے کی طرف چلی۔ چند جلے ہوئے گھر ملے اور ان سے نکل کر گاؤں کی حد آگئی۔ گاؤں چھوٹا سا تھا۔ سرحد پر پہنچ کر اس نے وہ بھیانک منظر دیکھا ہے اور ناک میں ایسی سخت تعفن آئی ہے کہ وہ سر سے پاؤں تک کانپ گئی اور اپنی جگہ پر

بت بن کر رہ گئی۔ چند کچے گھروں سے متصل ایک چھوٹا ہوا میدان تھا۔ جس میں جلے ہوئے کندے اور جلے ہوئے انسانی ہاتھ پاؤں سر اور سینے کے ڈھانچے ڈھیر تھے۔ ان میں کچھ تو مردہ خو جانوروں کی مہربانی سے بالکل صاف ہو چکے تھے اور کچھ پر بھنے ہوئے گوشت کے ریشے لگے رہ گئے تھے۔ جن کو اس وقت کوے، گد اور آوارہ کتے ذوق اور شوق سے صاف کر رہے تھے۔ تیس چالیس کھوپڑیاں ادھر ادھر بکھری ہوئی اپنی آنکھوں کے حلقوں سے مومنہ کی طرف تک رہی تھیں، اف ان میں جینے کی کتنی حسرت تھی۔

میدان دو طرف سے گھروں سے گھرا ہوا تھا اور ان کی دیواروں پر کوئلار گڑر گڑ کر بہت جلی لکھا ہوا تھا۔ اللہ اکبر۔ ظاہر تھا کہ مجاہدین اسلام نے اللہ کی شان اونچی کرنے کے لئے یہ سب کچھ کیا تھا۔ مومنہ کی ناک میں رہ رہ کر جو سخت تعفن آتی رہی تھی اس کا سوتا یہی تھا۔

مومنہ نے ادھر چند دنوں کے اندر قتل وخون اور آتش زنی کے اتنے مناظر دیکھے اور سنے تھے اور اپنے پیاروں کو آنکھوں کے سامنے قتل ہوتے دیکھا تھا کہ وہ تجربے کار فوجی کی طرح لاشوں کی عادی سی ہوگئی تھی۔ لیکن اتنا عادی ہونے پر بھی اس منظر نے اس کو دہلا دیا۔

مومنہ کو ایک کنواں بھی یاد آگیا۔ جس میں اس کے شوہر، بچوں اور سارے خاندان کی لاشیں تھیں۔

مومنہ ابھی اس منظر کی دہشت سے پوری طرح نہیں نکل پائی تھی کہ اس نے دیکھا آشا جو اس کے پیچھے پیچھے آئی تھی ایک ران کو سونگھ رہی ہے۔ ساتھ ساتھ زبان چاٹ رہی ہے اور بھونک بھونک کر مومنہ کی طرف دیکھ رہی ہے۔ کیا آشا انسانی کباب کھانے

کی اجازت مانگ رہی ہے؟

آشا کیوں نہ کھائے جب ان کو سینکڑوں جانوروں اور گدوں نے کھایا ہے تو آشا کیوں نہ کھائے؟

جب پیٹ بھروں نے کھایا ہے تو چھ دن کی بھوکی آشا کیوں نہ کھائے؟

جب ایشور کے پجاری اور اسلامی مجاہد انسانی جسم کا احترام نہیں کرتے تو آشا کیوں کرے کیا آشا ان سے برتر ہے؟

آشا لاش کو سونگھتی رہی اور مومنہ سے اجازت مانگتی رہی۔ لیکن جب ادھر سے کوئی شنوائی نہ ہوئی تو بادل ناخواستہ مومنہ کے پاس آکر سوالیہ نظروں سے دیکھنے لگی۔ گویا فریاد کر رہی تھی کہ جس کام کو سب کر رہے ہیں اس کے کرنے سے تم مجھے کیوں روکتی ہو؟ یہ کیسا ظلم ہے؟

مومنہ میں آگے جانے کی ہمت نہ تھی لیکن اس نے لاشوں کے پاس کے ایک گرن کے اندر سے وہی آواز سنی جس کی تلاش میں وہ آئی تھی۔ جو ماں اپنی تین اولادوں کو آنکھوں کے سامنے مرتے دیکھ چکی ہو وہ چوتھی کے لئے جواب پھوٹی آنکھ کا دیدہ ہے۔ کیا نہ کر گزرے گی وہ ہمت کر کے چتا کے کنارے کنارے انسانی ہڈیوں کو بچاتی ہوئی آواز والے گھر تک پہنچ گئی۔

اس گھر کی چھتیں جل چکی تھیں صرف دیواریں کھڑی رہ گئی تھیں اور ان ہی کے اندر سے وہ آواز آئی تھی۔ دروازہ کے سامنے ملبہ کا ڈھیر تھا۔ اس لئے اندر جانا ناممکن تھا۔ مومنہ نے ملبے پر ہو کر اوپر چڑھنے کی کوشش کی۔ آشا آگے آگے چڑھنے لگی۔ اس کا سہارا مل گیا اور مومنہ اوپر پہنچ گئی۔ وہاں سے اس نے نیچے جھانکا۔

چار دیواری کے اندر تھوڑی سی جگہ تھی جس میں پانی بھرا ہوا تھا اور اس میں بھینس

کا مردہ بچہ پھولا ہوا تیز رہا تھا۔ اس کے برابر زندہ بھینس پڑی ہوئی تھی جس کی کمر کو ایک بڑے شہتیر اور بہت سے ملبے نے ایسا دبار کھا تھا کہ وہ ہل بھی نہ سکتی تھی۔ وہ کراہ رہی تھی اور اپنے بچے کو چاٹ رہی تھی۔ بھینس تو وہ مامتا بھری ماں ہوتی ہے جو اپنے بچے کی مہینوں کی سوکھی کھال تک کو چاٹتی ہے اور اس کے لئے بھی تھنوں میں دودھ ابل آتا ہے بھینس نے مومنہ کو جو دیکھا تو بڑی فریادی آواز نکالی۔ وہ کہہ رہی تھی کہ خدا کے لئے مجھے جلدی اس قید سے رہائی دو تا کہ اپنے بچے کو دودھ پلاؤں۔ غریب چھ روز سے بھوکا ہے۔

مومنہ حسرت سے بھینس کو دیکھتی رہی کہ چھ ہاتھ نیچے دودھ کی نہر موجود ہے لیکن بیکار۔ میری ایسی چار عورتیں بھی اس مظلوم کو آزاد نہیں کرا سکتی ہیں۔ ہائے میرے چھ دن کے بھوکے بچے کو اس کے دودھ کا ایک قطرہ بھی نہیں میسر آسکتا ہے۔

مومنہ شکستہ دل بھینس کے پھانسی گھر سے واپس ہوئی۔ درجنوں انسانی کھوپڑیاں بتیسی نکالے اس کی کوشش پر ہنس رہی تھیں اور کہہ رہی تھیں،

"مورکھ، ہم نے اپنے پیارے پیارے بچوں کو بچانے کے لئے کیا کچھ نہیں کیا۔ خوشامدیں کیں گڑگڑائے، ناک رگڑی۔ لیکن کیا حاصل ہوا۔ جاؤ اور اپنے بچے کو بھی اسی چتا میں لاکر کھ رکھ دو۔"

جب مومنہ مسجد نما شوالے کے سامنے سے گزری تو وہ بے اختیار سجدے میں گر پڑی اور گڑگڑا گڑا کر دعا مانگنے لگی،

"اے سب کے پیدا کرنے والے اس دنیا میں جو کچھ میرے پاس تھا سب جاتا رہا، گھر بار، دھن دولت۔ عزیز و اقارب، شوہر، بچے، عزت ناموس۔ اب تو نے ایک اپاہج بیمار بچہ مجھے بخشا ہے۔ جس نے میرے ویران دل کو باغ و بہار بنا دیا ہے۔ اس کے لئے کس زبان سے تیرا شکر ادا کروں میں اسے محنت مزدوری کر کے پالوں گی اور جب تک جیوں

گی اس کی آنکھوں کا کام کروں گی اور اگر مرتے دم بھی مہرن مل گئی تو اس کا ہاتھ اس کے ہاتھ میں دے کر کہہ جاؤں گی کہ یہ میری امانت ہے۔ دیکھ چاہے تو تکلیف اٹھائے لیکن اسے تکلیف نہ ہو۔"

"اے میرے مالک تو اب رامو کو مجھ سے نہ چھین۔ اگر میری جان کے بدلے بھی اس کی جان بچ سکتی ہو تو میں بابر کی طرح اسے شوق سے قربان کر دوں گی۔"

مومنہ کی آنکھوں سے موسلا دھار بارش ہونے لگی۔ اس نے اٹھ کر گود پھیلا کر کہا، "اسے مالک تو بچے کے لئے کھانا اور دوا دے۔"

مومنہ کے جسم کی ایک ایک رگ، گوشت کا ایک ایک ریشہ جذبات کا ایک ایک سر ما متا بن گیا۔ وہ دیر تک یوں ہی دعا مانگتی رہی۔ اس سے دل کو ڈھارس ہوئی اور خود اعتمادی واپس آگئی۔

مومنہ کے آتے ہی رامو نے پوچھا،

"ماں۔ کچھ ملا؟"

مومنہ نے کچھ جواب نہیں دیا۔

رامو، "کچھ نہیں ملا۔ کہاں سے ملتا سب کچھ تو مسلمان لے گئے۔

رامو نے شکستہ دلی اور مایوسی میں دو بار "ہے رام ہے رام" پکارا۔ مومنہ نے خاموشی سے رامو کا سر زخموں کو بچا کر اپنی گود میں رکھ لیا۔

رامو، "اچھا ماں پانی ہی پلا دے۔"

مومنہ نے دل میں بسم اللہ کہہ کر اپنی ایک چھاتی رامو کے منہ میں دے دی۔ رامو بے حد متحیر ہو کر بولا،

"ماں!"

"بیٹا تو اسی پر پلا ہے۔ پی۔"

"ماں۔"

"کوئی بات نہیں بیٹا۔ تیری جان مجھے بچانا ہے۔ پی۔ شاید چند قطرے تیرے نصیب سے اتر آئیں۔"

مومنہ کی ممتا ایسے جوش پر تھی کہ ایک دفعہ سوکھنے کے بعد پھر گنگا دنیا میں اتر آئی اور رامو کے پیٹ میں چند قطرے پہنچ گئے۔

مومنہ کو رامو کی کٹی کٹی باتوں سے گاؤں کے اجڑنے کا جو حال معلوم ہوا وہ یہ تھا کہ رامو اپنے بھائیوں۔ بہنوں کے ساتھ کھیل رہا تھا کہ اس کا باپ چلاتا ہوا گھر میں گھسا کہ گاؤں پر مسلمان حملہ کر رہے ہیں اس لئے سب جلدی سے بھاگ چلو۔ عورتیں چیخنے لگیں اور دوڑ دوڑ کر اپنے زیور اور کپڑے باندھنے لگیں۔ بچے رونے لگے اور کام میں حارج ہونے لگے۔ مرد عورتوں کو پکڑ پکڑ کر کھینچنے لگے کہ سامان کی پروانہ کرو۔ جلدی نکل بھاگو۔ رامو کی دادی چلانے لگی کہ یہ کیسے ممکن ہے کہ اپنی سات پیڑھیوں کی کمائی چھوڑا کر بھاگ چلوں۔ یہ سب کچھ ہو ہی رہا تھا کہ حملہ آور بندوقیں لے کر آ گئے۔ بندوقیں دغیں۔ لاٹھیاں چلیں۔ دروازے توڑنے گئے اور بہت سے مسلمان اللہ اکبر کے نعرے لگاتے گھر میں گھس آئے۔

صدر دالان کی چھت کو کوئی زینہ نہیں جاتا تھا۔ لیکن رامو دیوار پر ہو کر کھپریل پر اور اس سے چھت پر چڑھا جاتا تھا اور وہاں سے تلنگ اڑاتا تھا۔ جیسے ہی اس کے گھر میں حملہ آور گھسنے لگے وہ جلدی سے چھت پر چڑھ گیا اور کھپریل کا جو حصہ چھت پر ٹکنے کے لئے اوپر اٹھا ہوا تھا اس کی آڑ میں چھپ کر لیٹ گیا۔ چھت اور کھپریل کے درمیان چوڑی سی دراز تھی اس سے کھپریل کے اندر کا اور کچھ باہر کا حال نظر آتا تھا۔ اس جگہ سے

رامو نے دیکھا کہ کس طرح حملہ آوروں نے عورتوں کے زیور اور کپڑے اتار کر ان کو مادر زاد ننگا کیا۔ ان کی عصمت دری کی اور پھر پکڑ لے گئے۔ گھر کے مردوں اور بچوں میں سے بعض کو مارے جاتے ہوئے رامو نے اپنی آنکھ سے دیکھا اور بعض کی چیخیں سنیں۔

جب حملہ آور گھر کو لوٹ کر چلے گئے تو رامو نے سر اٹھا کر ادھر ادھر دیکھا۔ اس کے پچھواڑے چند گھروں کے پار زبردست آگ جل رہی تھی اور ادھر سے حملہ آوروں کے قہقہے اور مرنے والوں کی چیخیں آ رہی تھیں۔ ایک چھت پر نظر پڑی تو دیکھا کہ چار چھ آدمی ایک آدمی کے چاروں ہاتھ پاؤں پکڑے اس کو جھونک دے رہے ہیں اور وہ بے کسی سے چیخ رہا ہے۔ انھوں نے اللہ اکبر کا نعرہ لگا کر اسے الاؤ میں جھونک دیا۔ جب وہ شعلوں کی لپیٹ میں آ رہا تھا تب رامو نے پہچانا کہ وہ میرے پتا جی ہیں۔ یہ دیکھ کر وہ بیہوش ہو گیا۔

رامو کو جب ہوش آیا تو دیکھا کہ میں چاروں طرف سے شعلوں سے گھرا ہوا ہوں۔ کھپریل دھڑ دھڑ جل رہی ہے اور چھت دو جگہ سے جل کر نیچے گر چکی ہے۔ رامو منڈیر منڈیر بھاگا لیکن ایک جھف سے چھت گری تو اس کے ساتھ یہ بھی نیچے آگ میں جا گرا۔ لیکن ہمت کر کے اٹھا اور اٹھ کر اپنے کپڑوں کو جنھوں نے آگ پکڑ لی تھی پھینک کر بھاگا اب اسے یاد نہیں کہ کس طرح اور کس طرف سے وہ صحن میں آ کر بیہوش ہو گیا۔

جب ہوش آیا ہے تو اسے پتہ چلا کہ میری دونوں آنکھیں جا چکی ہیں اور سارا بدن پھنکا جا رہا ہے۔ یہ چیخنے لگا۔ چند آدمی اس کے ارد گرد کھڑے باتیں کر رہے تھے،

"سسک سسک کر مرنے دو سالے کو۔ ایک گولی کیوں ضائع کرتے ہو؟"

"بہت ٹھیک۔ گھر کے دروازے کھلے چھوڑ جائیں تا کہ جنگلی جانوروں کو آنے میں زحمت نہ ہو۔"

دو تین قہقہوں کی آواز سنائی دی۔ پھر کوئی ذرا متفکر لہجے میں بولا،

"لیکن ہم کو معلوم کیسے ہو گا کہ یہ مر گیا۔"

"میں بتادوں گا۔ بھلا یہ جی سکتا ہے۔"

کسی نے رامو کو ایک لات مار دی اور کہا۔

"بیٹا آرام سے موت کا انتظار کرو۔"

پھر سب چلے گئے۔ ان کے جاتے ہی بارش ہونے لگی اور رامو آشا کے سہارے کمرے میں آگیا۔

رامو کو یہ واقعات بہت کٹے کٹے یاد تھے اور بعض باتیں ایک دوسرے میں گڈ مڈ ہو گئی تھیں۔ مثلاً ماں کی بے آبروئی کے ساتھ وہ اپنے شیر خوار بھتیجے کا تذکرہ جوڑ دیتا۔ جس کے سر کو ایک حملہ آور نے ٹھوکر سے پاش پاش کر دیا تھا۔ جب بھتیجے کا تذکرہ کرتا تو کرتے کرتے مومنہ سے کہنے لگتا کہ ماں تم کو بہت دکھ اٹھانا پڑا اور پر رو دیتا۔

رامو جب اپنے گھر کی چہل پہل کی یا اس کی تباہی کی باتیں کرتا تو مومنہ کو ایسا محسوس ہونے لگتا گویا میں یہ سب کچھ دیکھ چکی ہوں۔ میرے سامنے رامو کی ماں منہ اندھیرے اٹھ کر گھر صاف کرتی اور سامنے کے دالان میں چوکا لیپتی اور جب سب بچے سو کر اٹھتے تو ان کو لسی بنا کر دیتی۔ پھر دوپہر کو سب کو اسی دالان میں بٹھا کر ان کے آگے تھالیاں رکھ ان میں دال اور ترکاریاں پروستی اور پھر گرما گرم روٹیاں دیتی جاتی اور لوگ کھاتے جاتے۔ بچے اچار کے لئے ضد کرتے تو بغل کی کوٹھری میں جا کر ہانڈی اٹھا لاتی اور اس میں سے اچار کی پھانکیں نکال نکال کر ایک ایک سب کو دیتی۔ چھوٹا چندر کہتا کہ میری پھانک چھوٹی ہے اور جب تک وہ رامو سے زیادہ نہ لے لیتا نہ مانتا۔

رامو نے جب پچھلی دیوالی کی باتیں کیں تب بھی مومنہ کو ایسا لگنے لگا گویا سب کچھ

اس کے سامنے ہوا تھا۔ رامو کی ماں نے دیے جلا کر سب کو دیے تھے اور جب چندر اپنے مٹھائی کے سب کھلونے چٹ کر گیا اور پھر رامو کا شیر چھیننے لگا اور اس کے لئے ضد کرنے لگا تو ماں نے رامو کو سمجھا بجھا کر اس کا شیر چندر کو دلا دیا تھا۔ رامو نے شیر تو دے دیا لیکن حسرت سے اس کی طرف تکتا رہا۔

صرف اتنا ہی نہیں، آباد گھر کا پورا نقشہ مومنہ کی آنکھوں کے سامنے پھر جاتا، دالان، کمرے اور بیٹھک سب بھرے پرے نظر آنے لگتے۔ بچے، مرد اور عورتیں ادھر سے ادھر آ جا رہے ہیں۔ رامو کی ماں انتظام میں لگی ہوئی ہے ایک دالان سے دوسرے دالان میں اور اس دالان سے کمرے میں اور کمرے سے کوٹھری میں اور پھر رسوائی میں آ جا رہی ہے۔ ہر بات کی فکر ہے بھینس دو ہی گئی۔ جو دودھ آیا تھا وہ آگ پر کیوں نہیں رکھا گیا؟ دہی جما دیا یا نہیں؟ نوکروں کو کھانا بجھوا دو۔ چندر اتنا نہ شور کرو۔ رامو کمرے میں جاؤ اور سبق یاد کرو۔" باہر کہار کسی بات کے لئے چلا رہا ہے۔ حاطے میں بیلوں کو سانی دی جا رہی ہے۔

گھر کی تباہی کا حال مومنہ یوں دیکھتی کہ احاطے کی طرف کے پھاٹک پر حملہ ہوتا ہے۔ رامو کی ماں رامو اور چندر کو لے کر بھاگنے کی فکر میں ہے۔ کہ حملہ آور اندر گھس آئے ہیں۔ رامو کی ماں شیرنی کی طرح اپنے بچوں کے سامنے کھڑی ہو جاتی ہے۔ چندر اور رامو مظلومی سے ماں ماں پکارتے ہیں۔ ساتھ ہی مومنہ کو شمس و قمر کا مارا جانا اور لاڈلی کا پٹک دیا جانا یاد آ جاتا۔

مومنہ کو ایسا محسوس ہوتا کہ رامو کی ماں اور میں۔ چندر و رامو، شمس و قمر دونوں گھرانوں کی آبادیاں اور بربادیاں ہیں۔ وہی تاش کے باون پتے، صرف پھینٹ دینے سے بازیاں بدل گئی ہیں۔ اپنے نئے احساسات پر اسے حیرت ہوتی تھی کہ کہاں میں مسلمان اور

کہاں وہ ہندو؟ ہم دونوں کیوں کھچڑی کے دال چاول کی طرح مل گئے ہیں۔ کہیں مجھے کچھ ہو تو نہیں گیا ہے۔ لیکن اس کی وہ مامتا جس نے رامو کو کلیجے سے لگا لیا تھا یقین دلا دیتی تھی کہ نہیں بھولی۔ تو پہلے سے بہتر ہو گئی ہے۔

اگر کہیں مومنہ اپنی اس تبدیلی کو سمجھ لیتی تو پھر وہ یہ بھی سمجھ لیتی کہ وہ ایکا ایکی رامو پر جان چھڑکنے لگی۔

ایک چلتی ہوئی گھڑی تھی جو کائنات کی حرکت و عمل میں ہاتھ بٹاتی تھی۔ لیکن نفرت کی بھٹی نے اسے پگھلا کر مٹی میں ملا دیا۔ ایک پرزہ جو بچ گیا تھا۔ غموں سے چھلنی دل کو لئے خزاں مارے پتے کی طرح ادھر سے ادھر اور ادھر سے ادھر مارا مارا پھر رہا ہے۔ نہ کوئی ایسا ہے جو اس سے رشتہ جوڑے اور نہ ایسا جس سے وہ رشتہ توڑے۔ نہ کوئی ٹھونہ ٹھکانا۔ نہ اور چھوڑ۔ نہ مصرف نہ عمل۔ اس کے لئے آبادیاں بھی ایسا چٹیل میدان ہیں جس میں گھاس کا ایک تنکا تک نہیں۔ کیا اس پرزے کے دل میں یہ حسرت نہیں ہو گی کہ میں پھر کسی مشین میں لگ جاتا۔ ایسی مشین جو مجھے سمو لیتی اور جس میں کھپ جاتا۔ کیا یہی حسرت اب اس کی کل زندگی نہ ہو گی؟ کل زندگی یہ حسرت نہ ہو گی تو پھر کیا ہو گی؟

مومنہ ایک ایسا ہی پرزہ تھی اور وہ خزاں مارے پتے کی طرح ماری ماری پھر رہی تھی۔ نہ اس کوئی محبت کرنے والا تھا اور نہ ایسا جس سے وہ محبت کرے۔ کوئی ایسا بھی نہ تھا جو اس کا دکھڑا ہی سن لیتا۔ لے دے کر ایک مہرن کی یاد تھی لیکن وہ بھی شکوک کے درجنوں غلافوں سے ڈھکی ہوئی تھی کہ پتہ نہں امہرن زندہ بھی ہے یا نہیں؟ اور اگر زندہ ہے تو کیا معلوم اس سے کبھی ملنا ہوتا ہے یا نہیں۔ بھلا ایسی یاد زندگی کی ناؤ کھے سکتی ہے؟

رامو کا مکان مومنہ کے مکان سے ملتا جلتا تھا۔ پھر اس فضا میں آئی آشنا اپنی محبت لے کر ان دونوں چیزوں نے مومنہ کی مامتا کو شدت سے کھینچ لیا اور پھر ان دونوں کن

ڈک ٹروں کو پاتے ہی وہ خود بخود راموتک پہنچ گئی، اگر زندگی کہیں اتنی تنگ دامن ہو جاتی کہ مومنہ کو ایک کتیا اور ایک چھوکرا تک محبت کے لئے نہ ملتا تو یہ بات امکان سے بعید نہ تھی کہ وہ بھڑ کو بیٹی بنا لیتی۔ زندگی کے یہ فارمولے حساب کے فارمولوں سے کم حیری نہیں۔

ایک مرتبہ رامو اپنے گھر کی تباہی کا حال بیان کر رہا تھا اور ایسا سہا ہوا تھا گویا اس وقت بھی وہ کھپریل کی آڑ میں کوٹھے پر چھپا ہوا ہے اور ڈر رہا ہے کہ کہیں مجھ پر بھی کوئی حملہ نہ کر دے۔ مومنہ نے ڈھارس دینے کے لئے اسے پیار کیا اور سمجھایا کہ جو کچھ ہوا ہے اسے بھول جاؤ۔ اس ڈھارس پر وہ اپنے پتا جی، دادی، چندر، چھوٹی بہن اور ننھے بھتیجے، ایک ایک کو یاد کر کر کے پھوٹ پھوٹ کر رونے لگا۔ دیر تک روتا رہا۔ جب ذرا سکون ہوا تو کچھ سوچ کر کہنے لگا،

"ماں"

"ہاں رامو"

"سب مسلمان حملہ آور یہیں پاکستان میں ہوں گے۔"

"پاکستان؟"

ہاں وہ لوگ کہہ رہے تھے کہ اب یہ جگہ پاکستان میں شامل ہے۔

"پھر ضرور یہاں ہوں گے۔"

"ماں"

"کہو رامو"

میں جب اچھا ہو جاؤں گا تو دو کام کروں گا۔ ایک تو ہوائی جہاز اڑانا سیکھوں گا اور دوسرے بم بنانا۔

مومنہ اس خوفناک خیال کو کچھ بھانپ گئی۔

"پھر کیا کروگے بیٹا؟"

"میں بہت سے بم ہوائی جہاز پر رکھ کر اڑ جاؤں گا اور جہاں دیکھوں گا کہ کسی مسجد میں بہت سے مسلمان جمع ہیں ان پر بم گرادوں گا اور اڑ جاؤں گا بم گرے گا دھم۔ کسی کا کان اڑ جائے گا۔ کسی کی ناک اڑ جائے گی کسی کا سر اڑ جائے گا۔ کسی کا توند چیتھڑے چیتھڑے ہو جائے گا۔ کوئی روئے گا کوئی ہائے ہائے کرے گا۔ کوئی اللہ کو پکارے گا۔"

رامو اس تصور سے مست ہو گیا اور کھل کھلا کر ہنس پڑا۔ رامو پر زندگی کی تلخ حقیقتیں، نفرت، انتقام، قتل، موت، لاوارثی کی زندگی، یہ سب اپنے پورے بوجھ کے ساتھ پھٹ پڑی تھیں اور اس کا معصوم بچپن ان کے نیچے کچل کر پاش پاش ہو گیا تھا۔ وہ دوسروں کو ایذا پہنچانے اور قتل کرنے کی باتیں اس طرح کرتا گویا میچ میں وہ دوسری ٹیم کو ہرانے کے منصوبے باندھ رہا ہو۔ اس سے بھی زیادہ المناک بات یہ تھی کہ اس کی تہ میں پورا غرم ہوتا تھا۔

مومنہ یہ دیکھ کر کہ رامو کے اندر انتقامی بارود بھری ہوئی ہے سہم گئی۔ پھر پیار سے کہنے لگی،

"نہیں رامو ایسا نہ کہو۔ مسلمانوں میں برے بھی ہوتے ہیں اور بھلے بھی۔"

جس وقت رامو انتقام کی باتیں کر رہا تھا تو اس پر خوف اور دہشت کی بجائے مسرت اور عزم کے جذبات آ گئے تھے لیکن "ماں کی زبان سے ایسی باتیں سنتے ہی بے حد سہم گیا اور چہرے پر ہوائیاں اڑنے لگیں۔

"ماں۔"

مومنہ اس کا سہمنا دیکھ گھبرا گئی۔ پھر اپنے کو سنبھال کر پیار سے بولی،

کیا بات ہے رامو۔"

"ماں"

"ہاں رامو کہونا۔"

"ماں۔۔۔ تم مسلمانوں کی طرفداری کرتی ہو۔"

مومنہ کو محسوس ہوا کہ اگر میں نے کہیں طرف داری پر اصرار کیا تو بچہ مجھے بھی غیر سمجھنے لگے گا اور پھر مصیبتوں کے بوجھ اور تنہائی سے اس کا دل ٹوٹ جائے گا۔ کچھ مومنہ کو یہ بھی اندیشہ ہوا کہ کہیں رامو بھانپ نہ لے کہ میں اس کی ماں نہیں ہوں۔

"تم مجھ سے کیوں ہٹ گئے رامو۔"

"تم مسلمانوں کی طرفداری جو کرتی ہو۔"

"کہاں طرفداری کرتی ہوں۔"

"طرفداری نہیں کرتی ہو؟"

"نہیں۔ میرا مطلب یہ تھا کہ ان میں سے کچھ اپنے کو بھائی سمجھتے ہیں۔ لیکن ہوتے سب ایسے ہی ہیں۔"

مومنہ نے بات بنادی اور رامو کو سمجھاتی رہی۔ پھر بھی رامو دیر تک ماں سے الگ الگ رہا۔

رامو کے دل میں مسلمانوں سے انتقام لینے کی یہی ایک صورت نہیں تھی۔ ایسی ایسی درجنوں صورتیں تھیں۔ جن سے وہ مزے لیا کرتا تھا کبھی سوچتا کہ میں بہت سے ہندو لڑکوں کو جمع کر کے ڈاکو بن جاؤں گا اور مسلمانوں کو لوٹ لوٹ کر ان کا پیسہ ہندوؤں کو دیا کروں گا۔ اور کبھی یہ سوچتا کہ میں زہر لے کر راتوں کو مسلمانوں کے گاؤں میں چلا جایا کروں گا اور کنوؤں میں ڈال دیا کروں گا۔ بس وہ پانی پئیں گے اور سب کے سب ایک

ساتھ تڑپنے لگیں گے۔

کوئی پانی تک دینے والا نہ ہو گا۔

رامو کے منہ سے ایسی باتیں سن کر مومنہ کو اس سے نفرت ہو جانا چاہیئے تھی۔ لیکن مامتا نے اسے ایسے عالم میں پہنچا دیا تھا کہ وہ یہ باتیں سن کر ترس کھاتی تھی کہ ہائے حملہ کرنے والوں نے میرے رامو کے جسم ہی کو نہیں دماغ کو بھی پھونک دیا ہے۔ وہ رامو کو لپٹا لیتی اور اپنے دو ایک آنسو اس کی انتقامی آگ پر چھڑک دیتی۔

حملہ آوروں نے اناج اٹھانے میں بہت لا پروائی سے کام لیا تھا اس وجہ سے گھر میں بیٹھکے کے علاوہ جگہ جگہ پر چنے اور گیہوں بکھرے ہوئے تھے جن میں اکھوے پھوٹ آئے تھے۔ چڑیاں ان کو بارش کی اور آشنا کی وجہ سے ختم نہ کر سکی تھیں اور چوہے یا تو سب آگ میں جل گئے تھے یا بھاگ گئے تھے۔ مومنہ نے اناج کو بٹورا تو ڈھائی سیر کے قریب نکلا۔ اس اناج کو مومنہ خود کھاتی تھی اور اپنی چھاتی کا دودھ رامو کو پلاتی تھی۔

مومنہ نے اپنی شلوار کے دونوں پائچے پھاڑ کر الگ کر لئے۔ ایک کو الٹ کر لہنگے یا پیٹی کوٹ کی طرح خود پہن لیا اور دوسرے کو پھاڑ کر دو ٹکڑے کئے اور ان کا رامو کا بچھونا بنا دیا۔ اور دوپٹے کو دو کر کے اوڑھنے کی دو چادر بنا دیں تاکہ مکھیاں اسے تنگ نہ کریں۔ جب اس اوڑھنے بچھونے کا ایک جوڑا رامو کے جسم سے بہنے والے پانی سے تر ہو جاتا تھا تو مومنہ اسے دھو کر سوکھنے کو پھیلا دیتی اور دوسرا جوڑا بچھا، اڑھا دیتی تھی۔ جب رات کو خنکی ہوتی تھی تو سب کچھ رامو کو اڑھا دیتی تھی اور خود بھی اسے لپٹا لیتی تھی۔

رامو جب بھی اپنی ماں کا دودھ پیتا تو پہلے سے زیادہ اس کا گرویدہ ہو جاتا۔ اس سے بن نہیں پڑتا تھا کہ وہ اپنے جذبات کا اظہار کیسے کرے۔ بس وہ مومنہ کے گلے میں باہیں ڈال کر ماں ماں کرتا اور اپنی خالی آنکھوں سے اس کے چہرے پر محبت اور شکر گزاری کی

بارش کرتا۔

مومنہ راموکے علاج کے لئے بہت متفکر تھی لیکن علاج کہاں سے میسر آئے۔ اس کو جلنے کی جو جو دوائیاں معلوم تھیں ان میں سے ایک بھی یہاں نہیں مل سکتی تھی، ایسی حالت میں بس دو صورتیں تھیں ایک تو یہ کہ مومنہ راموکو لے کر کسی پاس کے دیہات کو چلی جائے شاید کوئی بھلا مانس ترس کھا کر ان دونوں کو ٹکالے اور علاج کر دے یا کرا دے۔ سو یہ صورت یوں ممکن نہ تھی کہ راموا تنا جلا ہوا تھا کہ اسے گود میں اٹھانا مشکل تھا اور مومنہ میں اتنی طاقت بھی نہ تھی کہ اسے لے کر کوس دو کوس جا سکے۔ دوسری صورت یہ تھی کہ اسی گاؤں میں بسنے کے لئے کچھ لوگ آجائیں اور وہ ترس کھا کر راموکے علاج کا انتظام کر دیں۔ بس یہی امید تھی جس پر وہ جی رہی تھی۔ لیکن پہلا دن گزرا۔ دوسرا دن گزرا، تیسرا دن گزرا، چوتھا دن گزرا۔ پر گاؤں میں بسنے کے لئے نہ تو ہندو آئے اور نہ مسلمان، وہ متحیر تھی کہ آج کل جبکہ لاکھوں انسان بے گھر ہو کر مارے مارے گھوم رہے ہیں، اس گاؤں کو جس کے کھیت کھڑے لہلہا رہے ہیں کوئی پوچھتا تک نہیں۔

حقیقت یہ ہے کہ اگست 47 کا زمانہ پنجاب اور اس کے آس پاس کے مقاموں کے لئے ایسا ہنگاموں اور افراتفری اور بد نظمی کا زمانہ تھا کہ پاکستان کے ایک گاؤں کا جو ہندوستان کی سرحد پر شاہراہ سے ہٹ کر واقع تھا، خانماں برباد لوگوں کی اس کثرت کے باوجود خالی رہ جانا کوئی عجیب بات نہ تھی۔ سکھوں یا ہندوؤں کے وہاں بسنے کا اس دور میں کوئی امکان ہی نہ تھا۔ رہے مسلمان پناہ گزیں سو وہ مخصوص راہوں سے گزرتے تھے اور جو خالی مقام مل جاتا تھا جسے خالی کرایا جا سکتا تھا وہاں بس جاتے تھے۔ لیکن کوئی ایسا ذریعہ نہ تھا جس سے ان کو دور دراز کے خالی مقاموں کی خبر مل سکے۔ گاؤں کے آس پاس کے مسلمانوں کو خبر تو مل گئی ہو گی۔ لیکن یہ ضروری نہیں تھا کہ خبر پاتے ہی وہ اس گاؤں میں

آجانے یا اگر آجاتے تو بس بھی جاتے۔ بسنے کے لئے بھی تو سو طرح کے انتظاموں کی ضرورت ہوتی ہے جن کا حاصل کرنا آسان نہیں ہوتا۔ ہو سکتا ہے کہ ان انتظاموں کے نہ ہونے کی وجہ سے آئے ہوں۔ ہو سکتا ہے کہ وہ اپنی حفاظت میں یا اپنے پڑوسیوں کو لوٹنے میں ایسے منہمک ہوں کہ ادھر توجہ دینے کی نوبت ہی نہ آئی ہو، ہو سکتا ہے کہ ان کے پاس کافی ہتھیار نہ ہوں، اس وجہ سے وہ ہندوستان کی سرحد کے قریب بستے ڈرتے ہوں۔ ہو سکتا ہے کہ وہ مومنہ کے آنے سے پہلے وہاں آئے ہوں اور گاؤں کو جلا ہوا اور بسنے کے ناقابل پاکر وہ یہاں کی بچی کھچی چیزوں کو لے کر چلے گئے ہوں۔ کھیت ضرور چھوڑنے والی چیز نہ تھے۔ سو ہو سکتا ہے کہ انہوں نے ان کو آپس میں تقسیم کر لیا ہو۔ لیکن قبضہ کرنے کو ہنگاموں کے سرد ہونے پر اٹھا رکھا ہو۔

مومنہ کو کوئی شخص ادھر سے آتا جاتا بھی نظر نہ آیا۔ لیکن یہ بھی کوئی عجیب بات نہ تھی۔ اس دور میں سفر کرنے والے یا تو ہندو سکھ اور مسلمان پناہ گزیں ہوتے تھے یا ان دونوں کو لوٹنے والے مجاہدین اور سورما۔ یا ان کی حفاظت کرنے والے فوجی۔ ان کے علاوہ اور کوئی شخص سفر کرنے کی خاص کر سرحد کے علاقوں میں ہمت ہی نہیں کرتا تھا۔ ایسی صورت میں ایک گاؤں جو شاہراہوں سے دور سرحد پر واقع تھا۔ اگر آنے جانے والوں سے خالی رہا تو کوئی خلاف معمول بات نہیں ہوئی۔

چار دن کی چاندنی راتیں گزر چکی تھیں اور اب اندھیرا پاکھ تھا جسے بار بار آنے والی گھٹائیں اور مہیب بنا دیتی تھیں جلے ہوئے دالان کے سامنے جیئ ہوئی کھپریل کا اڑم تاریکی کا پہاڑ بن گیا تھا۔ گھر کے ہر دروازے، ہر در اور ہر کھڑکی کے اندر اندھیرا ہی اندھیرا تھا۔ اتنا اندھیرا کہ معلوم ہوتا تھا کہ یہ ابلنے ہی والا ہے اور ابل کو سارے عالم کو بھر دے۔ لاشوں کو کھانے والے جانوروں کی چیخ پکار اب جو آتی تھی تو بسی ہوئی، جو دل

میں طرح طرح کے ہول پیدا کرتی تھی۔ اس اندھیرے میں صرف آشا کی آنکھیں تھیں جو چمکتی تھیں اور جس سے ذرا ڈھارس بندھتی تھی کہ شاید وہ آنے والی ناگہانی کا مقابلہ کر لیں۔

مومنہ نے رامو کو اپنے جگر کا خون جو پلایا تو اس میں توانائی کچھ ضرور آئی لیکن جب بخار بڑھا اور زخم بگڑا تو توانائی چوگنی کمزوری میں تبدیل ہو گئی۔ دو دن میں وہ بہت چڑ چڑا اور ضدی ہو گیا۔ وہ نمکین چیز مانگتا تھا اور کہتا تھا کہ گاؤں میں کہیں نہ کہیں کوئی نہ کوئی ایسی چیز ضرور ہو گی، تم ڈھونڈتی نہیں ہو۔ اس کے پاس ایک کاٹھ کا گھوڑا تھا جو بیٹھکے کے برابر والے دالان میں رہتا تھا۔ رامو کہتا تھا کہ اسے مسلمان لے نہیں گئے ہوں گے۔ انہوں نے کہیں پھینک دیا ہو گا۔ اسے ڈھونڈ لاؤ۔ ساتھ ساتھ اسے یہ بھی گوارا نہیں تھا کہ ماں ذرا دیر کے لئے بھی اس کے پاس سے ہٹ جائے۔ جہاں ذرا دیر کے لئے مومنہ اسے چھوڑتی وہ رونے لگتا اور پھر اسے اپنا باپ، چندر، دادی، گھر آنکھیں سب کچھ یاد آ جاتا۔

مومنہ رامو کی تکلیف کو سمجھتی تھی۔ جس بچے کا آدھا جسم ایک آبلہ ہو اور ہر وقت ٹپکتا رہتا ہو اس کی کیا حالت ہونی چاہیئے۔ بہادر تھا رامو جو اتنا ضبط کرتا تھا۔

آج مومنہ کو آئے پانچویں رات تھی کہ رامو کو اختلاج کا سخت دورہ پڑا اور وہ سب گزری ہوئی باتیں یاد کر کے پھوٹ پھوٹ کر رونے لگا۔ مومنہ نے منہ دھلایا۔ پانی پلایا۔ دل میں دعائیں پڑھ پڑھ کر دم کیں، بہت دیر میں جا کر اس کی حالت کچھ سنبھلی۔ تب بہلانے کو مومنہ نے اسے کل کے گھوڑے کی کہانی سنائی۔ کہانی سن کر رامو بولا،

"ماں! اگر میرا کاٹھ کا گھوڑا مل جائے اور وہ اڑنے لگے تو کیا مزہ آئے۔"

"ہاں بیٹا پھر تم جہاں چاہو اڑ کر پہنچ جاؤ۔"

"ماں پھر اس پر تم کو بٹھا کر ماما جی کے یہاں پہنچ جاؤں اور ان کے دروازے پر نہیں بلکہ کوٹھے پر اتروں اور ہم دونوں زینے سے اتر کر نیچے آئیں۔ ماں پھر ماما جی اور نانی جی کو کتنی حیرت ہو گی۔"

رامو کو اس خیال سے لطف آگیا اور وہ ہنس پڑا۔ لیکن پھر کچھ سوچ کر بولا،

"اگر ایسا گھوڑا ہوتا تو میں ایک کام اور کرتا۔"

"وہ کیا؟"

"وہ یہ کہ اس پر جا کر کسی مسلمان کو اٹھا لاتا اور پھر اس کے ہاتھ پاؤں باندھ کر کسی کنوئیں میں لٹکا دیتا اور کہتا، "کہو بچا جی اب ملا مزا ہندوؤں کو مارنے کا۔"

رامو کے منہ سے پھر زہر کے بھبکے نکلنے لگے اور پھر وہ ہوائی جہاز اور بم والی باتوں کے رنگ میں آگیا۔ مومنہ اب ایسے موقع پر ہاں ہاں کر دیا کرتی تھی۔ لیکن کنوئیں میں لٹکانے کی بات سن کر اپنے شوہر کا کنوئیں میں زندہ دفن کیا جانا یاد آگیا اور وہ باوجود کوشش کے ہاں میں ہاں نہ ملا سکی۔

رامو، "کیسا اچھا ہوتا ماں!"

مومنہ خاموش رہی لیکن وہ ڈرتی بھی رہی کہ کہیں اس خاموشی سے رامو خوفزدہ نہ ہو جائے۔ یا اسے اختلاج کا دورہ نہ پڑ جائے۔ لیکن ایسا نہیں ہوا بلکہ رامو کسی گہری سوچ میں ڈوب گیا۔

پچھلے پہر رامو کی حالت بگڑی گئی۔ مومنہ کے پاس دوا کے نام کو صرف گڑھے کا برسانی پانی تھا یا دعا۔ یوں تو جب تک رامو کی سانس تھی تب تک مومنہ کی آس تھی۔ لیکن اس کی زبان سے نکل گیا۔ "ان تینوں کا جیسا کچھ دیکھا یہ بھی دیکھے۔ حالت کی خرابی کوئی چھ ساتھ گھنٹہ تک رہی مومنہ اس کا سر اپنے زانو پر لئے کیفیت دیکھتی رہی، دعائیں مانگتی رہی

اور قرآن کی آیتیں پڑھ پڑھ کر دم کرتی رہی۔

ذرا دن چڑھے رامو نے خلاف توقع آنکھیں کھول دیں اور نحیف آواز سے پانی مانگا۔

مومنہ نے پانی دے کر پوچھا،

"بھوکے بھی تو ہوگے؟"

"ہاں ماں۔"

مومنہ نے رامو کے منہ میں چھاتی دے دی۔ اس نے منہ میں لے تو لی لیکن پیا نہیں۔ وہ صرف ماں کی قربت کا بھوکا تھا۔ اس نے کوشش کر کے ماں کے گلے میں باہیں ڈال دیں اور کہا،

ماں اگر میں بچ جاؤں تو جانتی ہو کیا کروں گا۔

"کیا کروگے بیٹا؟ تم بچ جاؤگے۔"

"ماں میں زندگی بھر تمہاری سیوا کروں گا۔ اپنی زندگی کا ایک ایک پل اسی میں خرچ کروں گا۔ میں پڑھوں گا۔ لکھوں گا جو کچھ بھی کروں گا تمہارے لئے کروں گا۔ تم کو ہر وقت دودھ دہی کھلاؤں گا تم کو اپنی جگہ سے ہلنے نہ دوں گا۔ ہر کام خود دوڑ دوڑ کر کروں گا۔"

مومنہ کے گالوں پر آنسوؤں کا ہار گندھ گیا۔ اس نے اپنی آواز کو سنبھال کر کہا،

"ہاں بیٹا تو بڑا پیارا ہے۔ تو ایسا ہی کرے گا۔"

رامو پر پھر کمزوری طاری ہوگئی۔

"ماں"

"بیٹا"

"مسلمان اپنے مردوں کو دفن کر دیتے ہیں۔"

"ہاں رامو۔"

"لاش زمین کے اندر سڑتی ہوگی اور اسے کیڑے مکوڑے کھاتے ہوں گے۔ یہ بھی کتنا برا طریقہ ہے۔ ہم لوگ تو پھونک کر سب کچھ اپنے سامنے ختم کر دیتے ہیں۔"

مومنہ اب تک سمجھتی تھی کہ لاش کا پھونکنا بے حد غیر مہذب طریقہ ہے اور دفن کرنا بہت شائستہ فعل ہے۔ یہ نیا نقطۂ نظر سن کر وہ متحیر ہوگئی لیکن اس نے سوچا کہ اس طرح بھی محسوس کیا جاسکتا ہے۔

پھر رامو پر کمزوری طاری ہوگئی۔

"ماں"

"ہاں بیٹا۔"

کیا مرنے میں بہت تکلیف ہوتی ہے؟"

اس سوال پر مومنہ کی مامتا تڑپ اٹھی لیکن اس کی ہمت نے کہ مومنہ! اپنے بچے کو آخری یاترا کے لئے تیار کرنا ہے، وہ کلیجہ پکڑ کر بولی،

"نہیں رامو، تکلیف صرف ان لوگوں کو ہوتی ہے جن کے دل میں برائی ہوتی ہے۔"

"ماں، کیا میرے دل میں برائی ہے؟"

"پیارے تیرا من تو ہیرا ہے۔"

"سچ"

"ہاں بیٹا۔"

"رام۔۔۔"

"مگر رامو مرنے کی باتیں نہ کرو۔ تم تو اچھے ہو جاؤ گے۔"

"رامونے کوئی جواب نہیں دیا۔"

"ماں"

"ہاں بیٹا۔"

"ایک بات پوچھوں۔"

"ضرور۔"

"بتا دینا۔"

"ہاں ضرور بتادوں گی۔"

"ماں کیا تم مسلمان ہو؟"

یہ سوال بالکل خلاف توقع تھا۔ مومنہ سناٹے میں آگئی۔ کیا رامونے شروع ہی سے پہچان لیا تھا اور اب تک مجھے دھوکے میں رکھا؟ لیکن نہیں، اب تک تو وہ مجھے ماں ہی سمجھتا رہا ہے۔ اس کی باتوں میں کوئی کھوٹ نہ تھا۔ پھر کیا بات ہے؟ کہیں ایسا تو نہیں ہے کہ مرتے وقت جو ایک حقیقت بینی سی پیدا ہو جاتی ہے۔ وہ رامو میں پیدا ہو رہی ہے۔

رامو خود ہی کہنے لگا،

"ماں کچھ ایسا لگتا ہے کہ میں نے ادبدا کر بہت سی باتوں کو نہیں سمجھا تھا۔ میں چاہتا تھا کہ تم میری ماں ہوتیں، اس لئے میں نے سمجھ لیا کہ تم میری ماں ہو۔ لیکن اب چھلکا اتر گیا اور بات سمجھ میں آنے لگی ہے۔ ماں تم نے مجھ سے جیسی محبت کی ہے سگی ماں نے بھی نہیں کی تھی۔ مجھے ایسا سکھ کبھی نہیں ملا تھا۔ پچھلے جنم میں تم ہی میری ماں ہو گی۔

مومنہ، "ہاں بیٹا میں مسلمان ہوں۔"

"ماں مجھ سے کچھ نہیں چھپاؤ۔ اب میں ڈروں گا نہیں۔ تمہارا گھر کہاں ہے اور تم یہاں کیسے آئیں؟"

"میرا گھر دہلی کے پاس تھا سب کچھ لوٹ لیا گیا۔ عزیز مار ڈالے گئے اور مجھے لوگ پکڑ لے گئے۔ پھر موقع پا کر میں بھاگ آئی اور یہاں پہنچ گئی۔"

"لوٹنے والے کون تھے۔ ہندو۔"

"ہاں بیٹا ہندو تھے۔"

رامو کی آواز سے معلوم ہوا کہ اس کے دل پر سخت چوٹ لگی،

"میرے بھائی بہن بھی ہیں؟"

"دو بھائی ایک چھوٹی بہن مار ڈالے گئے، ایک جوان بہن مہرن باقی ہے۔"

"کہاں ہے؟"

"پتہ نہیں۔"

"ہندو اٹھا لے گئے؟"

"ہاں۔"

رامو کے دل پر سخت گھونسا لگا اور منہ سے آہ نکل گئی،

"ماں اگر تم بدلہ لے سکیں تو ہندوؤں سے بدلہ لو گی؟"

"دیکھا نہیں ہے مورکھ میں تجھے کتنا پیار کرتی ہوں۔"

رامو کی آنکھوں میں آنسو بھر آئے اور کہنے لگا، "شما کروں، ماں مجھ سے بھول ہوئی۔ تم بدلہ لینا چاہتیں تو مجھ سے نہ لے لیتیں۔ تمہارے دل میں تو دیا ہی دیا ہے۔"

رامو ذرا کچھ دیر سوچتا رہا اور پھر کہنے لگا، "اگر میں بچ گیا تو میں بھی اب بدلہ نہ لوں گا۔ اپنی بہن مہرن کو ڈھونڈ کر لاؤں گا۔"

"بیٹا تو ضرور ایسا کرے گا۔ تو بڑا اچھا ہے۔ میرا رامو تو ہیرا ہے۔"

"میری ایک کامنا اور پوری کر دو ماں۔"

"کیا؟"

"تم میرے مرنے کا غم نہ کرنا میری آتما اسی وقت شانت ہوگی۔ جب تم سکھی ہوگی۔ ماں تم نہیں سمجھ سکتیں کہ میں تم سے کتنا پیار کرتا ہوں۔"

مومنہ نے پتھر کا دل کر کے جواب دیا،

"میں صبر کروں گی۔ لیکن تو اچھا ہو جائے گا۔"

"ہمارے گاؤں میں سب سے مضبوط چیز وہ پتھر ہے جس پر شوالہ بنا ہے تم مجھے ویسی ہی مضبوط معلوم ہوتی ہو ماتا جی، تم جو چاہو وہ کر سکتی ہو۔ میری ماں کا نام پریما ہے۔ باپ کا نام سورج پرشاد۔ اسے برے مسلمان پکڑ لے گئے ہیں۔ ہو سکے تو اسے بھی میری بہن مہرن کے ساتھ ڈھونڈنا۔"

"میں بے بس عورت ہوں۔ نہ پیسہ ہے اور نہ کوئی مددگار۔ لیکن جو کچھ کر سکتی ہوں۔ ان دونوں کو چھڑانے کے لئے کروں گی۔ جو محبت میں تجھ سے کرتی ہوں وہی پریما سے کروں گی۔ تم شانت رہو بیٹا۔"

"ایک بات اور ہے ماں۔ تمہارا جی چاہے تو مجھے دفن کر دینا میں تمہارا ہی بیٹا ہوں۔ ایشور کرے دوسرے جنم میں تم ہی سے پیدا ہوں اور تم ہی مجھے پالو پوسو۔"

بجھتا ہوا چراغ لمحہ بھر کے لئے اس طرح بھڑک کر ہمیشہ کے لئے خاموش ہو گیا۔

مومنہ واقعی شوالے کا پتھر بن گئی۔ وہ یٰسین پڑھتی رہی اور جب رامو چلا گیا تو اس نے اپنی شلوار کی بنائی ہوئی چادروں کو دھو کر اسے کفن دیا۔ وہ اکیلی نہ اس لاش کو دفن کر سکتی تھی اور نہ پھونک سکتی تھی۔ لیکن اسے یہ بھی گوارا نہ تھا کہ اس بچے کو مرنے کے بعد جنگلی جانور اپنا لقمہ بنائیں۔ اس لئے اس نے لاش اٹھا کر بیٹھکے میں رکھ دی اور اس کی دیوار پر کوئلے سے لکھ دیا،

"یہ لاش رامو کی ہے، وہ ہندو تھا۔ لیکن اس کی ماں مومنہ مسلمان تھی۔ اگر یہاں مسلمان آئیں تو اسے دفن کر دیں۔ ہندو آئیں تو پھونک دیں۔ مومنہ اگر زندہ بچی تو یہ احسان کرنے والے کا شکریہ ادا کرنے یہاں ایک بار ضرور آئے گی۔"

مومنہ نے بیٹھکے کے سب دروازے بند کر دیئے اور دہلیز پر چند جنگلی پھول لا کر چڑھا دیئے۔

اس اجڑے گاؤں میں مومنہ کی ایک سہیلی اور تھی اور گاؤں چھوڑنے سے پہلے وہ اس کی بھی عیادت کر لینا چاہتی تھی۔ یعنی بھینس۔

مومنہ وہاں گئی اور کھنڈر پر چڑھ کر اس نے جھانکا۔ پانی سوکھ چکا تھا اور ماں اور بچھڑے کی لاشیں ایک دوسرے سے اس طرح گتھی ہوئی پڑی تھیں گویا وہ دو جسم نہیں ایک ہی جسم تھے۔

مومنہ وہاں سے رخصت ہو کر جب گاؤں سے نکلنے لگی تو آشا اس کے ارادے کو بھانپ کر رک گئی اور التجا بھری نظروں سے مومنہ کو دیکھنے لگی۔ وہ یہ کہہ رہی تھی کہ میں رامو کو چھوڑ کر نہیں جا سکتی مجھے معاف کرو۔ میں تو اس کی سمادھی پر جوگن بن کر رہوں گی۔

آشا اب پہلے والی آشا نہ تھی وہ نراشا ہو گئی تھی۔ مومنہ نے اس کو چمکارا اور پیار سے سمجھایا۔

"بھولی بھالی آشا کیا تو سمجھتی ہے کہ رامو وہ تھا جسے میں بیٹھکے میں چھوڑ آئی ہوں وہ تو ایک بیکار سی چیز تھا۔ اصلی رامو تو اب میرے من میں ہے اور کہتا ہے کہ تم مہرن اور پریما کی کھوج میں نکلو جب تک تم ان کی کھوج میں لگی رہو گی میں تمہارے من میں رہوں گا اور جہاں تم اس سے غافل ہوئیں میں چلا جاؤں گا۔ چل آشا تو اگر رامو سے پریم کرتی ہے

تو میرے ساتھ آ۔"

آشا سمجھی یا نہیں، لیکن مومنہ کے ساتھ چل کھڑی ہوئی۔ گاؤں کو طے کر کے مومنہ شوالے کے سامنے آگئی اور وہ پتھر دیکھنے لگی جس سے رامو نے اس کو تشبیہہ دی تھی۔ واقعی وہ ایک زبردست لمبی چوڑی چٹان بھی جو اپنے سینے پر شوالے یا مسجد کو اٹھائے ہوئے تھی جانے کب سے اٹھائے ہوئے تھی اور جانے کب تک اٹھائے رہے گی۔ فسادوں اور آگ وخون کا اس پر کوئی اثر نہیں پڑا تھا۔

مومنہ نے اوپر نیچے دیکھا۔ پاؤں تلے وہی زمین تھی اور سر پر وہی آکاش جن کے درمیان اس کے سکھ کے دن بیتے تھے اور دکھ کے بھی، ان دونوں کے بیچ میں بدستور ہوا کے جھونکے ہندوستان سے پاکستان اور پاکستان سے ہندوستان آتے جاتے تھے۔

پتھر وہیں رہ گیا اور مومنہ اسی دھرتی اور اسی آکاش کے بیچ میں اپنی مشن پر چل کھڑی ہوئی۔

***

ڈھائی سیر آٹا

پروائی چل رہی تھی اس لیے مولا کو بائی نے پکڑ رکھا تھا اور وہ آٹھ دس روز سے کام پر نہیں جا سکا تھا۔ دو تین روز تک جو دو چار پیسے جمع تھے، وہ خرچ ہوئے اور پھر ادھار پر کام چلتا رہا۔ دو چار روز کے بعد بنیا بھی حیلے حوالے کرنے لگا۔ مجبوراً ایک دن مولا ٹانگ میں ذرا آرام پا کر صبح تڑکے ٹوکری لے کر مزدوروں کے بازار گیا۔ جن کاریگروں کے ساتھ کام کر چکا تھا، ان میں سے ایک نے جس کا کام لگا ہوا تھا، اس کو ساتھ لے لیا۔ یہ دن بھر اینٹ گارا ڈھوتا رہا۔ شام کو ساڑھے چار آنے پیسے ملے جسے لے کر گھر چلا۔ راستے میں ایک آنہ بنیے کو قرض کا ادا کیا، ایک آنہ مکان کے کرایہ کے لیے رکھ لیا اور ایک پیسہ کل کے چنیے کے لیے بچا لیا۔ باقی بچے نو پیسے۔ اس میں سے ایک پیسے کے آلو، ایک کا باجرے کا آٹا، پانچ پیسے کے ڈیڑھ سیر چاول اور ایک پیسے کی دال، ایک پیسے کی لکڑی لے کر ایک لمبی سی گلی میں گھس گیا جو آگے چل کر اتنی تنگ ہو گئی تھی کہ وہاں ابھی سے اندھیرا تھا۔ اس گلی میں برابر کئی کوٹھریاں بنی تھیں۔ دو ایک سے دھواں نکل رہا تھا جو ٹھنڈا ہو کر گلی میں بھر رہا تھا۔ ان میں سے ایک کوٹھری کے سامنے مولا کی بیوی منی جس سے شادی تو نہیں ہوئی تھی مگر پندرہ برس سے تعلقات میاں بیوی ہی کے ایسے تھے، دو لڑکیاں اور ان دونوں سے چھوٹے دو لڑکے جاڑے کے مارے پاس پاس بیٹھے مولا کا انتظار کر رہے تھے۔ سبھوں نے خوش ہو کر اس کو گھیر لیا۔ یہ تھکا ہوا بہت تھا۔ آتے ہی ٹاٹ پر لیٹ گیا اور پوٹلی رکھ

کر بولا،

"سب لیتا آیا ہوں"

بیوی چولہے کے پاس گئی جو اس کوٹھڑی میں ایک طرف بنا ہوا تھا، آگ سلگائی اور دال چاول پکنے کو چڑھا دیے۔ لڑکے اور لڑکیاں چولہے کو گھیر کر بیٹھ گئے اور دال چاول پکنے کی دل خوش کن کھدر کھدر سننے لگے۔ ان لوگوں کے لیے اس سے بہتر اور کوئی راگنی نہیں ہو سکتی تھی۔

کمرے میں سیل اور میلے کپڑوں کی بو پھیلی ہوئی تھی۔ اب وہاں دھواں بھی بھرنے لگا مگر سب کا دھیان چولہے کی طرف تھا۔ لڑکے بھوک سے پریشان تھے اور چاہتے تھے کہ دال چاول جلد سے جلد پک جائیں، اس لیے وہ بار بار بہت سی لکڑی چولہے میں لگا دیتے۔ یہ دیکھ کر ان کی ماں ڈانٹ بتاتی۔

"کم بختو! کل کھانا کیسے پکے گا؟"

بڑی لڑکی جس کی پلکیں بال خورے نے غائب کر دی تھیں، چولہے کے پاس بیٹھی برابر بدن کھجلاتی جاتی تھی اور تھوڑی تھوڑی دیر کے بعد لکڑی کی ڈوئی سے دال اور چاول نکال کر چٹکی سے ملتی تھی۔ اس وقت لڑکے پوچھتے تھے۔

"کتنی دیر ہے؟"

"بس تھوڑی دیر اور ہے۔"

یہی جواب آدھ گھنٹہ تک چلتا رہا۔ مولا ایک پرانی دری اوڑھے جس میں سینکڑوں چھید تھے، ٹاٹ پر چپ چاپ لیٹا تھا۔ تھوڑی دیر کے بعد بولا،

"جیسے نیند آ رہی ہے۔"

اتنے میں کسی کے چیخنے اور رونے کی آواز آنے لگی۔ کوئی مزدور تھا جو تاڑی پی کر

اپنی بیوی کو مارتا تھا۔ جب غل غپاڑہ زیادہ ہوتا تھا تو آس پاس کے لوگ جا کر معاملہ رفع دفع کرا دیتے تھے۔ اس وقت یہ غل سن کی منی بولی،

"ان لوگوں کے یہاں روز روز یہی رہتا ہے۔ نہ معلوم کیسے کمینے ہیں۔"

مولا، "ہونہہ۔۔۔چاول گلے نہیں اب تک؟"

منی نے دیکھا تو چاول گل گئے تھے۔ اس نے اتار کر ایک طرف رکھ دیے۔ ہانڈی بند تھی مگر ابال میں ہانڈی کے کگروں پر کچھ چاول آ گئے تھے۔ چھوٹے لڑکے ببو نے ان میں سے دو تین چاول پونچھ کر کھا لیے۔ دوسرا لڑکا منو فوراً بولا،

"ہونہہ۔ میں بھی۔"

اس نے اور زیادہ کھا لیے۔ اس پر دونوں میں لڑائی ہونے ہی والی تھی کہ منی نے دونوں کو ڈانٹا،

"کم بختوں میں ذرا صبر نہیں۔ میں کہتی ہوں۔۔۔"

تھوڑی دیر لڑکے منی کی بات پوری ہونے کے منتظر رہے۔ جب وہ کچھ نہیں بولی تو پھر کھانے کی طرف متوجہ ہو گئے۔ اب دال کا سب کو بڑی بے صبری سے انتظار تھا۔ آخر ایک لڑکی بولی،

"اماں اب گھونٹ دو۔"

ماں نے دال کو دیکھا تو وہ تھوڑی بہت گل گئی تھی۔ زائد انتظار کون کرتا۔ اس نے دال گھونٹ کر نمک ڈالا اور اتار لی پھر تین تا مچینی کی پلیٹیں جن کی چینی تقریباً بالکل اڑ چکی تھی اور ایک مٹی کی رکابی سامنے رکھی۔ پہلے ایک بڑی پلیٹ میں چاول نکالے اور اس پر دال ڈال کر مولا کے سامنے رکھ دیے۔ مولا بہت بے صبری سے کھانے لگا۔ سب بچے اب ٹکٹکی باندھ کر منی کے ہاتھوں کی حرکت دیکھ رہے تھے۔ اس نے مٹی کی تھالی میں

چاول نکال کر دونوں لڑکیوں کے بیچ میں رکھ دیے اور پھر تامچینی کی پلیٹوں میں برابر برابر چاول نکالے، اس پر دال ڈالنے لگی۔

ببو، "منو کی پلیٹ میں اتنا اور ہماری پلیٹ میں اتنا۔"

منی نے تھوڑی سی دال اس کی پلیٹ میں اور ڈال دی۔

منو، "اماں ہم بھی۔"

ماں نے دو چار چاول اس کی پلیٹ میں بھی ڈال دیئے اور پھر باقی چاولوں کو دال کی ہانڈی میں الٹ کر کھانے لگی۔ ابھی چولہے میں کچھ کوئلے باقی تھے جن کی ہلکی ہلکی روشنی میں ان لوگوں کے چہرے اور چلتے ہوئے جبڑے دکھائی دے رہے تھے۔ چھوٹے لڑکے کھاتے جاتے اور پلیٹ کی طرف دیکھ کر اندازہ کرتے جاتے کہ ابھی اتنا اور ہے، اتنا اور ہے۔ آخر منو اپنی پلیٹ پونچھ کر بولا،

"بس کھا چکے۔"

مولا بھی چاول ختم کر چکا اور بولا،

"چاولوں میں خدا نے بڑی برکت دی ہے۔ ذرا سے کھالو اور پیٹ بھر گیا اور روٹی کا یہ ہے کہ سیر بھر آٹے کی ہو تو کچھ نہیں اور دو سیر ہو تو کچھ نہیں۔"

ببو، "اماں! صبح کیا پکے گا؟"

اماں، "میں کہتی ہوں ان لوگوں کی نیت کبھی نہیں بھرتی۔ ابھی کھا چکا ہے اور ابھی پوچھ رہا ہے کہ کل کیا پکے گا۔"

منی نے بانس کے پلنگ کے نیچے سے جو کوٹھڑی کا چوتھائی حصہ گھیرے ہوئے تھا، ایک پان دان نکالا، جس کا پیندا گھس گیا تھا اور سب کلھیاں ایک دفتی پر رکھی ہوئی تھیں۔ یہ پان دان منی کی ماں کا تھا اور اس کو بہت پیارا تھا۔ وہ ہمیشہ سوچا کرتی تھی کہ میں کسی گھر

میں اوپر کا کام کاج کرنے کو نوکر ہو جاؤں تو سب سے پہلے اسی کوٹھیک کراؤں گی۔ منی نے ایک پان کے چار ٹکڑے کیے۔ ایک خود کھایا، ایک مولا کو دیا اور دونوں لڑکیوں کو۔ پھر کوٹھڑی کے بیچ میں ایک ٹاٹ کا پردہ ڈال دیا جس سے اس کے دو حصے ہو گئے۔ ایک طرف پلنگ ہو گیا اور دوسری طرف ٹاٹ کا فرش۔ پلنگ پر منی اور مولا لیٹ گئے اور ٹاٹ پر دونوں لڑکے اور دونوں لڑکیاں۔ سردی تیز ہو گئی تھی۔ مولا اور منی نے تو وہی دری اوڑھ لی۔ لڑکوں اور لڑکیوں میں کسی نے موٹی چادر اور کسی نے ٹاٹ کا ٹکڑا ادھر ادھر کر کے اوڑھ لیا اور پھر چڑیا کے بچوں کی طرح ایک دوسرے سے چپک کر لیٹ رہے۔ کوٹھڑی کے دروازے سے ٹھنڈی ہوا آرہی تھی، اس لیے مولا نے اٹھ کر اس کو بند کر دیا، ہوا کی آمد و رفت بند ہو گئی اور کوٹھڑی میں حبس کی وجہ سے گرمی ہو گئی۔ تھوڑی دیر کی خاموشی کے بعد منی بولی،

"آج منشی جی پھر آئے تھے اور کہہ گئے ہیں کہ نواب صاحب نے حکم دیا ہے کہ جس پر کرایہ چڑھا ہو، اسکو کوٹھڑی سے فوراً نکال دو۔"

مولا، "نکال دیں گے، نکال دیں گے، جب سنو، یہی ہے۔ آئیں، آکر نکالیں۔ ہم جاڑوں میں بچوں کو لے کر کہاں جائیں۔ ہوا کریں وہ بڑے آدمی۔ ہم تو نہیں نکلیں گے۔ کہہ دو جب کرایہ جمع ہو جائے گا۔ دے دیں گے۔ ضرور دیں گے۔ مر جائیں تو بات دوسری ہے۔ بڑے آئے ہیں نکالنے والے۔"

اس کے بعد تھوڑی دیر کے لیے خاموشی ہو گئی پھر مولا بولا،

"منشی جی کے یہاں کی نوکری کا پتہ چلا۔"

منی، "وہ کہتے ہیں چھوٹی لڑکی سے میرا کام نہیں چلے گا۔ ایسی لڑکی ہو جو جھاڑو بہارو کرے اور دو گھڑے پانی اٹھا کر رکھ دے۔"

اس کے بعد منی ذرا رک کی پھر آواز نیچی کر کے بولی،

"میں کہتی ہوں کہ جوان لڑکی کو کیسے بھیج دوں۔ اس موئی کا بھی دیدہ ہوائی ہے۔ پانی بھرنے جاتی ہے تو ٹھٹھا کرتی ہوئی۔"

مولا، "جائے گی تو حرام زادی اپنے سے جائے گی۔ ایک چلی گئی تو کیا کر لیا؟ لڑکا ہوتی تو چار آنہ روز کما لاتی۔"

مولا کی بڑی لڑکی بھاگ گئی تھی اور سال بھر سے پتہ نہیں تھا۔

منی، "کیا کر لیا؟ موئی تھی ہی ایسی۔ ایسی نہ ہوتی تو جاتی کیوں؟ لڑکے کب اچھے نکلتے ہیں؟ کس نے لا کر ماں باپ کو کھلایا ہے؟ ادھر کمانے کے قابل ہوئے، ادھر چل دیئے۔ بھورے کو دیکھو۔ ٹھیلا چلاتا ہے۔ دس آنے روز پاتا ہے اور سب اڑا دیتا ہے۔"

منی ایک ٹھنڈی سانس بھر کر خاموش ہو گئی اور پھر گہری خاموشی چھا گئی جس کو کبھی کبھی ان لوگوں کی کھانسی کی آواز توڑ دیتی تھی۔ ابھی آٹھ ہی بجے تھے۔ بازار میں چہل پہل تھی مگر یہاں سوتا پڑ گیا۔

جب مولا کی آنکھ کھلی تو اس نے منی کو جاگتا پایا۔ وہ پانچ منٹ تک یونہی پڑا رہا، پھر کراہتا ہوا اٹھا اور بولا،

"سردی کے مارے جان نکلی جاتی ہے۔ بدن جیسے تختہ ہو گیا۔ بیڑی کہاں ہے؟"

منی نے اٹھ کر ایک کونے سے ایک بیڑی کا بنڈل اور دیا سلائی کی ڈبیہ نکال کر دی۔ مولا نے ایک بیڑی سلگائی اور پینے لگا۔ بیڑی جب تک چٹکی سے پکڑنے کے قابل رہی اس نے ہاتھ سے نہیں چھوڑی، پھر پلنگ سے اٹھا اور لوٹا لے کے باہر چلا گیا۔ پندرہ منٹ کے بعد سردی سے کانپتا ہوا اندر آیا اور لوٹا رکھ کر بولا،

"ایک بیڑی اور۔ اتنا دن چڑھ آیا، دھوپ کا پتہ نہیں۔"

مولا نے ایک بیڑی اور سلگائی پھر ٹوکری اٹھا کر بیڑی پیتا ہوا باہر چلا گیا۔

مولا کے جانے کے دو گھنٹے بعد منی لڑکوں اور لڑکیوں کو لے کر باہر نکلی اور کوٹھڑی میں کنڈی لگا کر ٹہلنے چلی۔ کچھ دور پر دوسرے مزدوروں کی عورتیں دھوپ میں بیٹھی بک بک کر رہی تھیں، یہ جا کر ان میں شریک ہو گئی۔ لڑکے اور چھوٹی لڑکی آنکھ بچا کر ادھر ادھر ہو رہے۔

تین چار گھنٹے کے بعد منو آیا اور ماں سے کہنے لگا،

"ماں رے! بھوک لگی ہے۔"

منی ویسے ہی باتوں میں مشغول رہی۔ گویا یہ سننے والی بات ہی نہ تھی۔ تھوڑی دیر کے بعد ببو آیا اور اس نے بھی اسی فقرے کو سنایا مگر منی نے ادھر بھی توجہ نہ کی۔ اس وقت وہ کسی شریف گھرانے کی عورتوں کی بد چلنی بہت جوش و خروش سے بیان کر رہی تھی۔ اس جوش میں یہ فخر پوشیدہ تھا کہ چھوٹی ذات سہی مگر میں ایسی نہیں ہوں۔ تھوڑی تھوڑی دیر بعد ایک لڑکا یا دونوں کے دونوں اپنی صدا لگا دیتے۔ اسی طرح ایک گھنٹہ گزر گیا۔ اب چھوٹی لڑکی بھی کہیں سے آئی اور ماں کے پاس بیٹھ گئی، پھر چپکے سے بولی،

"اماں چلو۔"

منی، "ابھی سویرا ہے۔ ذرا ٹھہرو۔"

دس منٹ اور گزرے اب تو ببو ماں کا کندھا پکڑ کر کھڑا ہو گیا اور رونی آواز سے رٹ لگا دی۔

"کھانا دو۔ کھانا دو۔ کھانا دو۔"

منی تھوڑی دیر تک یہ ریں ریں سنتی رہی، پھر اس کو ڈانٹ دیا جس پر ببو بھوں بھوں رونے لگا۔ آخر یہ بڑبڑائی ہوئی اٹھی۔

"میں کہتی ہوں۔ یہ سب غارت ہوں یا میں غارت ہوں، زندگی دوبھر ہے۔"

منی نے کوٹھڑی میں آکر آگ سلگائی اور باجرے کے آٹے کی پانچ ٹکیاں پکائیں۔ دو چھوٹی اور تین بڑی، ان پر ذرا ذرا سا گڑ رکھ کر چھوٹی دونوں لڑکوں کو دیں اور بڑی ایک خود لی اور دو دونوں لڑکیوں کو دیں۔ ان لوگوں کا کھانا تین چار منٹ کے اندر اندر ہی ختم ہو گیا اور پھر یہ سب لوگ گھومنے چلے گئے۔

شام کو مولا جب مزدوری کے پیسے لیے پلٹ رہا تھا تو اس کی نگاہ گلی کے کونے پر پڑی۔ دیکھا تو دو ڈھائی سیر آٹا یوں ہی پڑا ہوا ہے۔ اس نے قریب جا کر آٹے کو چٹکی میں اٹھالیا۔ گویا یہ یقین کرنا چاہتا تھا کہ آنکھیں دھوکا تو نہیں دے رہی ہیں۔ جب یقین آگیا تو متحیر کھڑا رہ گیا۔ دل کہتا تھا کہ اٹھالے چلو۔ مگر ایک تو یہ ڈر تھا کہ شاید کوئی کچھ کہے اور دوسری یہ جھجک کہ اس کے ساتھی مزدور بھی پیچھے آرہے ہوں گے۔ اگر وہ مجھے آٹا اٹھاتے دیکھیں گے تو کیا کہیں گے۔ آخر اٹھانے کی ہمت نہیں پڑی اور یہ چل کھڑا ہوا مگر ہر قدم پر رفتار سست ہوتی جاتی۔ دس قدم چل کر بھونچکا سا کھڑا ہو گیا جیسے چوراہے پر پہنچ کر راستہ بھول گیا ہو۔ سوچ رہا تھا کہ کوئی دوسرا مزدور اس آٹے کو ضرور اٹھالے گا۔ مجھے نہیں ملے گا اور اس کو مل جائے گا۔ رفتہ رفتہ یہ خیال اتنا گہرا ہو گیا کہ مولا خیالی آٹا اٹھانے والے مزدور کو حد سے زیادہ رشک کی نگاہوں سے دیکھنے لگا اور یہ سوچتا ہوا آٹے کی طرف واپس آیا کہ بلا سے کوئی ہنسے تو ہنس لے، بیوی بچے تو آٹا پا کر خوش ہو جائیں گے۔ مولا کے قدم اتنی جواں مردی سے آٹے کی طرف بڑھ رہے تھے گویا وہ کسی ڈوبتے لڑکے کو دریا سے نکالنے جا رہا ہے۔ آٹے کے پاس پہنچ کر اطمینان سے بیٹھ گیا۔ اپنا انگوچھا پھیلا دیا اور آٹا اٹھانے لگا۔ ساتھ ہی ساتھ بڑبڑاتا جاتا تھا۔

"کیا لوگ ہیں! اناج اس طرح پھینک دیا۔ پیروں تلے الگ آئے، نالی میں الگ

جائے۔ اس سے تو بہتر ہے کہ مرغی چرغی کھالیں۔"

جس بات کا ڈر تھا وہی ہوئی۔ پانچ چھ مزدوروں کی ایک ٹولی پاس سے گزری اور یہ عجب تماشا دیکھ کر چار مزدور کھڑے ہو گئے۔

ایک، "کیا مل گیا مولا۔"

مولا، "کچھ نہیں۔ خراب آٹا ہے مگر ہے اناج۔ پیروں تلے آرہا تھا۔ میں نے کہا مرغی بکری کھالیں تو سوارت ہو جائے۔"

دوسرا، "کیا گلی کی پڑی ہوئی چیز! کہیں نظر گذر نہ ہو۔"

پہلا، "اٹھالے مولا، اٹھالے، اس کو بکنے دے، کام آجائے گا۔"

مولا گردن جھکائے اپنے کام میں مشغول رہا۔ یہ لوگ چل کھڑے ہوئے۔ کچھ ہی دور پہنچ کر ایک مزدور نے تان لگائی،

"سو سے برا تو ایک سے بہتر بنا دیا۔"

دوسرا اس کے تان ہی کی اثنا میں بولا،

"غریب ہی سہی مگر ہم گلی سے گرا پڑا نہیں اٹھاتے۔"

یہ مزدور بڑائی کی لے رہے تھے مگر حقیقت میں ان میں سے ہر ایک کو مولا کی خوش نصیبی پر کہ اتنا آٹا یوں ہی پڑا مل گیا، رشک و حسد ہو رہا تھا۔

اس آٹے کا بھی عجب قصہ ہوا۔

دس بجنے کے قریب تھے مگر کھانا ابھی تک تیار نہیں ہوا تھا۔ شوکت میاں اسکول جانے کو تیار تھے۔ ان کی پھوپھی نے جلدی جلدی دو چار روٹیاں ڈلوادیں اور چار کباب تل دیے پھر جلدی سے ان کو میز پر چن، شوکت میاں کو کھانا کھانے کے لیے آواز دی، شوکت میاں ایک ہاتھ میں کتابیں لیے دوسرے ہاتھ سے شیروانی کے بٹن لگاتے کھانے

کے کمرے میں گھس گئے اور بلا ہاتھ دھوئے کھانا شروع کر دیا۔ مگر پہلا ہی نوالہ منہ میں رکھا تھا کہ ایسا منہ بگاڑ لیا گویا کونین پی گئے ہوں۔ جلدی سے وہ نوالہ پانی کے سہارے پیٹ میں پہنچا دیا اور پھر روٹی کا ایک چھوٹا سا ٹکڑا توڑ کر منہ میں رکھا۔ چبایا اور پھر منہ بگاڑ کر بولے،

"پھوپھی جان! آٹا خراب ہے۔"

"آٹا خراب ہے! کیا؟"

"شاید اکرا گیا۔"

پھوپھی نے بھی روٹی کا ذرا سا ٹکڑا منہ میں رکھا، پھر بولیں،

"تمہاری باتیں! اکرا گیا! کچھ روٹیاں جلدی پکنے سے دھواں گئیں۔"

شوکت میاں نے کچھ جواب نہیں دیا۔ جلدی سے کتابیں اٹھا کر بھاگتے ہوئے باہر چلے گئے۔

بیگم صاحبہ دھوپ میں بیٹھی کچھ سی رہی تھیں۔ اپنے بیٹے کو اتنی جلدی کھانے کے کمرے سے نکلتے دیکھ کر بولیں،

"کیا بات ہے؟"

شوکت میاں کی پھوپھی، "کچھ نہیں۔ ذرا روٹیاں دھواں گئیں۔"

بیگم صاحبہ، "میری سمجھ میں نہیں آتا کہ شوکت میاں کب تک فاقے سے اسکول جاتے رہیں گے۔ ذرا روٹیاں میں تو دیکھوں!"

شوکت میاں کی پھوپھی ایک پلیٹ میں روٹی رکھ کر سامنے لائیں۔ بیگم صاحبہ نے ذرا سا ٹکڑا منہ میں رکھا اور بولیں،

"یہ دھواں گئی ہیں۔ میں کہتی ہوں بہن تم کو کب عقل آئے گی۔ اکرایا ہوا آٹا

میرے بچے کے سامنے رکھ دیا۔ جہاں میں ذرا غافل ہوئی، بس دلدر پنا ہونے لگتا ہے۔"

اس فقرہ کا نشانہ پھوپھی تھیں۔ یہ بے چاری شوکت میاں کے باپ کی خالہ زاد بہن تھیں۔ دس برس سے بیوہ تھیں اور ان کا یا ان کی لڑکی کا بجز اس گھر کے اور کوئی سہارا نہیں تھا۔ بظاہر تو یہ ایک غریب بہن کی طرح رکھی جاتی تھیں مگر حقیقت میں یہ "صدر ماما" یا نوکروں کے انچارج کی خدمات انجام دیتی تھیں اور ہر قسم کی بدنظمی کی براہ راست ذمہ دار تھیں۔ بیگم صاحبہ کا الزام سن کر بولیں،

"اے میں نے تو بھلے کی سوچی تھی۔ چھوٹی مٹکی میں آٹا تھا۔ میں نے کہا یہ کیوں پڑا رہے۔ کام ہی آجائے۔"

"یہ نہ ہوا کہ دیکھ لیتیں آٹا کیسا ہے؟ وہ تو روٹی کی صورت سے معلوم ہوتا ہے، خیراتن۔"

ان کی آواز پچیس گز کا فاصلہ طے کر کے اسی کڑک سے باورچی خانے پہنچی۔

خیراتن، "جی بیگم صاحبہ۔۔۔ پکار ہی ہوں۔"

بیگم صاحبہ، "سب آٹا نالی میں پھینک دے۔ بڑے گگرے سے آٹا نکال کر پکا۔"

شوکت میاں کی پھوپھی اس حکم کی تعمیل کرانے دوڑیں اور باورچی خانے میں آکر بڑبڑانے لگیں۔

"نالی میں پھینک دو۔ نالی میں پھینک دو۔ سچ ہے کہ جب چیز ہوتی ہے تو اس کی قدر نہیں ہوتی۔ اناج بڑی چیز ہے بہن، بڑی چیز۔"

خیراتن، "ہاں گندھا گندھایا آٹا۔ سب محنت اکارت۔"

شوکت میاں کی پھوپھو، "تم پھینکو وینکو نہیں۔ لیتی جاؤ بکری کو کھلا دینا۔ ہاں اور دیکھ مٹکی میں ابھی ڈھائی سیر آٹا ہو گا۔۔۔ دو آنے دس پیسے کا مال ہے۔ وہ بھی تم لیتی جاؤ۔ میں

پھینکوا کر کیا کروں گی۔"

خیراتن چاہتی تو تھی کہ آٹا لے جائے مگر یہ سوچ کر کہ پھوپھی مری بچھیا برہمن کے نام کر کے احسان کرنا چاہتی ہیں۔ بولی،

"ہاں آٹا لے جا کر کسی کونے میں ڈال دوں گی۔ پیروں تلے نہ آئے۔ اب ہے کس کام کا۔"

پھوپھی نے اس ڈر سے زیادہ باتیں نہیں کیں کہ کہیں خیراتن آٹا لے جانے سے بالکل ہی انکار نہ کر دے اور اس طرح ذرا سا احسان کرنے کا جو موقع مل رہا ہے وہ بھی ہاتھ سے نکل جائے۔ فوراً کوٹھڑی کے اندر جا کر آٹا اپنے ایک میلے دوپٹے میں باندھ لائیں اور بولیں،

"ذرا دوپٹے کا خیال رکھنا۔ پھٹنے نہ پائے اور شام ہی کو اپنے ساتھ لیتی آنا۔"

خیراتن نے پوٹلی کی طرف ایک نظر ڈالی اور جیسے کام کر رہی تھی کرتی رہی۔ جب گھر جانے لگی تو پکی ہوئی روٹیاں۔ گوندھا ہوا آٹا اور آٹے کی پوٹلی سب سامان لے کر گھر آئی۔ خیراتن کی بڑی لڑکی نے، جو شوہر سے لڑائی ہونے کی وجہ سے مستقل ماں کے پاس رہتی تھی، اس سامان کا حال پوچھا۔ جب خیراتن نے قصہ بیان کیا تو اس نے روٹی چکھی اور پھر بولی،

"کھانے کے قابل نہیں۔ کڑوا ہو گیا۔"

"بکری کھا لے گی۔"

"اس کا دودھ نہ گھٹ جائے گا؟"

خیراتن نے اٹھ کر روٹیاں بکری کے سامنے ڈال دیں۔ اس نے ایک روٹی تو کھا لی مگر اس کے بعد منہ ہٹا لیا۔ پھر ان لوگوں نے لاکھ چمکارا مگر وہ ادھر متوجہ بھی نہیں ہوئی

اور ہوتی کیسے؟ وہ تو بیگم کے یہاں کے بچے کھچے مرغن کھانوں پر پلی تھی۔ اس وقت بھی پیٹ اسی سے بھرا تھا۔

اب خیراتن سوچ میں پڑگئی کہ آخر آٹے کا مصرف کیا ہو۔ بیٹی نے تجویز پیش کی۔

"دلارے کی نظر اتار کر چوراہے پر ڈال دو۔"

یہ تجویز معقول تھی۔ اگر آدھ سیر تک آٹا ہوتا تو اس پر ضرور عمل کیا جاتا مگر اک دم سے ڈھائی سیر آٹا اس طرح پھینکنے پر خیراتن کے دل نے گواہی نہیں دی۔

رات کو جب خیراتن کام کاج سے واپس آئی اور اطمینان سے کھانا کھا کر لیٹی تو یہ مسئلہ اٹھا کہ آٹے کا کیا ہو۔ دوستوں اور عزیزوں کی فہرست دہرائی مگر کوئی کام آتا شخص نظر نہ آیا۔ صبح ایک فقیر نے صدا لگائی۔ خیراتن نے موقع غنیمت جانا اور فوراً پاؤ بھر آٹا نکال کر بھیک دینے لگی۔ فقیر تھا شہر کا۔ آٹا دیکھ کر بولا،

"مائی فقیر کو خراب چیز نہ دیا کرو۔ اللہ بھلا کرے۔"

یہ کہہ کر چلتا ہوا۔ خیراتن آٹا لیے بڑبڑاتی اندر آئی۔

"موئے موٹے فقیر۔ بھیک مانگنے چلے ہیں۔"

اب پھر وہی مسئلہ۔ آٹے کا کیا ہو؟ سہ پہر کو ایک عورت دو بچوں کو ساتھ لیے ان کے گھر میں آئی اور اس نے اپنی کتھا یوں سنائی،

"میں کوئٹہ کی رہنے والی ہوں۔ زلزلے میں میرا سب کچھ تباہ ہو گیا۔ میرے باغ تھے۔ بڑے بڑے مکانات تھے۔ شوہر اور لڑکے تھے مگر سب تباہ ہو گئے اور میں دکھیا در بدر گھوم رہی ہوں۔"

خیراتن کو اور اس کی بیٹی کو ان تینوں کے حال پر بڑا ترس آیا اور سب آٹا اٹھا کر یکمشت ان لوگوں کو دے دیا۔ عورت غریب ان آدمیوں سے خلاف توقع اتنا آٹا پا کر

متعجب ہوئی مگر عورت تھی۔ ان عورتوں کے خلوص میں اس کو شک ہوا۔ ذرا دور، گلی میں جا کر اس نے پوٹلی کھولی اور جب حقیقت معلوم ہوئی تو خوب بڑبڑائی، کوسنے دیے اور آٹا گلی میں ڈال کر چلتی ہوئی۔ اس کو خراب آٹے کی کیا پرواہ ہوتی؟ اس کی جیب میں آج کی تحصیل کے روپیہ کھنک رہے تھے۔

شام کے وقت منی مولا کا انتظار کر رہی تھی اور ببو اس کے کندھے سے لگا ریں ریں کر رہا تھا۔

"اماں بھوک لگی ہے، اماں بھوک لگی ہے۔"

منی، "دوپہر کو تمہیں اور منو کو برابر کی ٹکیاں دی تھیں۔ دیکھو وہ کہاں روتا ہے۔"

منو ایک لال کنکوے کا پھٹا کاغذ سر پر لپیٹے ایک لکڑی ہاتھ میں لیے سپاہی بنا ٹہل رہا تھا۔ یہ سن کر بولا،

"اماں کل اور کم دینا۔ تب بھی ہم نہیں روئیں گے۔"

منی، "اب بتا ببو۔ وہ دیکھو کتنا اچھا لڑکا ہے۔"

ببو غیرت میں آکر خاموش ہو گیا مگر تھوڑی دیر کے بعد پھر ویسی ہی ریں ریں کرنے لگا۔ اب منی کہنے لگی،

"رو نہیں۔ دیکھو تمہارے ابا آتے ہوں گے اور تمہارے لیے چیز لاتے ہوں گے۔"

اتنے میں مولا آٹے کا پوٹلا لیے کوٹھڑی میں داخل ہوا۔ منی نے پوٹلا کھولا اور دیکھ کر حیرت سے بولی،

"گیہوں کا آٹا۔۔۔ کہاں ملا؟"

جب سے مولا بیمار تھا ان لوگوں نے گیہوں کی روٹی نہیں کھائی تھی۔ اسے دیکھ کر

سب خوش ہو گئے۔

مولا، "مل گیا۔ دیکھو کتنا ہے؟"

منی دوڑ کر کہیں سے ترازو مانگ لائی اور آٹا تولنے کے لیے بیٹھی۔ ایک سیر تولا اور اس کو ایک کپڑے میں رکھ دیا پھر دوسری بار ترازو بھرا۔ نتیجہ دیکھنے کو سب انتہائی ذوق و شوق سے منتظر تھے جیسے لڑکے اسکول میں امتحان کا نتیجہ سننے کے۔ آخر منی بولی،

"سوا دو سیر سے کم نہ ہو گا۔ کتنا اچھا آٹا ہے۔ چل چھوکری۔ دیکھ اس کے گھن چن۔ پہلے چراغ جلا۔ اندھیرا بہت ہے۔"

ایک لڑکی نے دوڑ کر ایک میلی سی لالٹین اٹھا کر جلائی اور پھر دونوں بیٹھ کر گھن چننے لگیں۔ دونوں چھوٹے لڑکے غل مچانے لگے۔

"گیہوں کا آٹا۔۔۔ گیہوں کا آٹا۔"

منی تھوڑی دیر چپ رہی، پھر چلا کر بولی،

"چپ رہو کم بختو، کان پھاڑے ڈالتے ہو۔"

اس کے بعد خاموشی طاری ہو گئی۔ تھوڑی دیر تک چھوٹی لڑکی کے کھانسنے کی آواز یا بڑی لڑکی کے بدن کھجلانے کی کھر کھر کے سوا کوئی آواز نہ آئی۔ پانچ منٹ بعد منی نے حکم سنایا۔

"بس اب صاف ہو گیا۔ آدھا آٹا کل کے لیے رکھ دو۔"

مولا، "اب رکھو گی کیا۔ آج ہی پکا لو۔ سب جی بھر کے کھا لیں۔"

دونوں لڑکے، "ہاں، ہاں۔۔۔ میری اماں۔"

منی آٹا گوندھنے لگی۔ آٹے میں اب بھی گھن موجود تھے۔ انہیں دیکھ کر اسکو کچھ شک ہوا۔ اس نے آٹا نکال کر چکھا پھر ذرا منہ بنا کر بولی،

"نمک ڈال کر پکانے والا ہے۔ دو پیسے کا تیل لے آؤ تو آج پوریاں پکیں۔ دو پیسے کے آلو بھی لے آؤ۔۔ ارے لڑکو، ذرا جا کر بفاتی کے یہاں سے کڑاہی تو لانا۔"

دونوں لڑکے بے تابانہ کڑاہی لینے دوڑے اور ان کے پیچھے چھوٹی لڑکی چلی۔ مولا بنیے کے یہاں سامان خریدنے گیا۔ ذرا دیر میں لڑکی کڑاہی لے کر آ پہنچی اور پیچھے پیچھے دونوں لڑکے چیختے ہوئے،

"ہم لے جائیں گے۔ ہم لے جائیں گے۔"

منی نے کوٹھڑی کے باہر نکل کر کڑاہی مانجی۔ مولا لکڑی وغیرہ لے کر آیا۔ لڑکیوں نے آگ بنائی۔ سب لڑکے چولہا گھیر کر بیٹھے اور کڑاہی چڑھائی گئی۔ منی نے ایک مٹی کی رکابی میں ایک بڑی سی روٹی بنائی۔ کڑاہی میں دو قطرے تیل ڈالا۔ جب وہ کڑکڑانے لگا تو اس نے روٹی ڈال دی۔ وہ چر سے بولی۔ تیل کی بو کوٹھڑی میں پھیل گئی۔ لڑکے کھانسنے لگے۔ پوریاں پکتے دیکھ کر سب کے چہروں پر بحالی آگئی۔

منو، "آہاہا۔ کیسی اچھی خوشبو نکلی۔"

منی نے روٹی دوسری طرف الٹی۔

منو، "کیسی لال لال۔ اماں یہ ہم کھائیں گے۔"

ببو، "نہیں ہم۔ ہم۔"

منی نے پوری اتاری، پھر کڑاہی میں دو قطرے ٹپکائے اور دوسری پوری ڈال دی۔ اسی طرح اس نے ایک گھنٹے میں دھیمی دھیمی آنچ میں سب پوریاں نکال لیں۔ کھانے میں بہت دیر ہوگئی تھی مگر خوشی میں کسی کو محسوس نہیں ہوا۔ پوریاں پکا کر منی چلائی،

"ارے آلو لاؤ۔ آلو لاؤ۔ کسی نے ابھی تک کاٹے ہی نہیں، میں کہتی ہوں یہ چھوکریاں کسی کام کی نہیں۔ سب کھڑی تماشا دیکھ رہی ہیں۔"

جلدی جلدی آلو کے پتلے پتلے قتلے کاٹے گئے اور پھر کڑاہی میں پکنے کے لیے چڑھا دیئے گئے۔ یہ انتظار بے شک کھل گیا۔ سب خاموش بیٹھے چولہے کو تاک رہے تھے۔ صرف کھانسی کی آواز خاموشی توڑ دیتی تھی۔ آخر آلو تیار ہو گئے۔ تیار کیا ہو گئے ذرا ملائم پڑ گئے۔ منی نے مٹی کی رکابیاں نکالیں اور سب میں دو دو پوریاں اور ان پر تھوڑے تھوڑے آلو رکھ کر سب کے سامنے بڑھا دیئے۔ اب جو ان لوگوں نے خیال کیا تو ببو سو رہا تھا۔

منی، "ببو اٹھ، اٹھ، دیکھ پوریاں تیار ہو گئیں۔"

لڑکیاں، "اے ببو۔ ببو۔"

ببو آنکھیں ملتا ہوا اٹھا اور رونے کی نیت سے پورا منہ کھول کر ایک چیخ لگائی مگر ابھی چیخ پوری نہیں ہوئی تھی کہ اس کی نگاہ پوریوں پر پڑ گئی۔ جن کو دیکھ کر رونا بھول گیا۔ سب ہنس ہنس کر پوریاں کھانے لگے۔

منو، "اہاہا۔ کتنے مزے کی ہیں۔"

چھوٹی لڑکی، "اماں سالن ہوتا!"

بڑی لڑکی، "ہاں اور پلاؤ متنجن نہ ہوتا۔ گدھی۔"

پھر خاموشی ہو گئی۔ یہ لوگ خوب مزے لے لے کر کھا رہے تھے جس سے اچھا خاصا شور پیدا ہو گیا تھا۔ جب پوریاں ختم ہو گئیں تو منی نے آدھی آدھی سب کو اور دیں اور خود بھی لی۔ اب مولا نے آٹا ملنے کا قصہ بیان کیا۔ اس پر منی بولی یہ بھی خدا کی دین ہے۔ میں ببو سے کہہ رہی تھی کہ آج تمہارے ابا چیز لاتے ہوں گے۔

ببو، "اماں ہم گرما گرم پوری والے بنیں گے اور خوب پوریاں کھائیں گے۔"

منو، "ہم سپاہی بنیں گے اور سب کو پکڑ پکڑ کر جیل خانے بھیجا کریں گے۔"

ببو، "ہم تم کو پوریاں نہیں دیں گے۔"

منو، "ہم تم کو خوب پیٹیں گے اور پکڑ کر تھانے میں بند کر دیں گے۔"

ببو، "ہم۔۔۔ ہم تمکو۔"

ببو کی سمجھ میں نہیں آیا، کہ کیا کہے۔ ان نے منو کا منہ چڑھا دیا۔ اس پر منو نے ایک گھونسا رسید کیا۔ مولا نے دونوں کو ڈانٹا۔

"کم بختو! آج تو خوب ٹھونس کر کھایا ہے، آج تو چپ رہو۔"

دونوں خاموش ہو گئے۔ مولا بولا،

"خدا ایسا ہی روز پیٹ بھر دے۔"

جب یہ لوگ سونے لیٹے تو ببو بولا،

"اماں، آج تو کہانی کہو۔"

لڑکیاں، "ہاں، ہاں۔۔۔ بادشاہ زادے والی۔"

منی کی بھی طبیعت مگن تھی۔ وہ کہنے لگی،

"ایک تھا بادشاہ۔۔۔ ہمارا تمہارا خدا بادشاہ۔۔۔"

***

بھیک

کیلاش کی لاری پتھورا گڑھ کے خشک بنجر اور تپتے ہوئے پہاڑوں کو ایک درے سے پار کر کے موتی نگر کی وادی میں داخل ہوئی اور داخل ہوتے ہی منظر اور موسم اور مسافروں کا مزا سب کچھ بدل گیا۔ سامنے ایک طرف نندا دیوی اور ترسول کی برف پوش چوٹیاں چمک رہی تھیں اور دوسری طرف ڈھلواں پہاڑوں پر سیب، ناشپاتی اور الوچوں کے باغوں کی ہریالی تھی جو پہاڑوں کے سلسلوں سے زینہ بزینہ اترتی ہوئی نیچے جاکر گھنے درختوں اور نامعلوم تاریکیوں میں گم ہو جاتی تھی۔

جب لاری اسٹینڈ پر پہونچی کیلاش اپنی بہنوں سمیت اترا تو اسے ایسا محسوس ہو رہا تھا جیسے آج کوئی بہت بڑا تہوار ہے۔ جسے پہاڑ اور ان کی چوٹیاں درخت اور چڑیاں۔ آسمان اور سورج یہ سب کے سب انسانوں کے ساتھ مل جل کر منا رہے ہیں۔ اس خوش گوار منظر میں کیلاش ایسا کھویا کہ اسے اپنی سخت بیماری کی وجہ سے زندگی کی طرف سے جو مایوسی تھی وہ بالکل دور ہو گئی اور ایسا محسوس ہونے لگا جیسے آسمان کو چومنے والے پہاڑ اشاروں میں کہہ رہے ہیں کہ ہماری شاندار صاف و شفاف اور دلکش دنیا میں بیماری اور مصیبتوں کا کیا کام۔ لاری اسٹینڈ سے ایک سڑک پر بل کھاتی ہوئی جھومتی جھامتی آبادی کی طرف جاتی تھی۔ اس نے کیلاش کو ایسا لبھایا کہ وہ نوکر سے جو اسباب کو اٹھوان میں لگا ہوا تھا یہ کہہ کر کہ "میں ڈاک بنگلے کی طرف چلتا ہوں روانہ ہو گیا۔ راستہ بہت دلکش تھا

اور ہر موڑ قدرت کی نت نئی فیاضیوں سے مالا مال تھا۔

کچھ دور نکل کر کیلاش ایک پتھر پر بیٹھ گیا۔ ایک پیالی چائے پی کچھ دیر سامنے کے منظر سے لطف اٹھایا اور پھر آگے کی طرف چل کھڑا ہوا۔ راستے میں ایک باغ میں ایک آدمی تازے سیبوں کو چیر کے بکس میں بند کر رہا تھا۔ اس کے پاس دو مسافر کھڑے تھے۔ جن میں ایک دس گیارہ برس کی خوبصورت سی لڑکی تھی۔ وہ دونوں پھل والے سے ہنس ہنس کر باتیں کر رہے تھے۔

کیلاش ادھر دیکھ رہا تھا کہ اتنے میں پاس سے ایک آواز آئی۔ بابو جی۔ تھرماس میں لے چلوں؟" کیلاش نے مڑ کر دیکھا۔ بارہ تیرہ برس کی دبلی پتلی لڑکی کھڑی تھی اور بڑی بڑی مظلوم اور مایوس آنکھوں سے دیکھ رہی تھی۔

تھرماس واقعی کیلاش کو بھاری معلوم ہو رہا تھا۔ اس نے وہ لڑکی کے حوالے کر دیا اور پر اس فیاضی سے جو قدرت نے اس وادی کے ساتھ دکھلائی تھی، پوچھنے لگا۔

"کہاں رہتی ہو؟"

لڑکی نے نیچے کی گھنی تاریکیوں کی طرف اشارہ کر کے کہا۔

"وہاں بہت نیچے۔"

"ماں باپ کیا کرتے ہیں؟"

"مر گئے۔"

"تم کیا کرتی ہو؟"

"کچھ نہیں۔"

"کیوں؟"

"بچہ کچھ نہیں کرنے دیتا۔"

"بچہ۔ کیا تمہارے بچہ بھی ہے؟"

لڑکی اس بدگمانی پر ہنس پڑی اور کہنے لگی۔

"میرا دو برس کا بھائی ہے جو بہت دق کرتا ہے۔ ہر وقت کھانا مانگتا ہے۔ رات کو نہ وہ سونے دیتا ہے اور نہ ڈر۔۔۔"

ڈر! اس وادی میں کس چیز سے؟"

"میری کٹھریا کا دروازہ ٹوٹا ہوا ہے۔ رات بھر میں ڈرتی رہتی ہوں کہ کوئی آکر ہم کو کھا نہ جائے۔"

کیلاش کے دل میں دیا ابل پڑی۔

"نوکری کرے گی؟"

"کوئی رکھے تو کیوں نہ کروں۔ میں تو بہت محنت سے اس کی سیوا کروں گی۔"

"اچھا میں رکھوں گا تجھے بھی اور تیرے چھوٹے بھائی کو بھی۔"

لڑکی حیرت زدہ ہو کر کیلاش کو دیکھنے لگی۔

"بابو جی، سچ!"

"ہاں سچ، بالکل سچ۔"

لڑکی تھوڑی دیر تک حیرت زدہ رہی۔ پھر اس کی آنکھوں میں آنسو آ گئے اور وہ کیلاش کے پاؤں پر گر پڑی۔ اور شکر گزاری سے بابو جی بابو جی کرنے لگی۔ اس کے منہ سے اور کچھ نہ نکلا۔

رجنی خوشی کے مارے رات کو سو نہ سکی۔ ذرا ذرا دیر کے بعد اس کی آنکھ کھل جاتی تھی اور ہر بار وہ کروٹ لے کر ٹوٹے کواڑوں کی درازوں سے جھانکتی تھی کہ پہاروں کے اوپر آسمان پر صبح کی سفیدی تو نہیں نظر آ رہی۔ آج اس کا روزانہ والا خوف کہ کہیں راٹ

کو کوئی بھیانک شکل والی چیز اس کی کوٹھڑی کے ٹوٹے پھوٹے دروازے سے گھس کر اس کو اور اس کے سب بھائی بہنوں کو سوتے میں کھا نہ جائے۔ دور پہاروں میں چھپ گیا تھا۔ اس کے سامنے سکھ سے بھری ہوئی صبح تھی اور پھر عیش و آرام سے بھرے ہوئے دن اور رات۔

رجنی نے اپنے پانچوں بھائی بہنوں پر نظر ڈالی جو کمبلوں کے گودڑ کے نیچے ایک دوسرے سے چمٹے ہوئے بے خبر سو رہے تھے۔

رجنی سوچ رہی تھی کہ ذرا دیر میں صبح ہو جائے گی اور پھر اپنے بھائی بہنوں کو لے کر پانچ سوفٹ کی چڑھائی چڑھ کر بابو جی کے پاس پہنچ جاؤں گی۔ پھر کیا ہے۔ پھر روٹیاں ملیں گی۔ پہننے کو بھی ملے گا اور رات کو اوڑھنے کو بھی اور ڈر سے بہت دور کسی کوٹھڑی میں سونے کو جگہ ملے گی۔

آخر صبح قریب آ ہی گئی اور اس کے دو سال کے دبلے پتلے سوکھے ساکھے بھائی للو نے چیخ مار کر رونا شروع کر دیا۔ آج رجنی نے سستی نہیں دکھلائی اور جلدی سے اسے پیشاب کرا لیا۔ ورنہ ہوتا تو یہ تھا کہ وہ یوں ہی دن چڑھے تک پڑا رہتا تھا اور پھر جب اس کا بستر رجنی کو بھیگا ہوا ملتا تھا تو وہ للو کو دھنک کر رکھ دیتی تھی۔ آج رجنی نے صرف اتنا ہی نہیں کیا کہ اسے پیشاب کرا لیا بلکہ اسے پیار بھی کیا اور بہلایا بھی۔ یہ چیز للو کے لئے کچھ اتنی عجیب سی خوشی لے کر آئی کہ وہ رات بھر کی بھوک کو بھول گیا اور اپنی ٹوٹی پھوٹی بولی میں باتیں کرنے لگا۔

جس وقت موتی نگر کی پچھم کی چوٹیوں پر دھوپ کی پہلی چمک نظر آئی ہے اس وقت تک چھ بچوں کا یہ قافلہ سوفٹ پہاڑ پر چڑھ چکا تھا اور بہت تھک چکا تھا۔ ہوا ٹھنڈی تھی۔ تیز تھی اور مخالف تھی اس وجہ سے بچوں کو خالی پیٹ اوپر چڑھنے میں بہت دشواری

ہو رہی تھی۔ للو کئی مرتبہ رو چکا تھا اور رجنی کے ہاتھ سے اس پر پٹ بھی چکا تھا، رجنی نے ذرا دیر اسے گود میں بھی لیا تھا۔ لیکن بارہ برس کی لڑکی جسے پیٹ بھر کھانا نہ ملتا ہو کیسے دو سال کے بچے کو لے کر دور تک جا سکتی تھی اس لئے للو چل سکے یا نہ چل سکے اسے چلنا تو پڑے گا ورنہ رجنی مار مار کر راستے ہی میں ختم کر دے گی۔ اس وقت تو وہ کچلی ہوئی ناگن کی طرح بپھری ہوئی تھی۔ اسے سخت کوفت تھی، یہ دو سال کا ہڈیوں کا ڈھانچہ میں جہاں جاؤں یا جو کام کروں میری راہ میں حائل رہتا ہے۔ اب دیکھو اس وقت عیش و آرام کی دنیا صرف چار سو فٹ اوپر ہے۔ اگر یہ نہ ہوتا تو کب کی وہاں پہنچ چکی ہوتی۔

رجنی کا غصہ دیکھ کر کلو جو للو سے دو سال بڑا تھا اور منی جو چار سال بڑی تھی سہمے ہوئے تھے اور ہانپ ہانپ کر ایک ایک قدم آگے بڑھ رہے تھے۔ البتہ تلسی اور رامو، رجنی کی طرح تازہ دم تھے بلکہ ان دونوں نے بھی للو کو باری باری گود میں ذرا ذرا دیر کے لئے اٹھا لیا تھا۔

اس طرح چھوٹے موٹے انسانوں کا یہ چھوٹا سا قافلہ ڈانٹ اور مار، خوف اور آنسو، تھکاوٹ اور ہانپنے، امیدوں اور تمناؤں کے ساتھ پچاس فٹ اوپر چڑھ گیا۔ اس جگہ رامو کو ایک چشمے کے پاس پڑا ہوا ایک داغی سیب مل گیا۔ لیکن وہ ابھی منہ تک نہیں لے جانے پایا تھا کہ رجنی نے جھپٹ کر اسے چھین لیا اور دانت سے اس کا ایک بڑا سا ٹکڑا کاٹ کر للو کو دیا۔ اور پھر باقی کے دو ٹکڑے کر کے کلو اور منی کو۔

کلو اور منی سیب کا ٹکڑا کھا کر، چشمے کے پاس پڑا ہوا ایک داغی سیب مل گیا۔ لیکن وہ ابھی منہ تک نہیں لے جانے پایا تھا کہ رجنی نے جھپٹ کر اسے چھین لیا اور دانت سے اس کا ایک بڑا سا ٹکڑا کاٹ کر للو کو دیا اور پھر باقی کے دو ٹکڑے کر کے کلو اور منی کو۔

کلو اور منی سیب کا ٹکڑا کھا کر، چشمے سے پانی پی کر تازہ دم ہو گئے اور باتیں کرنے

گلے۔

کلو، "اوپر پتا اور ماں ملیں گی۔"

منی، "نہیں۔۔۔ الو۔۔۔ وہ نہیں۔۔۔ وہ تو مر گئے۔"

کلو، "جو مر جاتے ہیں کیا وہ اوپر بھی نہیں ملتے؟"

منی، (بہت سنجیدگی سے) "وہ کہیں نہیں ملتے۔ ہم لوگ ایک اور بابو جی کے پاس جا رہے ہیں جو پتا جی کی طرح روٹی دیں گے۔

کپڑے دیں گے اور اوڑھنے کو دیں گے۔"

ان دونوں کی باتیں سن کر نہ جانے کیا ہوا کہ رجنی پگھل سی گئی۔ اس نے ان دونوں کو اور پھر للو کو پیار کیا اور کہا کہ "اب دھیرے دھیرے اٹھتے بیٹھتے چلیں گے۔ پھر ڈھارس دینے لگی کہ اوپر پہنچتے ہی بہت سی روٹیاں ملیں گی جن میں گیہوں کی بھی ہوں گی۔ گرم کرتے اور پیجامے ملیں گے، چائے ملے گی، سیب ملیں گے، پھر بابو جی کے ساتھ ہم لوگ ان کے دیس چلے جائیں گے۔ جہاں بہت آرام سے رہیں گے۔"

رجنی جس نے آج تک اس وادی کے علاوہ اور کچھ نہیں دیکھا تھا پہاڑوں کی چوٹیوں کی طرف دیکھنے لگی اور سوچنے لگی کہ اس پار کی دنیا کیسی ہو گی مگر جیسی بھی ہو، وہاں روٹیاں ہوں گی، کرتے پیجامے ہوں گے اور ایسے گھر ہوں گے جن میں ڈر نہ لگتا ہو گا۔

رجنی اب اپنے قافلے کو لے کر مزے مزے اوپر چڑھنے لگی جتنا جتنا اوپر چڑھتی جاتی اس کی خوشی بڑھتی جاتی۔

رجنی کو معلوم تھا کہ کبھی کبھار ایسا بھی ہوتا ہے کہ پہاڑوں میں گھومنے والے دولتمند کسی پہاڑی مرد یا عورت کو رکھ کر اپنے ساتھ میدان میں لے جاتے ہیں جہاں نہ برف پڑتی ہے نہ بھوک ہوتی ہے۔ لیکن یہ بات دور دور اس کے قصور میں نہ تھی کہ میں

بھی ان خوش نصیبوں میں ہو سکتی ہوں اور میرے ساتھ میرے پانچ بھائی بہن بھی۔

سورج اوپر چڑھ رہا تھا اور رجنی بھی اپنے بھائی بہنوں کے ساتھ اوپر چڑھ رہی تھی۔ آخر ڈاک بنگلہ کی سرخ چھت نے اپنی جھلک دکھاہی دی۔

کیلاش چائے پی رہا تھا اور کھڑکی سے صاف ستھری نندا دیوی اور اس کے نیچے کے عظیم الشان پہاڑوں کو دیکھ رہا تھا کہ اس کے نوکر نے آکر خبر دی کہ

"کل والی لڑکی آئی ہے۔"

"اور اس کا بچہ بھی؟"

"ایک چھوڑ پانچ پانچ بچے ساتھ ہیں۔"

"پانچ پانچ۔"

نوکر۔ "جی حضور!"

کیلاش نے باہر آکر دیکھا تو رجنی کھڑی تھی اور اس کے گرد بہت سے چھوٹے بڑے میلے کچیلے، چیڑے چندھے بچے، ناک سے سڑ سڑ کر رہے تھے اور کیچڑ سے لت پت آنکھوں سے اس کی طرف دیکھ رہے تھے۔

کیلاش نے رجنی کے پاس جاکر سختی سے جواب طلب کیا۔

"یہ سب کون ہیں؟"

رجنی کیلاش کو دیکھ کر اتنی خوش ہوئی کہ اس نے اس کی سختی کی طرف ذرا بھی توجہ نہیں کی اور چلا کر کہنے لگی۔

"میں ان سب کو لے آئی۔ اب یہ سب آپ کے پاس رہیں گے۔ یہ منی ہے، یہ للو ہے، وہ رامو ہے، وہ کلو ہے، وہ تلسی ہے۔"

کیلاش، "سب تیرے بھائی ہیں؟"

رجنی، جی ہاں، دو بھائی ہیں اور دو بہنیں ہیں۔

رجنی ذرا صاف ستھری تھی اور اس کی صورت میں ایک کشش تھی لیکن بچے تو سڑی گلی چیزوں کا ڈھیر معلوم ہوتے تھے۔ ان کو دیکھ کر کیلاش کا جی متلانے لگا اور کل والی رومانی فیاضی جو رات گزر جانے سے باسی ہو چکی تھی حقیقت پسندی سے بدل گئی اور کیلاش سوچنے لگا کہ رجنی کے ساتھ ایک بچہ ہوتا دو ہوتے تو ممکن تھا، لیکن اتنوں کو کیسے پالا جا سکتا ہے؟ یہ سب ہمارے چھوٹے سے گھر میں کیسے رہیں گے ان کو کھلایا اور پہنایا کہاں سے جائے گا؟ پھر یہ بہتی ہوئی ناکیں، یہ کیچڑ بھری آنکھیں، یہ کوئلہ ایسے ہاتھ پاؤں، یہ بو اور میل۔ کیلاش کی بہنیں بھی باہر نکل آئی تھیں کہ ہم بھی ذرا بھیا کے مہمانوں کو دیکھیں۔ وہ بولیں،

"بھیا ان سب کو لے چلو گے؟"

کیلاش یہ سوال سن کر جھنجھلا گیا اور رجنی سے کہنے لگا۔

"تو نے کل کیوں نہیں بتلایا کہ تیرے ساتھ اتنی بڑی فوج ہے سب کو میں کہاں رکھ سکتا ہوں؟"

یہ سن کر رجنی پر بجلی گر پڑی۔ اتنی بڑی مایوسی کا سامنا اس نے زندگی میں پہلی بار کیا تھا۔ اس کا چہرہ بالکل سوکھ گیا اور آنکھیں اندر ڈوب گئیں مگر منہ سے کچھ نہ نکل سکا۔ اس کے سب بھائی بہنوں کا بھی یہی حال ہوا۔ کلو تو پھوٹ پھوٹ رونے لگا۔ رجنی نے اپنی گھنونی فوج کو نفرت بھری آنکھوں سے دیکھا۔ ایسی نفرت جس کا تقاضا یہ تھا کہ ان سب کو مار ڈالو یا خود مر جاؤ۔ پانچ منٹ کے اندر اندر یہ فوج ناکامی اور نامرادی کو اپنے پید دامنوں میں لے کر پسپا ہوئی لیکن کیلاش کے لئے آسان نہ تھا کہ ان کو یوں رخصت کرتا۔ اس کی دیا جو مر گئی تھی پھر کراہنے لگی اور پکارنے لگی کہ کچھ تو کرو۔ اس پکار سے

نجات پانے کے لئے کیلاش نے رجنی کو پکارا اور دو روپئے اس کے ہاتھ میں رکھ دیئے۔

دو روپئے۔ اس سے بہت کچھ خریدا جا سکتا ہے، رجنی اپنی فوج کو لے کر بازار کی طرف بھاگی اور ایک دوکان کے سامنے سب کو پوریاں کھانے اور کھلانے لگی۔ پہلے آٹھ آنے کی پوریاں لیں، پھر آٹھ آنے کی اور لیں، پھر چار آنے کی اور لیں، پھر اور چار آنے کی اس طرح دونوں روپئے ختم ہو گئے۔ لیکن نہ بھوک گئی اور نہ کھانے کی حسرت۔

دوپہر کے بعد یہ قافلہ خالی ہاتھ نیچے کی طرف تھکے دل اور تھکے پاؤں کے ساتھ اترنے لگا اور اس طرح کہ بیٹھ گیا تو اٹھنے کی ضرورت ہی نہ محسوس کی۔ صبح جن تاریکیوں سے نکل کے آیا تھا۔ شام کو ان ہی کی طرف جا رہا تھا۔ سورج بھی ڈوبتا جا رہا تھا اور وہ لوگ بھی اترتے جا رہے تھے مگر بالکل خاموشی سے، نہ رونا، نہ ڈانٹنا نہ اظہار حسرت نہ ڈھارس۔ گویا یہ سب بچے نہیں بوڑھے تھے اور وہ بھی ہڈی چمڑے کے نہیں، گودڑ کے بنے ہوئے۔ صرف للو دو ایک بار رویا مگر رجنی کے مارنے نے اس کی بھی آواز بند کر دی۔ سورج ڈوبنے پر یہ لوگ اسی اپنی پرانی کوٹھری میں پہنچے جہاں بھوک تھی اور سردی تھی، خوف تھا اور ان تینوں کے سوا کچھ نہ تھا۔ پہنچتے ہی تھکی ہوئی تلسی نے آہستہ سے کہا۔ "بھوک لگی ہے۔ پھر رامو نے بھی کہا، پھر منی اور کلو نے بھی۔۔۔ دل کی امیدوں کے ساتھ پیٹ کی پوریاں بھی غائب ہو چکی تھیں۔

رجنی بچوں کو اندھیرے اور بھوک اور ڈر کی آغوش میں چھوڑ کر پڑوسیوں کی دیا کا امتحان کرنے نکل کھڑی ہوئی۔

***

شکر گزار آنکھیں

(۱)

اکتوبر 47 سے پہلے میرے سینے میں ٹپکتے ہوئے سات سات چھالے تھے اور ساتوں نے مل کر دل کو پھوڑا بنا دیا تھا۔ ماں باپ کے قتل کا چھالا۔ جوان بیٹے کے قتل کا چھالا۔ دودھ پیتی بیٹی کے قتل کا چھالا۔ اور جیون سنگھی گھر کی لکشمی کے قتل کا چھالا۔ اللہ اکبر کے نعروں۔ پاک داڑھیوں اور نمازی پیشانیوں نے ان کے مظلوم جسموں کے اندر سے کس کس بے دردی سے روح نکالی ہے اور میری بیوی کے ساتھ کیسی کیسی شرمناک حرکتیں اور معصوم بچوں کا ماں کی آنکھوں کے سامنے قیمہ بنایا جانا۔ اف فوہ۔۔۔ میں خود کیسے بچا اور بچ کر کیسے شرنارتھی کیمپ تک آیا یہ بھی ایک المیہ داستان ہے اور پچھلی داستانوں کی طرح زخموں اور آنسوؤں کی لمبی لڑی۔۔۔ پہلے تو ان داستانوں کے بیان کرنے کی مجھ میں ہمت ہی نہ تھی۔ اب ہمت تو ہے۔ پر قدرت نہیں۔ کیوں کہ جتنے الفاظ اظہار درد کے میرے پاس ہیں دل ان سب کو نکما قرار دیتا ہے۔

گزشتہ منگل یعنی میرے پتر جنم سے پہلے یہ تمام ہولناک منظر دن میں سینکڑوں بار میرے دل میں آ آ کر گھوم جاتے تھے۔ جاتے وقت مجھے کھولتے کڑھاؤ میں جھونک جاتے تھے۔ جس میں جلتے جلتے، جھلستے جھلستے، میں مجسم شعلہ بن جاتا تھا اور پھر ایٹم بم بن کر ساری اسلامی دنیا پر گرتا تھا۔ اسے بھسم کر ڈالتا تھا اور خود بھی بھسم ہو جاتا تھا۔ گزشتہ

منگل کو میں آدھی رات تک کروٹیں بدلتا رہا۔ پر پلک سے پلک نہ لگی۔ گھنگھور گھٹا برس کر نکل چکی تھی۔ شرنار تھی کیمپ کے گرد جگنو جگمگا رہے تھے اور زخموں کو مہکانے والی ہوا چل رہی تھی اتنے میں باؤلے پپیہے نے صدا دی۔ پی کہاں! پی کہاں! یہ صدا دل میں بندوق کی گولی کی طرح اتر گئی اور مجھے میری جنم بھومی میں اڑا لے گئی۔

ہائے وہ بھرا پرا گھر! وہ چہل پہل، ہائے وہ ہنسی اور چہلیں! ہائے وہ نت نئے ارمان! ان یادوں سے کیمپ جیل خانہ بن گیا۔ زندگی اندھیری ہوگئی اور میں بے اختیار کیمپ سے نکل کر دیوانہ وار ویرانے کی طرف چل کھڑا ہوا۔

میں بہت تیزی سے ایک سمت چلا جارہا تھا۔ بھاگا جارہا تھا۔ بھاگا جارہا تھا۔ گویا لپک کر میں گزرے ہوئے دنوں کو پکڑ رہا ہوں۔ نہ جانے کتنی دیر تک میں چلا اور کتنی دور نکل آیا۔ ایک بار ہوش جو آیا تو دیکھتا کیا ہوں کہ ایک کھنڈر نے مجھے چاروں طرف سے گھیر لیا ہے۔ وہ اپنے ساتھ بہت سی پامال قبریں بھی لایا ہے۔ بیچ میں ایک ٹوٹا پھوٹا گنبد ہے۔ جو آخری تاریخوں کے چاند کی روشنی میں اپنی اکلوتی انگلی سے پھٹے ہوئے بادلوں کی طرف اشارہ کر رہا ہے۔ مردہ مسلمانوں کا استھان! میرے دل میں ایک ساتھ سکون و جلن کے جذبات پیدا ہوئے۔ دفعتاً میری نگاہ ایک جگہ رک گئی۔ قبروں کے بیچ میں ایک قبر انگڑائی لے کر اٹھی اور اٹھ کر میری طرف بڑھی۔ مسلمان! میں ٹھٹھا اور خوف اور انتقام کے مختلف جذبات کی وجہ سے اپنی جگہ مذبذب ہو کر کھڑا رہ گیا۔ جب دیکھا کہ مرنے والا بڑھتا ہی چلا آرہا ہے تو کڑک کر پوچھا، "ہندو ہو کہ مسلمان؟" وہ شخص بالکل میرے پاس آگیا اور سکون سے بولا، "وہ تو ہندو ہے۔"

"وہ کون؟"

"یہی۔"

"کیا یہاں کوئی شخص اور بھی ہے؟"

اس نے ادھر ادھر گھوم کر دیکھا اور پھر کہنے لگا۔

"نہیں تو۔"

"میں تم سے پوچھتا ہوں تم کون ہو۔ ہندو ہو کہ مسلمان؟"

"میں؟ میں؟ میں نے اس پر ابھی تک غور نہیں کیا۔"

"تم جھوٹے ہو۔ یقیناً مسلمان ہو۔ لیکن ڈر کے مارے چھپا رہے ہو۔"

ڈر کس کا؟ "کیا کوئی مجھے ڈرا رہا ہے؟"

یہ کہہ کر وہ شخص بہت اطمینان سے پاس کی قبر پر میری طرف منہ کر کے بیٹھ گیا۔ اس کا چہرہ الجھے بالوں، خاک اور تنکوں کا ایک جھنڈ تھا۔ جس نے مہینوں سے پانی۔ کنگھی یا قینچی سے ملاقات نہیں کی تھی۔ خود رو جھاڑیوں کی طرح اس کی مونچھیں اور ڈاڑھی تھیں جنھوں نے ہونٹوں اور ناک کے نتھنوں کو ڈھک لیا تھا۔ سر کے بالوں کی لٹیں اس طرح گالوں اور پیشانی پر جھول رہی تھیں جیسے گڈریے فقیر کی الگنی پر چیتھڑے۔ مہینوں کے مریض کی طرح اس کے چہرے پر خون کی چھینٹ تک نہ تھی۔ لیکن اس تمام آخور کے اندر اس کی آنکھیں اس طرح چمک رہی تھیں جیسے گہرے کنوئیں کے نیچے موتی سا آب شیریں۔ جس میں سمندروں کو الٹ پلٹ کر دینے والی آندھیاں تک ہلکی سی جنبش بھی نہیں پیدا کر سکتی ہیں۔ اپنی آنکھوں کے سکون اور اعتماد کی وجہ سے وہ شخص اس فساد و خون والی دنیا کی مخلوق ہی نہیں معلوم ہوتا تھا۔ میں اس سکون کو دیکھ کر گھبرا سا گیا۔ لیکن پھر میرا مضطرب دل مچلنے لگا۔ کہ میں تو اس کی نظروں کے کافوری پھائے اپنے زخموں پر لگاؤں گا۔ میں بیٹھ گیا اور اس کی نظروں میں ڈوبنے سا لگا۔ دفعتاً اس کی آنکھوں نے پلکوں کے اندر غوطہ مارا اور کچھ اس کل سے تڑپ کر نکلیں کہ مجھے خوف محسوس ہونے لگا۔ ان

آنکھوں میں سکون اور اعتماد کے علاوہ کچھ اور بھی تھا کوئی ڈراؤنی اور گھنونی سی شے۔ اسے محسوس کر کے میں نے اپنے کو ان آنکھوں کے ہپناٹزمی اثر سے آزاد کیا اور چلنے کے لئے اٹھ کھڑا ہوا۔ مجھے اٹھتے ہوئے دیکھ کر وہ شخص بولا۔

"تم مجھ سے کیوں نفرت کرتے ہو؟ میں وہ تو ہوں نہیں۔"

"وہ کون۔ مسلمان؟"

"نہیں۔ وہ مسلمان نہیں ہے۔ بلکہ اس نے تو کئی مسلمانوں کو قتل کیا ہے اور مسلمان عورتوں سے مزے لوٹے ہیں۔"

"آخر وہ ہے کون؟"

وہی وہی۔ تم اسے نہیں جانتے۔ اچھا تو بیٹھو میں بتاتا ہوں کہ وہ کون ہے۔

(۲)

ایک ٹرین کے کپارٹمنٹ میں چالیس پچاس مسلمان مرد عورتیں اور بچے بھرے ہوئے تھے۔ یہ سب کے سب پناہ گزیں تھے۔ کوئی زخمی تھا۔ کوئی بیمار تھا۔ کوئی فاقوں سے مر رہا تھا۔ کوئی گھر بار کی بربادی پر واویلا مچا رہا تھا۔ کوئی اپنوں کے قتل پر آنسو بہا رہا تھا سب ہولناک حقیقت سے امید موہوم کی طرف جا رہے تھے۔

کیوں کہ ٹھہرنے کی کوئی صورت نہ تھی۔ قافلے کے سازو سامان کی یہ حالت تھی کہ اگر کسی کے ایک پاؤں میں جوتا ہے تو دوسرے میں ندارد۔ ایک جوان عورت کے کپڑے اس طرح تار تار تھے کہ ستر پوشی ناممکن تھی۔ ایک مرد کو کہیں سے ایک شکستہ لہنگا مل گیا تھا جسے اس نے کمر سے لپیٹ کر تہمد بنا لیا تھا۔ لیکن کسی کو ان باتوں کی طرف توجہ دینے کی فرصت ہی نہ تھی اور سکت بھی نہ تھی۔ سب اپنی اپنی آگ میں غوطہ مارے غائب تھے۔ بڑے سے بڑے دکھی کی پکار۔ بڑے سے بڑے بزرگ کی صدا ان کے

کانوں کے اندر نہیں جا سکتی تھی۔ لیکن ایک کونے میں انسانیت کی کچھ مہک بھی تھی۔ ایک نئی نویلی دلہن اپنے زخمی دولھا کو بڑی بہادری اور چالاکی سے خونخوار قاتلوں کے نرغے میں سے نکال لائی تھی۔ دولھا کے بازو پر تلوار کا گہرا زخم تھا اور وہ بے ہوش پڑا تھا۔ مسافروں میں ایک ڈاکٹر بھی تھا۔ جس نے زخم دیکھ کر کہا تھا کہ اگر کہیں سے گرم پانی اور صاف کپڑا مل جاتا تو میں زخم دھو کر باندھ دیتا۔ پھر کوئی خطرہ نہ رہتا لیکن اس دنیا میں گرم پانی کیسا، پینے کے لئے پانی ملنا محال تھا۔ دلہن کے افشاں بھرے آنچل کے ٹکڑے سے زخم باندھ دیا گیا تھا۔ اور دلہن زخمی بازو کو گود میں لئے بیٹھی تھی اور مہندی لگے ہاتھ دولھا کے سر پر اس طرح پھیر رہی تھی جیسے اس سے زخموں کو بھرنے میں مدد ملے گی۔ نئی نویلی دلہن نہ رو رہی تھی اور نہ اپنا دکھڑا سنانے کے لئے بے چین تھی۔ ہاں جب اس سے کوئی خاص طور سے پوچھتا تھا تو وہ مختصر الفاظ میں بتا دیتی تھی کہ کس طرح اس کے گھر پر حملہ ہوا کس طرح اس کا سر تاج زخمی ہوا اور کس طرح وہ موقع پا کر اپنے ماں باپ، بھائی بہنوں کو خدا کو سونپ کر دولھا کو بچا کر لے بھاگی اور پیٹھ پر لاد کر ایک میل چل کر ریل تک آئی۔

ریل چلی جا رہی تھی اور سب اپنی اپنی حالت میں کھوئے ہوئے تھے۔ کہ ایک زبردست دھماکا ہوا اور پھر ریل رک گئی۔ اس کے رکتے ہی دس پندرہ مسافر جو کمپارٹمنٹ میں ادھر ادھر منہ ڈالے پڑے ہوئے تھے بھپرے شیروں کی طرح کھڑے ہو گئے کسی نے تھیلے کے اندر سے اور کسی نے بستر کے اندر سے کرپانیں، تلواریں اور خنجر نکال لئے اور بجلی کی طرح چمک کر مسافروں پر ٹوٹ پڑے۔ بات کی بات میں دس بارہ مسافروں کو خون آلود جانکنی سے ہم آغوش کر دیا۔ مرنے والے چیخنے لگے اور جو بچ رہے تھے ان کی گھگھی بندھ گئی اور وہ سیٹوں کے نیچے چھپنے کی ناکام کوشش کرنے لگے۔ بھاگنے کی کوئی راہ

نہ تھی۔ کیوں کہ ریل کے نیچے بھی دونوں طرف مسلح جان لیوا سورما کھڑے ہوئے کہہ رہے تھے۔

ہندو مت اونچا ہو!

مہاتما گاندھی کی جے!

مسلمانوں کا ناش ہو!

ایک عورت بھاگنے کے لئے کھڑکی سے کودی۔ نیچے جو سورما کھڑے تھے انہوں نے فوراً اسے پکڑ لیا اور جس طرح کوئی کیلا چھیلتا ہے اس طرح آناً فاناً میں سورماؤں کے تجربہ کار ہاتھوں نے اسے مادرزاد ننگا کر دیا۔ پھر وہ مشتاق ٹائپسٹ کی طرح اپنی ہوس کی جلن ٹھنڈی کرنے لگے۔ ایک طرف لوٹ مار ہو رہی تھی تو ایک طرف برہنہ عورتیں اکٹھا کی جا رہی تھیں۔ تاکہ ان کا جلوس نکالا جائے اور پھر ان کو شرمناک سے شرمناک موت سے ہم آغوش کیا جائے۔ یہ سب کچھ اس تیزی سے ہو رہا تھا جیسے کوئی ذہین بچہ رٹے ہوئے پہاڑے فرفر سنا دے۔ نئی نویلی دلہن جو ایسے حادثوں کو اپنی آنکھوں سے ایک بار پہلے خود دیکھ چکی تھی اور درجنوں بار ایسی عورتوں سے سن چکی تھی جو ان کا شکار ہوئی تھیں۔ دلہن جانتی تھی کہ ان باتوں کی ابتدا کیا ہوتی ہے اور انتہا کیا۔ وہ ایک نظر میں بھانپ گئی۔ کہ صورت حال کیا ہے اور فیصلہ کر لیا کہ کیا کرنا چاہیے۔ اس نے اپنا دوپٹہ لپیٹ کر تکیہ بنا کر دولھا کے زخمی بازو کے نیچے رکھ دیا اور اٹھ کر اندر اور باہر کے سورماؤں پر ایک نظر ڈالی پھر بے دھڑک ایک سورما کے پاس جا کر کہنے لگی،

"مہاشے جی میری ایک بنتی ہے۔"

"بنتی؟ ہوں۔ ہم تو تم کو چوراہے کی کتیا بنا کر چھوڑیں گے آخر ہم اپنی ماں بہنوں کا انتقام کیسے لیں؟ ہائے ری مسلمنٹی۔ یہ ابھار۔۔۔ جانی۔۔۔!"

سورما نے اپنے خنجر کی نوک دولھن کی ایک چھاتی میں ذرا سی چبھو دی جس سے کرتے پر خون جھلک آیا۔ اس کے منہ سے ہلکی سی چیخ نکل گئی۔ پر وہ بھاگی نہیں۔ اس نے ادھر ادھر دیکھا وہ کھڑا ہوا تھا۔ دلھن اس کی طرف مڑی اور بولی۔

"مہاشے آپ ہی ایک عورت کی پرارتھنا سن لیجئے۔"

وہ کڑے تیوروں سے بولا۔

"تمہارے مسلمان بھائیوں نے بھی کسی دکھی ہندو عورت کی پرارتھنا سنی ہے۔"

دلہن نے ہاتھ جوڑ کر لجاجت سے کہا۔

"میری پرارتھنا صرف اتنی ہے کہ آپ مجھے ان (دولھا کی طرف اشارہ کر کے) کے سامنے ابھی مار ڈالئے۔""بس میں بہت احسان مانوں گی۔ خدا کے لئے۔ ایشور کے لئے۔"

دلہن کی باشدری کا قصہ وہ سن ہی چکا تھا۔ شاید اس وجہ سے یا شاید اس کے گڑ گڑانے کی وجہ سے بہر حال کسی وجہ سے وہ پسیج گیا۔ اسے دلہن پر رحم آ گیا۔ اس نے دلہن کی کلائی پکڑ کر ایک جھٹکے میں اسے دولھا کے پاس لا کر کہا۔

"لے تیری خوشی سہی۔"

اس نے دلہن کے خنجر کا بھرپور ہاتھ مار دیا۔ دلہن ایک چیخ مار کر دولھا کے پاس گر پڑی۔ اس کی بجھتی ہوئی زندگی کی آخری بھڑک اس کی آنکھوں میں سیتا کا پریم بن کر آ گئی۔ اور اس نے ان آنکھوں سے شوہر کو نظر بھر کر دیکھا۔ پھر گھوم کر اس نے قاتل کی طرف دیکھا۔ جب اس نے قاتل کی طرف دیکھا ہے تو اس کی پریم کی لیک سچی شکر گزاری کی مہک میں تبدیل ہو چکی تھی۔ کتنی شکر گزار تھیں وہ آنکھیں۔۔۔

"اف۔ فو۔ مانو وہ کہہ رہی تھیں۔ تم نے مجھ بے یار و مددگار عورت پر جو احسان کیا ہے اس کے لئے میرا رواں رواں تمہارا شکر گزار ہے۔ پر افسوس میں زبان سے شکریہ

تک نہیں کہہ سکتی۔ مگر یقین کرو کہ اس کی پیاری یاد لے کر مر رہی ہوں۔ رخصت۔"

دلہن نے اپنادم توڑتا ہوا ہاتھ دولھا کے زخمی بازو پر رکھا۔ پتھرائی ہوئی آنکھوں سے اس کی طرف دیکھا اور ایک ہچکی لے کر ختم ہو گئی۔

"بیان کرنے والے نے اپنا قصہ جاری رکھا۔ کہنے لگا۔ ایک پرانی بات ہے۔ فساد اور خوں ریزی سے پہلے جب کبھی وہ اپنا خنجر صاف کیا کرتا تھا تو اس کو اس کی آبدار سطح کے نیچے ایک عکس نظر آتا تھا اور جب کبھی اس سے آنکھیں چار ہوتی تھیں تو وہ کہتا تھا۔ دیکھ اس آبدار خنجر کو کسی کمزور پر مت چلانا۔ جواب میں وہ کہتا تھا۔ میرے من! ایسی بزدلی میں کبھی نہ کروں گا۔"

نہ جانے کتنی بار اس عہد کی تصدیق ہوتی۔

جب خنجر دلہن کے سینے سے باہر آیا ہے تو دلہن کی شکر گزار آنکھوں سے اس کی آنکھیں بھی چار ہوئی تھیں اور اس کے دل میں سما گئی تھیں۔ دن پر دن گزرتے گئے۔ پر وہ آنکھیں اس کے من میں اسی طرح بسی رہیں۔ وہ اپنے ہاتھ کی ہتھیلیوں کو دیکھتا تو وہی شکر گزار آنکھیں نظر آتیں۔ چاند تاروں کو دیکھتا تو وہی شکر گزار آنکھیں نظر آتیں۔ جس طرح گھنگھور گھٹا برس کر نکل جانے کے بعد دھنک نکل آئے، ایسا دھنک جس کا ہر رنگ نگاہوں میں چھا جا رہا ہو جیسے جارجٹ ساڑی میں سڈول جسم اسی دھنک کی طرح، وہ آنکھیں اس کے دل میں کھلی ہوئی رستی تھیں۔ وہ احسان مند آنکھیں، وہ شکر گزار آنکھیں۔

وہ کیا کہتی تھیں؟ کیا پیام دیتی تھیں؟ یہ اس کو معلوم نہ تھا مگر وہ دیتی تھیں کوئی پیام۔ وہ آنکھیں چکھنے میں مٹھائی کی ڈلیاں تھیں مگر خاصیت میں رائفل کی گولیاں۔

چھونے میں برف کی کنکریاں تھیں پر حلق سے اتارنے پر زہر میں بجھی ہوئی انیاں۔

بیان کرنے والے کی نظروں سے سارا سکون رخصت ہو چکا تھا اور اب ان میں ایسی وحشت اور مظلومیت تھی کہ جی چاہتا تھا اس کی ہمدردی میں سر پھوڑ لوں۔ بیان کرنے والا ذرا دیر کے لئے خاموش ہو گیا۔ پھر آسمان کی طرف سر اٹھا کر بولا۔

"وہ شکر گزار آنکھیں۔" میں نے آسمان کی طرف دیکھا تو وہ بادلوں سے گھرا ہوا تھا۔ ایک تارے کا بھی پتہ نہ تھا۔ بیان کرنے والا ٹھنڈی سانس بھر کر بولا۔ پھر ایک عجیب حادثہ پیش آیا۔ ایک رات میں نے اس پر اچانک حملہ کر دیا۔ جب وہ اپنا بچاؤ کرنے لگا تو ہم دونوں میں سخت کشتی ہوئی۔ آخر صبح ہوتے ہوتے میں نے ایک داؤ سے اسے پچھاڑا اور اپنے قبضے میں کر لیا۔ اب وہ چیختا ہے۔ چلاتا، خوشامدیں کرتا ہے۔ گڑگڑاتا ہے پر میں اسے نہیں چھوڑتا ہوں۔ جانتے ہو میں اس کے ساتھ کیا کرتا ہوں؟

یہ کہہ کر بیان کرنے والے نے اپنے کپڑوں کے اندر سے ایک خنجر نکالا اور مجھے دکھا کر کہنے لگا۔ میں اس پر بڑا احسان کرتا ہوں وہ یہ کہ اسی خنجر سے اس کے جسم کو چھید چھید کر ان پیاری پیار شکر گزار آنکھوں کو نگینوں کی طرح ان میں جڑ تا رہتا ہوں۔ بیان کرنے والا یہ کہہ کر ہلکی سی مردہ ہنسی ہنسا۔ جو زہر خند سے مشابہ تھی اور بولا۔ بس اتنا ہی قصہ ہے۔

قصے کا سر پیر میری سمجھ میں نہ آیا۔ پھر کچھ خیال کر کے میں نے ڈپٹ کر کہا۔

"بتا کہ تو نے اس سورما کو کہاں چھپا رکھا ہے؟ تو ضرور مسلمان ہے اور ایک بہادر ہندو کو سسکا کر مار رہا ہے۔"

اس نے سادگی سے میری طرف دیکھا اور پوچھا۔ تم اسے دیکھو گے؟ اچھا یہ ٹارچ لو۔ جب میں کہوں جلا دینا۔ اس شخص نے تلے اوپر، تلے اوپر، نہ جانے کتنے کرتے پہن رکھے تھے۔ ان کو آہستہ آہستہ اتار کر بولا۔

"ٹارچ روشن کرو۔"

میں نے ٹارچ روشن کی تو دیکھا' ہوں کہ اس شخص کا سینہ اور بازو زخموں سے گندھے ہوئے ہیں۔ بعض گھاؤ تازے ہیں۔ بعض پرانے اور بعض بعض تو اتنے پرانے کہ پک پک کر سڑ گئے ہیں اور ان میں کیڑے بج بجا رہے ہیں۔ وہ شخص بولا۔

"یہ ہے وہ سورما اور یہ دیکھو وہ پیاری شکر گزار آنکھیں۔"

اب جو میں نے غور سے دیکھا تو واقعی اس شخص نے خنجر کی نوک سے گوشت میں سینکڑوں آنکھیں کھودلی تھیں۔ وہ شخص ایک رستے ہوئے زخم کو چٹکی سے مل مل کر کہنے لگا۔ یہی ہیں وہ پیاری شکر گزار آنکھیں۔

ملنے سے زخم اس طرح بہنے لگا جیسے کسی سل کے مریض کا اگالدان الٹ گیا ہو۔ اس کی آنکھوں میں پھر وہی قابل رشک سکون آگیا۔ سارا قصہ میرے لئے ایک ایسا معما تھا جس کا بوجھ لینا دل کو گوارا نہ تھا۔ میں نے پوچھا۔

"تم خود کون ہو؟"

"میں۔۔۔ میں وہی خنجر کے اندر نظر آنے والا عکس ہوں۔"

اس رات میں نے جانا کہ بہادر مظلوم لاکھ درجے خوش نصیب ہوتا ہے بزدل ظالم سے۔

***

بھرے بازار میں

کوئی چیز رکھی کے پیٹ پر پھد سے گری۔ رکھی کنمنائی اور آنکھیں کھولنے کی کوشش کرنے لگی۔ پھر ایک زیادہ وزنی چیز آکر چھاتی پر گری اور ساتھ ہی ایک قہقہہ سنائی دیا۔ اب رکھی کی آنکھ کھل گئی۔ اس نے گلی کے نکڑ پر کلو کو دیکھا جس نے رکھی سے آنکھیں ملاتے ہی ایک فحش فقرہ چپکایا اور سڑک کی بھیڑ میں غائب ہو گیا۔

رکھی نے اپنی چھاتی پر سے "چیز" اٹھائی۔ یہ چار کیلوں کا ایک گچھا تھا۔ اس پر نگاہ پڑتے ہی رکھی کھل گئی اور بیتابی سے ایک کیلا چھیل کر منہ میں رکھ لیا اور دو تین بار ادھر ادھر منہ مار کر نگل گئی۔ پھر دوسرا کیلا چھیلا اور آدھا دانت سے کاٹ کر ذرا مزے لے کر کھانے لگی۔ اتنے میں کچھ خیال آیا۔ جلدی سے رکھی نے اسی طرح لیٹے لیٹے ادھر ادھر ٹٹولا تو ایک نارنگی ہاتھ لگی۔ نارنگی کو دیکھتے ہی اس کے دل کی کلی کھل گئی۔ دس بارہ روز بیمار رہنے کے بعد ایسا خراب منہ کا مزہ ہو جاتا ہے! ایسے موقع پر نارنگی کا مل جانا! رکھی سوچنے لگی کہ یہ کھٹی کھٹی نارنگی نمک مرچ کے ساتھ کھائی جاتی تو؟ مگر نمک مرچ اس وقت کہاں؟ مجبوراً رکھی نمک مرچ کو یاد کر کے ایک پھانک منہ میں رکھنے لگی اور اس کو خوب چٹخارے لے کر کھانے لگی۔

گھڑ گھڑ کرتی سامنے سڑک پر ٹرام نکلی۔ اس میں ایک صاف ستھری لڑکی، سیاہ کنارے کی اجلی ساڑی باندھے بیٹھی تھی۔ اس کی نگاہ ادھر پڑ گئی تو اس نے دیکھا کہ بغل

کی پتلی سی گلی میں کچھ دور ایک دوکان کے آگے ایک تختہ سا نکلا ہوا ہے، جو زمین سے بمشکل دو فٹ اونچا ہو گا۔ اس کے نیچے ایک میلی گندی، زرد عورت بڑے آرام سے لیٹی نارنگی کی پھانکیں کھا رہی ہے۔ چہرے پر ایسا اطمینان ہے گویا وہ آبادی کے کنارے کسی پر سکون مکان کے ڈرائنگ روم میں صوفہ پر اطمینان سے لیٹی ہو۔ لڑکی جب تک رکھی کو دیکھ سکی، دیکھتی رہی۔ رکھی نے بھی اس پر ایک سرسری نگاہ ڈالی۔ اس کی ساری اور صاف ستھری گردن کو ذرا غور سے دیکھا اور پھر بلا ارادہ وہ اپنی گردن مل مل کر میل کی پتیاں چھڑانے لگی۔

رکھی اٹھ کر بیٹھ گئی اور انگڑائی کے لیے دونوں ہاتھ اوپر اٹھانا چاہے مگر اوپر اتنی جگہ ہی نہ تھی۔ رکھی نے ذرا بے چین ہو کر بدن کو ایک بل دیا اور جلدی سے اپنے دونوں ہاتھ داہنی طرف پھینک دیے۔ پھر پیٹھ میں ایک بل دے کر انگڑائی لی مگر فوراً ہی ایک سسکی بھر کر سیدھی ہو گئی اور گھبرا کر پیٹھ پر ہاتھ پھیرا۔ دیکھتی کیا ہے کہ اس کے سر کے کچھ بال چیچک کے سوکھے دانوں میں چپک گئے ہیں۔ پھر اس نے سر پر ہاتھ پھیرا تو سر کو چکٹا پایا۔

میل تھا کہ بدن کو کھائے جا رہا تھا۔ رکھی کچھ ایسی گھبرائی کہ بلبلا کر اپنے بل سے باہر نکل آئی، کھڑی ہوئی تھی کہ چکر آ گیا۔ اس نے جلدی سے دکان کے پٹرے پکڑ لیے، پھر ذرا سنبھل کر پاس والے نل سے پانی پیا اور سوچنے لگی کہ کہاں چل کر نہانا چاہیے۔

جب تندرست تھی تو صاف ساری لے کر دریا پر جاتی، وہاں میلی ساری دھوتی تھی، پھر جی بھر کر نہاتی تھی۔ ادھر بارہ روز تک بیمار رہی۔ اتنے دنوں تک میلی گندی پڑی رہی۔ پہلے بچہ ہوا، اس کا بندوبست کیا ہی تھا کہ چیچک نکلی۔ اس میں آٹھ روز تک پڑی رہی۔ بیماری ایسی تھی کہ کسی کو بتا نہیں سکتی تھی۔ جو کوئی پوچھتا اس سے کہہ دیتی کہ بخار ہے، کونین کھا رہی ہوں۔ غنیمت ہوا کہ چیچک نے چہرے اور ہاتھوں پر قبضہ نہیں جمایا،

ورنہ جہاں پڑی تھی وہاں سے الگ نکالی جاتی اور جو یار آشنا تھے وہ الگ ساتھ چھوڑ دیتے۔

بارہ روز بیمار رہی۔ اچھے لوگ ایسی بری عورت کے قریب کیا بھٹکتے، برے لوگوں نے اس کی خبر لی۔ پورن نے دوکان کے نیچے پڑے رہنے دیا۔ مہابیر، کلو نے دودھ لا کر کھانے پینے کی خبر لی۔ خیر برے دن کٹ گئے۔ دو چار روز میں پھر گالوں پر رونق آ جائے گی اور پھر وہی پارک کی تفریحیں ہوں گی اور نگاہوں کو رجھانا۔

کہاں چل کر نہانا چاہئے؟ دریا اتنی دور ہے کہ اس کا خیال ہی فضول ہے۔ مہابیر اور کلو مزدوری پر گیے ہوں گے اور ان کے گھروں میں تالے پڑے ہوں گے۔ وہ لوگ ہوتے بھی تو ان کے یہاں نہانے کی جگہ کہاں؟ وہ آپ نل پر نہاتے ہیں۔ چلو نل گھٹ چلیں۔

کارپوریشن کی طرف سے ایک بڑا سا غسل خانہ بنا تھا۔ رکھی اس کو نل گھٹ کہا کرتی تھی اور کبھی کبھی جب دیر ہو جاتی تو دریا کے بجائے نہانے دھونے وہیں چلی جاتی تھی۔ اس وقت اسی طرف چلی۔ راستہ میں یہ سوچتی جاتی تھی کہ نہا کر پہنوں کی کیا۔ ایک ساری پہنے ہوئے ہوں اور اس کے جوڑ کی جو ساری تھی وہ بچے کے ساتھ گئی۔

رکھی ڈگمگا ڈگمگا کر چل رہی تھی۔ اگر نہانے کی تمنا اس کے سر پر ایسی مسلط نہ ہوتی تو شاید اس کو اٹھتے بھی برا لگتا۔ لیکن اس وقت تو یہ خیال دل میں گھسا ہوا تھا کہ اگر میں نہا ڈالوں تو میل، بیماری، کمزوری اور بدن کی بے رونقی سب کچھ دور ہو جائے اور آج ہی پارک کے قابل ہو جاؤں۔ اس خیال نے اس کو ایسی ہمت دی کہ پاؤں کانپ رہے تھے مگر وہ آگے بڑھی چلی جاتی تھی۔ تھوڑی دور چلی تھی کہ بدن پر ایک دم سے چیونٹیاں سی رینگتی معلوم ہوئیں۔ یہ کھجلی۔۔۔ وہ کھجلی، سارے بدن میں کھجلی ہی کھجلی۔ توبہ، یہ سب میل ہے اور کچھ بھی نہیں۔ اگر جلدی میل دور نہ ہوا تو مورچے کی طرح میرے بدن کی

رنگت وروہت کھاجائے گا۔

رکھی کا 'نل گھٹ' سامنے آیا۔ کچھ لوگ کپڑے دھو رہے تھے۔ پانی کی بوندیں، دیوار کے اوپر اڑ اڑ کر دھوپ میں چمک رہی تھیں، موتی کی ایسی بوندیں! یہ سب میل صاف کر دیں گی۔ کہیں صابن بھی مل جاتا!

رکھی اندر گھسی۔ ایک موٹی سی عورت اوکڑوں بیٹھی آگے کی طرف جھکی کپڑے زمین پر پٹک رہی تھی۔ ایک چھوٹی سی لڑکی پاس بیٹھی اپنے چھوٹے چھوٹے ہاتھوں سے صابن کا پھین اکٹھا کر کے ٹیلا بنارہی تھی۔ مگر ادھر یہ ٹیلا بناکر اونچا کرتی۔۔۔اور ادھر پانی کی دوایک بوندیں گر کر اس کی ساری محنت اکارت کر دیتیں۔ یہ پھر اپنے کام میں مشغول ہو جاتی۔ دوسرے کونے میں دو عورتیں بدن مل رہی تھیں۔ ایک طرف ایک لڑکی نہاکر صاف کپڑے پہن رہی تھی۔ رکھی نے اندر قدم رکھا ہی تھا کہ سب نے فوراً اس کی طرف دیکھا اور سب نے بہت برا منہ بنایا۔ رکھی کی ہمت ان کی نگاہوں کو دیکھ کر کمزور پڑ گئی۔ یہ نفرت کیوں؟ کیا یہ جانتی ہیں کہ میں کون ہوں؟ کیسے جاننے لگیں؟ کوئی میرے ماتھے پر میرا پیشہ لکھا ہوا ہے؟

رکھی (موٹی عورت سے)، "بہن ذرا میں نہالوں۔"

موٹی عورت نے پلٹ کر اس کی طرف بڑی تیز نظروں سے دیکھا اور پھر ہاتھ جھٹک کر بولی، "بھاگ بھاگ ملچھ، اس کے پاس سے بو کیسی آرہی ہے؟"

سب عورتیں ادھر ہی دیکھ رہی تھیں۔ ایک دم سے بول اٹھیں، "رے تیرے پاس کیسی بو آرہی ہے۔ الگ الگ۔"

"ادھر سے جا۔"

"دریا پر جا۔ وہاں جاکر نہا۔"

"جاتی ہے کہ نکالوں۔"

"ہٹ یہاں سے ہٹ۔ اس کو دق ہے۔ اس کی صورت تو دیکھو۔"

موٹی عورت، "بنا پولس کے نہیں جائے گی۔"

رکھی ان کی چاؤں چاؤں سے گھبرا گئی۔ ایک کو جواب دینے لگتی کہ دوسری بھڑ جاتی۔ آخر رکھی کو غصہ آگیا۔ اس کے جی میں آرہا تھا کہ ان سب کا منہ نوچ لوں۔ بال خوب نوچ لوں اور بن پڑے تو کاٹ کھاؤں۔ اتنے میں موٹی عورت اٹھی اور اس نے اپنی بچی کا بنایا ہوا صابن کے پھین کا ٹیلا ہاتھ میں لے کر رکھی کے منہ پر کھینچ مارا۔ رکھی کی آنکھوں میں مرچیں سی لگنے لگیں۔ اس نے گھبرا کر ساری کا پلو آنکھوں میں بھر لیا اور بڑی بے بسی سے چلانے لگی۔ دونوں عورتیں اور لڑکی قہقہہ مار کر ہنسیں۔

رکھی اچھی ہوتی تو ایسی آسانی سے تو نہ بھاگتی بلکہ موٹی عورت کو تو اس کے کیے کی سزا دے ہی دیتی مگر اب اسے بھاگنے کے سوا کوئی چارہ نظر نہ آیا۔ گھبرائی ہوئی باہر نکل آئی۔ آنکھوں میں ایسی تکلیف تھی کہ میل کچیل، بنانا دھونا سب بھول باہر بھاگ آئی۔ نل ول کو بڑی مشکلوں سے ایک آنکھ کھول کر ادھر ادھر دیکھا تو دو سو گز کے فاصلہ پر ایک نل تھا۔ رکھی دوڑ کر ادھر گئی۔ پانی سے آنکھوں کو خوب دھویا۔ جب ذرا آرام ملا تو کچھ سوچ کر ادھر ادھر دیکھنے لگی۔

ایک دوکان پر ایک آدمی پنکھا منہ پر رکھے سو رہا تھا۔ اس کے پاس ایک نوجوان سفید کرتا پہنے ہوئے بیٹھا نیند بھری آنکھوں سے رکھی کو تک رہا تھا۔ کچھ دور ایک کپڑے والے کی دوکان پر ایک میاں صاحب دھوپ سے بچنے کو رومال منہ پر ڈالے کھڑے بھاؤ تاؤ کر رہے تھے۔ ان کے قریب رکشا والے پسینے اور میل میں سنے کھڑے تھے۔ رکھی نے دوکان والے نوجوان کو ایک بار دیکھا اور کچھ ارادہ کر کے اپنی ساری سمیٹی مگر پھر

جھجکی۔ آخر جی کڑا کر کے ایک بار نل کے نیچے بیٹھ گئی اور ایک ہاتھ سے کھٹکا دبا دیا۔ کمزوری کی وجہ سے کھٹکا اچھی طرح نہیں دبایا مگر پھر بھی تھوڑا تھوڑا پانی اس کے سر اور پیٹھ پر گرنے لگا۔

نوجوان چلایا، "ہائیں ہائیں۔۔۔ہائیں ہائیں۔"

نوجوان کا باپ (چونک کر چلایا)، "بازار میں نہائے گی۔ اری او بے حیا کیا کرتی ہے؟"

اس سڑک پر شریف دوکان دار تھے۔ سب بے تحاشا چلانے لگے، "مستانی ہے۔" کپڑے کی دوکان کے میاں صاحب بھاؤ تاؤ چھوڑ چھاڑ ادھر دوڑ پڑے۔ پاس آکر انہوں نے رکھی کی انگلیوں پر چھڑی ماری۔ رکھی کے ہاتھ سے نل کا کھٹکا چھوٹ گیا۔ نل بند ہو گیا۔ اب انہوں نے رکھی کی پیٹھ میں چھڑی چبھوئی اور چلائے، "چل ہٹ سڑک پر سے۔ بڑی آئی ہے نہانے۔"

نل کے گرد میلہ لگ گیا۔

چھڑی کی نوک جیسے گڑی، رکھی نے تکلیف سے منہ کھول دیا۔ آنکھیں سکوڑ لیں اور منہ سے ایک چھوٹی سی چیخ نکل گئی مگر پھر فوراً ہی دانت بھینچ کر دونوں ہاتھوں سے نل پکڑ لیا اور جم کر وہیں بیٹھ گئی۔

بڑے میاں، "ارے ہٹ ہٹ، ارے ہٹتی نہیں۔"

"کیا کرنا چاہتی ہے؟"

"کیا یہاں نہائے گی؟"

"کلکتہ میں کتنی بے حیائی ہے۔ رام رام۔"

"اور ساری تو دیکھو کیسی مہین ہے۔"

"شکل چڑیلوں کی مزاج پریوں کا۔ آتی ہیں نہانے۔"

بڑے میاں نے ہمت کر کے ایک بار زور سے چھڑی گڑائی اور پھر ہار کو ہاتھ ڈھیلا کر لیا۔ رکھی نے پھر نل کا کھٹکا دبایا۔ یہ دیکھ کر رکشا والے جو مجمع کو چیر کر اندر آ گئے تھے، بولے، "کیا ہے کیا۔۔۔ نہا بھی لینے دیجئے۔"

"نہا لینے دیجئے بیچاری کو۔"

"گرمی سخت ہے۔" مجمع سے ایک نے آوازہ کسا۔

"چلو میرے گھر میں نہاؤ۔ ایسا غوطہ دوں۔۔۔!"

ایک صاحب تہد باندھے کھڑے تماشہ دیکھ رہے تھے۔ ایک بار جوش میں آگے بڑھے۔ دیکھنے والے سمجھے کہ دو چار ہاتھ تو اس بے حیا عورت پر جھاڑ ہی دیں گے کہ اتنے میں پولیس والا نہ معلوم کدھر سے اندر گھس آیا اور اس نے رکھی کا ہاتھ پکڑ کر ایک جھٹکے میں اس کو اپنی جگہ سے اٹھا، مجمع سے باہر کر دیا اور پھر فاتحانہ انداز میں بولا، "نہیں ہٹتی تھی۔۔۔ ایک عورت کو نہیں بھگا سکتے۔"

مجمع میں تالیاں سیٹیاں بجنے لگیں۔ قہقہے اڑے اور آوازے کسے گئے۔ رکھی ہارے جنرل کی طرح سر جھکائے پیٹھ سہلاتی آگے بڑھی۔ اس نے پلٹ کر سپاہی کو دیکھا اور پھر تہد والے شخص کو دیکھا۔ ان حضنت کو تو اس نے پہچان لیا۔ ایک دن ان سے بھی دوستی رہ چکی تھی۔ مگر رکھی کو ان کا نام یاد نہیں تھا۔ ورنہ اس وقت پکار کر ذلیل کر دیتی۔

رکھی کی آنکھوں سے آنسو بہہ نکلے۔ لوگ کیسے ظالم ہوتے ہیں۔ ایسی ہی غیرت آتی تھی تو آنکھیں بند کر لیتے۔ مجھے تو نہا لینے دیتے اور غیرت کیسی؟ میں ساری تو باندھے ہوئے تھی۔ یہی غیرت مند لوگ جب زنانے گھاٹ پر عورتیں نہاتی ہوں، آ کر پرا باندھ کر بیٹھتے ہیں اور خوب گھورتے ہیں۔ اس وقت غیرت نہیں آتی۔

رکھی کو اپنا بچپن یاد آنے لگا۔ اس کی ماں دوپہر کو اس کے لیے گڑیاں بناتی تھی اور شام کو پابندی سے نہلا دھلا کر صاف کپڑے پہناتی تھی۔ اگر کپڑے کھیل کود میں میلے ہو جاتے تو بہت بگڑتی تھی۔ پھر رکھی کو اپنا بچہ یاد آیا جو بارہ دن ہوئے دو بجے رات کو پیدا ہوا تھا۔ لڑکا تھا۔ بچارے نے ایک ہی بار 'کہاؤں' کیا تھا کہ رکھی نے اس کا منہ، اس کی ننھی گردن اور اس کا سارا بدن اپنی ساری سے لپیٹ دیا اور پھر وہ پوٹلی ایک گلی میں لے جا کر نالے کا منہ کھول کر اندر ڈال دی۔ اس کام میں سوہنی نے بھی ہاتھ بٹایا اور کیوں نہ بٹاتی؟ اس کو بھی کسی نہ کسی دن رکھی کی مدد کی ضرورت ہوگی۔ یوں ہی لوگ ایک دوسرے کے کام آتے ہیں۔۔۔ ہا۔۔۔ بچہ کا بچہ گیا اور ساری کی ساری۔ اس وقت تو نہا کر پہننے کے کام آتی۔

سر اور پیٹھ کے بھیگ جانے سے نہانے کا شوق اور تیز ہو گیا بلکہ اب تو رکھی کو ایک طرح کی ضد آگئی کہ کچھ ہو، نہا کر رہیں گے۔ چلو دریا چلو۔ لیکن وہ دور ہے۔ دور ہی سہی، کیا ہوگا کیا؟ راستہ میں تھک کر گر پڑیں گے؟ مر جائیں گے اور اچھا ہے، ایسی زندگی سے نجات ملے گی۔

ایک چائے کی دوکان پر کچھ بے فکرے بیٹھے قہقہے اڑا رہے تھے۔ ان کو دیکھ کر رکھی سوچنے لگی کہ کاش ایسا ہوتا کہ یہ لوگ پکارتے۔

"آہاہا۔ کون جا رہا ہے؟"

"ایک نظر ادھر بھی۔"

میں جواب تو نہ دیتی مگر اپنی لگاوٹ والی نگاہ مار دیتی اور پھر اٹھلاتی، قدم پھینکتی آگے بڑھتی۔ پھر کوئی کہتا، "ارے ذرا ادھر تو آجا۔ ارے بات تو سن۔"

"سن تو سہی، کوئی تجھے کھا جائے گا کیا؟"

میں پلٹ پڑتی اور کہتی، "کیا غل مچا رکھا ہے۔ میں جا رہی ہوں دریا۔ نہانے۔ کیسی گرمی ہے۔ میل ہے کہ بدن کو کھائے جا رہا ہے۔"

چائے والا کہتا، "آؤ یہاں۔ یہاں نہالو۔"

میں کہتی، "باتیں نہ بناؤ۔"

پھر خود ہی گنگنانے لگتی۔

"ہٹو جاؤ۔ باتیں نہ بناؤ۔"

چائے والا، "تمہاری جان کی قسم۔ ادھر دیکھو مکان کے اندر حوض بنا ہے۔"

چائے والا مجھ کو خوشامد درآمد کر کے اندر لے جاتا تو وہاں سچ مچ ایک حوض ہوتا، پھر چائے والا مجھ کو ایک ساری لا کر دیتا۔ اب میں چائے والے سے باہر جانے کو کہتی مگر وہ نہ مانتا اور ضد کرتا کہ میں تو اندر ہی ٹھہروں گا۔ آخر بڑی خوشامد کے بعد باہر جاتا اور میں خوب نہاتی۔ پھر بالوں میں کنگھی کرتی اور ساری پہنتی۔

رکھی سوچنے لگی کہ اگر یہ خواب پورا ہو جائے تو کیا کہنا۔ بدن کیسا ہلکا ہلکا ہو جائے۔ گویا دوبارہ زندگی مل جائے۔

(۲)

سورج ڈوبنے پر تھا اور پارک کی چہل پہل شباب پر تھی۔ تال کے اس پار چھوٹے چھوٹے بچے تیتریوں کی طرح ادھر ادھر اڑے اڑے پھر رہے تھے اور غل مچا رہے تھے۔ ایک بچہ ایک کتے کی رسی پکڑے ٹہلا رہا تھا اور دوسرا کتے کی پیٹھ پر ببوے کو سوار کر رہا تھا۔ ان کی آیائیں گھاس پر ٹانگیں پھیلائے آدھی لیٹی اور آدھی بیٹھی اپنی اپنی بک بک میں کھوئی ہوئی تھیں۔ وہاں سے دور پر دو تین نوجوان مرد اور عورتیں نمائشی کپڑوں میں لپٹے ایک دوسرے کو اپنے فقرے اور قہقہے سنا رہے تھے۔ دوسری طرف دس پندرہ

سفید پوشوں کا مجمع تھا، جس میں سے چار پانچ تال میں وضو کر رہے تھے۔ ایک مولوی صاحب تال میں پاس اپنے بارہ برس کے لڑکے کو لیے دوزانو بیٹھے نماز کے وقت کا انتظار کر رہے تھے۔ ایک طرف ایک کانسٹبل اکیلا وقت گزاری کے لیے ٹہل رہا تھا۔ اس مجمع میں رکھی آ نکلی۔ اس نے اپنی منزل طے کر لی تھی۔ دریا قریب تھا۔ بندر گاہ پر کھڑے جہاز دکھائی دے رہے تھے۔ جہاز پر کام کرنے والی مشینوں کی چھپ چھپ اور قلیوں کی چیخ و پکار صاف سنائی دے رہی تھی۔

دریا قریب تھا لیکن پارک کی اس چہل پہل اور اس فراغت سے بھرپور سماں نے رکھی کو ایسا پکڑا کہ یہ تھکی ہاری تال کے کنارے بیٹھ گئی اور اپنے دونوں پاؤں گھٹنوں گھٹنوں پانی میں پھیلا دیے۔ نیلے تال کے اندر پھیلی ہوئی سبز بیل کے بیچ بیچ شام کے سرخ بادلوں کا عکس تھا۔ تال ایسا دلکش تھا کہ بس جی چاہتا تھا کہ دیکھے ہی جاؤ، رکھی ذرا دیر تو کھوئی سی بیٹھی رہی، پھر کچھ سوچ کر اس نے جلدی جلدی ادھر ادھر دیکھا اور چھم سے پانی میں اتر گئی۔

کانسٹبل یہ دیکھ کر چلاتا ہوا دوڑا۔ نمازیوں نے غل مچایا۔ مولوی صاحب نے لاحول پڑھی اور آیائیں چونک کر کھڑی ہو گئیں۔ سپاہی گھبرایا ہوا تال کے کنارے دوڑ رہا تھا اور چلا رہا تھا، "اری چالان ہو جائے گا، جیل میں ڈال کر سڑا ڈالی جائے گی۔"

وضو کرنے والوں کو بھی غصہ آ گیا۔ وہ کانسٹبل کو ڈانٹنے لگے کہ "اسے نکال، اے نکال۔" کانسٹبل دیر سے یہی ارادہ کر رہا تھا مگر اس کی سمجھ میں نہیں آ رہا تھا کہ نکالوں تو کیسے نکالوں۔

رکھی اپنے اوپر یہ نرغہ دیکھ کر گھٹنوں گھٹنوں پانی میں سینہ تان کر کھڑی ہو گئی۔ جسم کے سارے اتار چڑھاؤ ساری پر اتر آئے۔ بیماری نے چہرہ ضرور چوس لیا تھا مگر بدن کا کس

بل بہت کچھ باقی تھا۔ خوش پوش نوجوانوں کو یہ دیکھ کر ساتھ کی لیڈیوں کے سامنے شرم آنے لگی۔ وہ لوگ ادھر پیٹھ پھیر کر کھڑے ہو گئے۔

رکھی کے اس ناگہانی حملے سے حملہ آور ٹھٹک گئے۔ رکھی کے ہونٹوں پر دن میں پہلی بار کامیابی ناچنے لگی۔ اب اس نے دوسرا حملہ کیا۔ وہ بھیڑ کو بھول کر اطمینان سے ساری ہٹا کر بدن ملنے لگی۔ آیاؤں نے بچوں کو کھینچا۔ مولوی صاحب نے اپنے لڑکے کو جو ٹکٹکی باندھے ادھر تک رہا تھا، چٹاخ سے ایک تھپڑ رسید کیا۔ وہ بھوں بھوں رونے لگا۔ وضو کرنے والوں نے گردنیں جھکا لیں اور وضو پھر سے شروع کیا۔ پولس والا اس عورت کو پاگل سمجھ کر خاموشی سے اس کی حرکتیں دیکھنے لگا۔

رکھی حملہ آوروں کی پٹائی دیکھ کر بہت خوش ہو گئی مگر اس کو دھڑکا لگا ہوا تھا کہ کہیں یہ کانسٹبل اپنے اور ساتھیوں کو بلا کر مجھے پکڑوا نہ دے۔ اس لیے وہ جلدی جلدی نہائی اور فتح یاب ہو کر نکل آئی۔ بدن پر ساری چپکی ہوئی تھی اور رکھی اٹھلاتی اپنا پسندیدہ گیت "راجہ جانی رے" گاتی ایک طرف کو چل کھڑی ہوئی۔ پولیس والا سوچتا رہی رہا کہ اس پاگل کو پکڑوں یا نہ پکڑوں۔ مرد گھوم گھوم کر دیکھ رہے تھے کہ کہیں یہ پگلی ایسا تو نہیں کرتی کہ اپنی ساری نچوڑ کر سوکھنے کو پھیلا دے۔

***

اندھیرا اجالا

اب جو سیٹھ جی نے اپنے ریشمی کرتے کے بائیں جانب سینے پر ہاتھ پھیرا تو سدھو کو یقین ہو گیا کہ میرا اندازہ غلط نہیں تھا۔ کرتے کے نیچے بنڈی کی جیب میں ہے کوئی بھاری رقم۔ تبھی تو سیٹھ جی بس اسٹینڈ کی لائن میں کھڑے اس کو دو بار ٹٹول چکے ہیں۔ اس بار ٹٹولنے میں ریشمی کرتے پر دو شکنیں آگئی تھیں۔ ان سے سدھو کی مشاق نظروں نے پرس کی موٹائی کا بھی اندازہ لگالیا۔ اب وہ بے چین تھا اس رقم کو ہتھیانے کے لیے۔ لیکن کوئی ساتھی نظر نہیں آرہا تھا اور ساتھی کے بغیر اتنا بڑا ہاتھ مارنا استاد کی ہدایت کے خلاف تھا۔

اتنے میں ڈبل ڈیکر بس آگئی اور مسافر سوار ہونے لگے۔ سیٹھ جی تیسرے نمبر پر تھے اور سدھو پانچویں نمبر۔ لیکن اوپر چڑھنے میں جو دھکم پیل ہوئی تو سدھو جھپٹ کر سیٹھ جی کے بالکل پیچھے آگیا۔ اتنے میں کنڈکٹر کچھ لوگوں کو یہ کہہ کر روکنے لگا۔ لائن سے، لائن سے، لیکن دو مسافر تو چڑھ ہی گئے۔ ان میں سے ایک سوٹ پوش نے سنبھلنے میں سدھو کے کندھے کا سہارا لیا۔ سدھو نے ایک نظر اس پر ڈالی اور یہ دیکھ کر کہ موہن ہے، وہی نظر سیٹھ جی کی طرف موڑ دی۔ ابھی بس چلی ہی تھی کہ موہن نے اپنی ناک کی نوک سے سیٹھ جی کی عینک اس طرح اچکا دی کہ وہ گر پڑی۔ وہ زور سے چلایا۔

"ارے، ارے۔ ساری۔ ساری۔"

لوگ گری ہوئی عینک کو دیکھنے لگے۔ موہن چلانے کے ساتھ ہی سیٹھ جی کے ساتھ عینک اٹھانے کو جھک گیا۔ اس کا ہاتھ سیٹھ جی سے پہلے لگ گیا عینک میں۔ لیکن لوگوں کو ایسا لگا جیسے کہ یا تو بس کے ہلنے سے یا ہاتھ کے بے تکا لگنے سے عینک کھسک کر دوسری سیٹ کے نیچے چلی گئی۔

اب تو سب مسافر جھک جھک کر عینک کو دیکھنے لگے۔ دو ایک بتانے لگے کہ "وہ ہے۔" وہ "ادھر ہے۔" سیٹھ جی جھکے تو ان کا ریشمی کرتا بھی جھک آیا۔ یہ موقع اور وقت بالکل ٹھیک تھا سدھو کے لیے۔ وہ بائیں ہاتھ سے بس کا ڈنڈا پکڑے اپنے کو سنبھال رہا تھا۔ اس نے داہنا ہاتھ سیٹھ کے کرتے کے نیچے ڈالا اور بات کی بات میں بھاری پرس نکال کر اپنی ران سے چپکا کر پینٹ کی جیب میں ڈال لیا۔ پھر اس نے ایسا کیا کہ بس کے ہلنے کی جھونک میں آکر ایک قدم پیچھے چلا گیا۔ یہاں اگر اس نے پرس کو اس تھیلی میں پہنچا دیا جس کا منہ پینٹ کی جیب میں کھلتا تھا۔ پھر اس منہ کو زب سے بند کیا۔ اسی وقت دوسرے ہاتھ سے ایک ڈوری کھینچی جس سے تھیلی آکر داہنی ران کے اندر کی طرف چپک گئی۔

ادھر سدھو کا کام ختم ہوا ادھر سیٹھ جی کی عینک ان کی ناک پر پہنچ گئی۔ اب سدھو کو اس اندیشے نے گھیر لیا کہ ابھی سیٹھ جی اپنی جیب کو ٹٹول کر شور مچائیں گے کہ "ہائے ہائے میں لٹ گیا" اور پھر مسافروں کی تلاشی شروع ہو جائے گی۔ ہو سکتا ہے کہ کوئی چالاک آدمی میری ران کے اندر بھی ٹٹول لے۔ اب کیا کروں؟ اس وقت سدھو کو احساس ہوا کہ لالچ میں آکر میں جلدی کر گیا۔

سدھو نے بس کی رفتار دیکھی اور سڑک کے کنارے پر نظر ڈالی۔ پھر سوچنے لگا کہ اگر میں یہ کہتا ہوا کود جاؤں "ارے روکو، مجھے اس جگہ اترنا ہے۔" تو کیسا رہے گا۔ دو مرتبہ ایسا کر چکا ہوں۔ لیکن ایک تو بس کی رفتار تیز ہے اور دوسرے جگہ ایسی ہے کہ میں

جلد ہی کسی طرف چھپ نہیں سکتا۔ اس لیے بہت ممکن ہے کہ ادھر میں کودوں اور ادھر سیٹھ جی اپنی جیب دیکھ کر چلائیں پھر تو سب مسافروں کو مجھی پر شک ہوگا اور بس رکوا کر دوڑ پڑیں گے۔ ابھی ایک ہی ہفتہ ہوا کہ ظالم مسافروں نے ایک جیب کترے کو اتنا مارا کہ بیچارا اسپتال پہنچتے پہنچتے مر گیا۔

اب تو سدھو دل میں کہنے لگا کہ میں نے بڑی غلطی کی جو اونچ پنچ نہیں دیکھی۔

گرو جی روز کہتے ہیں کہ فرار کی راہ دیکھ لو پھر مال پر ہاتھ ڈالو۔ اب کیا ہوگا؟

سیٹھ جی سنبھلے ہی تھے کہ مسافروں میں ایک کھدر دھاری نے اٹھ کر موہن کے گال پر یہ کہہ کر ایک تھپڑ مار دیا کہ "ابے سالے سوٹ والے اندھا بن کر بس پر چڑھتا ہے۔ ابھی ان سجن کی عینک ٹوٹ جاتی تو۔۔۔"

جواب میں موہن نے مسافر کے دو تھپڑ مارے اور گالیاں دے کر کہنے لگا،

"تجھے کیا غرض۔ جس کی عینک گری تھی اس نے تو کچھ نہیں کہا۔"

اب تو دونوں مار پیٹ میں لگ گئے۔ سدھو تھپڑ مارنے والے کھدر دھاری کو پہچان گیا اور دل میں کہنے لگا، "ہے تو مجھے اس حرامزادے سے نفرت۔ لیکن اس وقت بہت کام آیا۔"

سیٹھ جی اور چند مسافر دونوں لڑنے والوں کو الگ کرنے لگے۔ کنڈکٹر زور سے چلایا۔

"لڑائی بند کرو۔ ورنہ بس روک دوں گا۔"

اب تو سب مسافر چلانے لگے۔ "لڑائی بند کرو۔ لڑائی بند کرو۔" سیٹھ جی نے دونوں کو الگ کیا۔ مگر وہ الگ ہوئے ہی تھے کہ سیٹھ جی چلائے۔

"ہائے میں لٹ گیا۔ کسی نے میری جیب کاٹ لی۔"

جس مسافر نے تھپڑ مارا تھا وہ آگے آکر بولا،

"پہلے میری تلاشی لے لو۔"

موہن کہنے لگا، "پہلے میری تلاشی لے لو۔"

بس اسٹاپ قریب تھا اور بس دھیمی ہونے لگی۔ اسٹاپ کے پاس مسافروں کی بھیڑ اکٹھا تھی۔ سدھو اچانک مسافروں کی طرف منہ کر کے چلانے لگا،

"ارے بیٹے، ارے بیٹے، تو اب تک کہاں تھا؟"

اور یہ کہہ کر دھیمی ہوتی ہوئی بس سے کود کر مسافروں کی جھنڈ میں گھس گیا اور پھر اس کے اندر سے نکل کر سڑک کے ایک موڑ کی طرف آہستہ آہستہ چلنے لگا اور دو منٹ میں وہ بس والوں کی نظروں سے اوجھل ہو گیا۔ اس وقت سدھو کے دماغ میں اپنا کارنامہ گونج رہا تھا۔ اس نے اپنی پانچوں انگلیوں کو اس کام میں کتنی پھرتی اور ہوشیاری سے استعمال کیا تھا۔ گروجی اپنے چیلوں سے کہا ہی کرتے ہیں کہ یہ کبھی نہ بھولنا کہ جب بھی تم دھیان سے کام کرو گے تو تمہاری دسوں انگلیاں دس ہاتھ ثابت ہوں گی۔ گرو اپنے چیلوں سے ایسی مشقیں بھی کرایا کرتے تھے کہ کبھی دونوں ہاتھوں کے انگوٹھے اور دوسری تیسری انگلیاں باندھ دیں اور ایک لڑکی کو جس کے سر میں جوئیں تھیں بٹھا کر کہا کہ اس کے جوئیں نکالو۔ جانے اس طرح کتنی مشقیں وہ کراتے رہتے ہیں۔

سامنے پیشاب خانہ تھا۔ سدھو وہاں چلا گیا اور پینٹ سے پرس نکالا۔ گننے کا موقع تو تھا نہیں۔ ہاں یہ اندازہ ہو گیا کہ ہزاروں کی رقم ہے۔ اس نے فوراً اپنے جیب سے سو، دس اور پانچ کے نوٹ جو اس کے پاس اس غرض سے موجود رہتے تھے، نکال کر سیٹھ جی کے نوٹوں کے بیچ میں لگا دیے اور پھر وہ سب نوٹ اپنے پرس میں رکھ لیے۔ اب اگر تلاشی ہوئی تو سیٹھ کی بتائی ہوئی رقم سے سدھو کی رقم زیادہ نکلے گی۔ سیٹھ جی کا پرس نالی میں ڈال کر اس نے ٹھوکر سے اندر کر دیا۔ اب سدھو بے خوف ہو کر کہ میں پولیس کی زد سے

بالکل باہر ہوں پیشاب خانے سے باہر آگیا۔

سدھو کو اس کارنامے کا بدمزہ حصہ اب یاد آیا۔ وہ تھا کھدر دھاری چندر کا اس کی مدد کو آجانا۔ سدھو کا دل بولا مجھے یقین ہے کہ جو لڑکا میری سیتا کو اغوا کر لے گیا ہے وہ چندر کا بیٹا رام بھروسے ہی تھا۔ گواہوں سے پتہ چلتا ہے کہ وہ سیتا سے، جب وہ اسکول جاتی تھی تو ملتا رہتا تھا۔ اس کے سوا اور کسی لڑکے سے ملنے جلنے کی بات سننے میں نہیں آئی اور جہاں تک خبر ملی ہے رام بھروسے بھی تبھی سے غائب ہے۔

سدھو نے سوچا کہ شام ہو رہی ہے۔ گروجی سے ساڑھے نو بجے سے پہلے تو ملنا ہو نہیں سکتا ہے۔ اس لیے کیوں نہ ایک بوتل لے کر منی بائی کے یہاں چلیں اور تین گھنٹے مزے کریں۔ یہ سوچ کر وہ شراب کی دوکان کی طرف بڑھا تھا کہ بہادر مل گیا۔ وہ تھا تو کنور جی کے گروہ کا لیکن سدھو سے بہت اچھی طرح ملتا تھا۔ بہادر سدھو سے ہاتھ ملا کر کہنے لگا،

"کسی طرف جا رہے یا خالی ہو؟"

"یہ وقت کیا خالی ہونے کا ہے؟"

"وقت تو نہیں ہے لیکن ذرا دل بہلانے کو جی چاہ رہا ہے۔ چلو چاند بائی کے یہاں چل کر بیٹھیں۔

سدھو نے دل میں کہا، یہ پروگرام بھی برا نہیں رہے گا۔

بولا، "چلو"

راستے میں بہادر نے کہا،

"کیا تمہارے گروہ میں کچھ نئے لوگ آگئے ہیں؟"

بہادر کی آواز میں کچھ ایسی کھٹک تھی کہ سدھو نے چونک کر پوچھا۔

"کیا بات ہے۔"

ہفتہ دس دن ہوئے، میں اسٹیشن پر ایک گھات میں لگا ہوا تھا کہ گیٹ کے آگے پیچھے کسی نے میری جیب سے نیلا پار کر اڑا دیا۔ تب سے میں سوچ رہا ہوں کہ یہ کون ہو سکتا ہے۔"

"میرے گروہ میں تو کوئی بھی ایسا نہیں ہے جو اپنے والوں میں سے کسی کی جیب کاٹے اور پھر تم کو تو سب ہی پہچانتے ہیں۔ میں جانوں کالج کا کوئی چھوکرا ہو گا۔ وہ بھی ایسے کام کر ڈالتے ہیں۔"

"نہیں یار! میں ایسے رخ سے تھا کہ کوئی مشاق ہی قلم اڑا سکتا تھا۔"

"جانے بھی دو ایک پار کر کی کیا بات ہے۔"

"بات تو کچھ بھی نہیں۔ لیکن میرے ایسے کی جیب کٹ جائے۔ یہ چیز مجھے بہت کھل رہی ہے۔ اب چلو پی کر غم غلط کریں۔ تمہارا کام کچھ بن گیا یا نہیں؟"

"کچھ بن تو گیا ہے۔ چلو۔"

جب صحبت جم گئی تو ہنسی ہنسی میں سدھو نے بہادر سے پوچھا۔

"یار یہ تو بتاؤ یہ چندر کیسا آدمی ہے۔"

"اس کو پوچھتے ہو۔ ایسا آدمی نہ تو تمہارے گروہ میں نکلے گا اور نہ ہمارے گروہ میں۔ اس نے آج تک خود ایک کام بھی نہیں کیا۔ لیکن آڑے وقت پر اس طرح ہم لوگوں کے کام آجاتا ہے کہ اس کا احسان ماننا ہی پڑتا ہے اور خوشی خوشی ہم اس کو حصہ دے دیتے ہیں۔"

سدھو نے چونک کر پوچھا۔ "کس طرح مدد کرتا ہے وہ۔۔۔؟"

بہادر نے قہقہہ مار کر کہا، "چار روز کی بات ہے کہ پرتاپ نے کچھ ایسا بھونڈا کام کیا

کہ لوگ اس کو پکڑنے دوڑ پڑے اور وہ بھاگا۔ اس وقت چندر جانے کسی طرف سے نکل کر ایسا بے تحاشا بھاگنے لگا کہ لوگوں نے پرتاپ کا پیچھا کرنا تو چھوڑ دیا اور اس کو پکڑ لیا۔ وہ چلانے لگا،

"ارے میری بیوی درد سے تڑپ رہی ہے مجھ کو ڈاکٹر کے پاس جانے دو۔"

لوگ اس کو تھانے لے گئے وہاں پوچھ گچھ کی گئی تو چندر نے ڈاکٹر کا نسخہ دکھایا جس پر فوری لکھا تھا اور کہا کہ میں بیوی کی دوا لینے بھاگا جا رہا تھا۔ تھانے والوں نے تلاشی لی تو اس کے پاس بیس روپیہ سے بھی کم رقم نکلی اور جس شخص کی جیب کٹی تھی وہ پانچ سو روپے سے اوپر کی رقم بتا رہا تھا۔ تب تو پکڑنے والوں نے چندر سے معافی مانگی اور تھانے والوں نے اسے چھوڑ دیا۔ استاد کنور کو جب حال معلوم ہوا تو انھوں نے پرتاپ کی کمائی میں سے چندر کو تہائی رقم دلوا دی اور کہا کہ اگر یہ مدد نہ کرتا تو تم آج جیل میں ہوتے۔ اس طرح کی جانے کتنی حرکتیں کر چکا ہے۔"

چاند چلبلی سی لڑکی تھی۔ دونوں اس سے چھیڑ چھاڑ کرتے رہے لطف اٹھاتے رہے۔ سدھو پیشاب خانے چلا گیا اور وہاں اپنی رقم دیکھی تو وہ پورے ساڑھے سات ہزار سے کچھ اوپر نکلی۔ اتنی رقم بہت دنون کے بعد ملی تھی۔ اس کا دل خوش ہو گیا اور سوچنے لگا کہ اس میں سے ماں کو کیا بھیجوں۔ اپنی ماں اور بہنوں کے اخراجات کا حساب اس کی سمجھ میں بالکل ہی نہیں آتا تھا۔ جب باپ مرے تھے تو گھر کی کل آمدنی تھی صرف ڈھائی سو روپئے ماہوار اور کسی نہ کسی طرح کام چل جاتا تھا اور اب وہ ہزار روپیہ ماہوار بھیجتا ہے لیکن پھر بھی برابر خط آتے رہتے ہیں کہ فلاں کی شادی کرنا ہے فلاں بہت بیمار ہے، فلاں حادثے کا شکار ہو گیا ہے، فلاں کے بچہ ہوا ہے اور فلاں کے بچہ ہونے والا ہے۔ سدھو کو تو ایسا نظر آتا تھا کہ اگر میں اپنی ساری آمدنی بھی بھیج دیا کروں تو بھی وہاں کچھ بھلا نہ ہو گا۔

(۲)

گروجی چار سال سے اپنا کام چھوڑ کر شنکر کے بھگت بن چکے تھے۔ مگر اتنا ضرور کرتے تھے کہ بے کار مگر ہوشیار نوجوانوں کو کام سکھا کر روزگار سے لگا دیتے تھے۔ شام کو نو بجے رات تک پوجا پاٹھ کرتے تھے اور پھر شاگردوں سے ملتے تھے۔ لیکن شاگردوں کے دن بندھے ہوئے تھے۔ اس لیے دو تین سے زائد شاگرد ایک دن میں اکٹھے نہیں ہوتے تھے۔ آج سدھو اور موہن کا دن تھا۔ دونوں مندر کے لان پر بیٹھے ہوئے تھے کہ گروجی آ گئے۔ پہلے انھوں نے واردات سنی پھر کہنے لگے۔

"جب بس اسٹاپ اتنی دور تھا تو کام کیوں کیا؟ کام کرنے سے پہلے سب ہی طرح کی باتیں دیکھنا ہوتی ہیں۔ ایسی ہی غلطیوں سے لوگ پکڑے جاتے ہیں۔ سدھو تجھ کو تو میں بہت ہوشیار سمجھتا تھا اور تو نے ایسا کیا۔"

"گروجی غلطی تو ضرور ہوئی۔ مگر اس وقت میں نے سوچا تھا کہ کہیں ایسا نہ ہو کہ یہ سونے کی چڑیا اگلے ہی بس اسٹاپ پر اتر جائے۔"

"اتر جاتا تو اتر جاتا۔ ایسے ایسے دسوں مل سکتے ہیں۔ میں برابر کہتا رہتا ہوں کہ پہلے اپنی خیر منایا کرو پرے کارنامے کی سوچا کرو۔"

سدھو نے وہ بات کہی جو اس کے دماغ پر گھنٹوں سے مسلط تھی۔

"گروجی چندر ہمارے علاقے میں کیوں آیا؟"

"ہو سکتا ہے کہ وہ کہیں کسی کام سے جا رہا ہو اور تم کو پھنستا ہوا دیکھ کر مدد پر آ گیا ہو۔ اب تو ان لوگوں کا احسان ماننا ہی پڑے گا اور ہاں حصہ بھی دینا ہو گا۔"

"گروجی اس کا احسان ماننا اور حصہ دینا یہ تو مجھ سے نہ ہو گا۔ اس نے آج مجھ کو بچا لیا۔ لیکن میرا گھر بھی تو اسی کے بیٹے نے اجاڑا ہے۔ بس چلے تو میں اس آدمی کو پھنسوا

دوں۔ سالا چندر۔۔۔" (گالیاں)

"تجھے کتنی بار سمجھا چکا ہوں کہ آج کل کے پریم میں نہ صرف لڑکے کا قصور ہوتا ہے اور نہ صرف لڑکی کا۔ اب تو جو بھی کرتے ہیں دونوں مل کر کرتے ہیں۔"

پھر گروجی کہنے لگے۔

"سنو سدھو! میں کنور سے بات کر چکا ہوں۔ وہ کہنے لگا گروجی میں تو اپنے شاگردوں کو روز سمجھاتا ہوں کہ ادھر تم پریم کے چکر میں پڑے اور ادھر تمہارا فن بگڑا۔ کیوں کہ ہم لوگوں کی آمدنی اگر کسی دن دو تین ہزار ہو جاتی ہے تو ایسا بھی ہوتا ہے کہ ہفتوں بلکہ مہینوں تک پیسہ بھی نہ ملے۔ اس لیے ہم لوگوں کی بیویوں کو سگھڑ ہونا چاہیئے۔ جو پریم سے نہیں، گھروں گھروں ڈھونڈنے اور پوچھ گچھ کرنے سے ملتی ہے۔ بیوی ایسی نہ ہوگی تو پیسے کے لیے بدحواس رہوگے اور جہاں بدحواسی سے کام کیا پھر یا تو عقل بہک جائے گی یا ہاتھ۔"

پھر کنور کہنے لگا، "گروجی جب چندر اپنے لونڈے کو لے کر میرے پاس آیا تو میں نے دو روز اس کی جانچ پڑتال کی اور پھر چندر سے کہا کہ یہ اس قابل نہیں ہے کہ اس کو یہ فن شریف سکھایا جائے۔ چندر سالے نے بہت واویلا مچایا اور خوشامد کی۔ لین میں نہیں مانا۔"

گروجی بولتے گئے۔

"اور ہاں سدھو، مجھے یقین نہیں ہے کہ سیتا، چندر کے لونڈے کے ساتھ بھاگی کیوں کہ وہ لونڈا نرا جاہل ہے۔ بدصورت ہے اور دیکھنے ہی میں بدمعاش لگتا ہے۔ تیری سیتا سندر ہے اور اسکول مین پڑھتی تھی۔"

"گروجی، میں نے خوب پوچھ گچھ کرلی ہے۔ ہوا یہ کہ پہلے کسی نے دروازے پر صدا

لگائی، آئس کریم، آئس کریم،سیتا اس کو خریدنے نکلی۔ ذرا ہی دیر میں اسکوٹر چلنے کی آواز آئی۔ میری پتنی کھٹک گئی کہ اسکوٹر کے آنے کی آواز نہیں آئی تھی۔ پھر یہ کہاں سے آ گیا۔ اس نے باہر جا کر دیکھا تو سیتا اسکوٹر کے پیچھے بیٹھی ہوئی جا رہی تھی۔ میں نے ان لوگوں سے جو موقع پر موجود تھے۔ پوچھا تو سب نے کہا کہ لڑکی جانے پر تیار نہیں تھی لیکن اسکوٹر والے لڑکے نے بہت اصرار سے بلکہ زبردستی ہاتھ پکڑ کر اسکوٹر پر بٹھالیا اور چل دیا۔"

"اسکوٹر پر زبردستی بٹھانے کی بات سمجھ میں نہیں آتی اور یہ بات بھی کہ آئس کریم۔۔۔ آئس کریم سنتے ہی وہ دوڑی چلی گئی۔ ضرور پہلے سے کچھ کہی بدی ہوگی۔"

"گروجی! میرے بچے، کیا بتاؤں، کہتے برا معلوم ہوتا ہے، بے حد چٹورے ہیں۔ اس وجہ سے گھر میں شکر گھی وغیرہ جتنا بھی لاؤ سب اڑا جاتا ہے۔"

پھر ذرا سوچ کر سدھو بولا،

"ایک بات اور بھی ہے جو مجھے کھٹک رہی ہے، وہ یہ کہ جانے سے دو دن پہلے سیتا نے مجھ سے اکیلے میں پوچھا تھا کہ پتاجی آپ کے پاس پیسہ کیوں کر آتا ہے؟ اور یہ بات وہ کسی طرح بھی نہیں مانی کہ میں انگوٹھیاں بیچتا ہوں۔ تبھی میں کھٹک گیا تھا کہ کسی نے اسے سکھا پڑھا دیا ہے۔ اب تو یقین ہے کہ چندر کے لونڈے نے یہ کہہ کر بھڑکا دیا ہوگا کہ جو فن تمہارے پتا کے پاس ہے وہی میرے پاس بھی ہے۔ چلو میرے سنگ۔"

موہن کہنے لگا،

"میں جانوں کہ چندر اس معاملے میں بے قصور ہے۔ اس نے آج مجھ سے جو باتیں کیں اس سے تو ایسا ہی پتہ چلتا ہے۔"

"کیا باتیں کیں؟" گروجی نے پوچھا۔

موہن بولا،

"چندر اگلے اسٹاپ پر میری طرف دیکھ کر اتر گیا۔ میں اس کے بعد والے اسٹاپ پر جا کر اس کا انتظار کرنے لگا۔ ذرا دیر میں وہ آگیا اور آتے ہی سدھو کی تعریف کرنے لگا کہ کیا جیب کاٹی ہے۔ کرتے کے نیچے ہاتھ ڈالا اور اسی وقت سیدھا ہو گیا۔ واہ۔۔۔ واہ میں نے سدھو کے کام کی تعریف تو سنی تھی مگر آج خود دیکھ لیا۔ کمال ہے۔" یہ کہہ کر چندر کہنے لگا۔

"سدھو نے جو پرس نکالا تھا وہ کافی موٹا تھا۔ لیکن جب وہ کود کر گیا ہے تو اس کی پینٹ اور شرٹ کی جیبیں خالی لگ رہی تھیں۔ اس کے پیچھے بھی کوئی شخص نہیں تھا جو کہا جائے کہ پرس کو اس کو دے دیا تھا۔ پھر اس نے اپنے بدن میں پرس کہاں اور کیوں کر چھپایا۔ یہ بتادو تو زندگی بھر احسان مانوں گا۔"

یہ سن کر میں ہنسنے لگا اور بولا، "ارے کرتب کی پوچھتا ہے تو گروجی سے جا کر پوچھ انھوں نے جانے ہم کو کیا کیا سکھا دیا ہے اور ابھی جانے کیا کیا سکھانے والے ہیں۔"

"ہم نے سنا ہے کہ تمہارے گروجی ہر ایک کو شاگرد نہیں بناتے ہیں اور اپنے ہر شاگرد کو بھی سب باتیں نہیں بتاتے ہیں۔ کیا یہ صحیح ہے؟"

میں نے کہا، "ہاں صحیح ہے۔"

پھر اس نے پوچھا۔

"میں نے یہ بھی سنا ہے کہ گروجی کا حکم ہے کہ تم لوگ اپنے بیوی بچوں وغیرہ میں سے کسی کو بھی نہ بتاؤ کہ تم کیا کاروبار کرتے ہو۔ کیا یہ صحیح ہے؟"

"ہاں گروجی کا ایسا ہی حکم ہے۔"

"پھر تمہارے لڑکوں کو یہ فن کیوں کر آئے گا؟ اور اگر نہیں آئے گا تو، وہ کمائیں

گے کیوں کر؟"

"گروجی جس لڑکے کو پسند کرتے ہیں اس کو اپنے طور پر یہ فن سکھاتے ہیں۔ کہتے ہیں کہ سکھاؤ ایسے شخص کو جو فن کو ڈھنگ سے برت سکے۔ اگر بے ڈھنگے کو سکھاؤ گے تو وہ بھی ڈوبے گا اور تم کو بھی لے ڈوبے گا۔"

چندر ٹھنڈی سانس بھر کر کہنے لگا،

"ٹھیک کہتے ہیں گروجی۔ میں نے اپنے بیٹے کو سکھایا تو وہ بلا مشق کے کام کرنے لگا اور ایک دو بار جو کامیابی ہوئی تو ایسا اترایا کہ اپنے کو استاد سمجھنے لگا۔"

گروجی یہ سن کر ہنسنے لگے اور کہنے لگے۔

"سکھانے سے پہلے میں صورت بھی دیکھتا ہوں کہ وہ دیکھنے میں شریف معلوم ہوتا ہے یا نہیں۔ یہ تو سب جانتے ہیں کہ اگر کہیں شور مچ گیا کہ جیب کٹ گئی، جیب کٹ گئی، تو پہلے اس آدمی کو پکڑا جاتا ہے جس کی صورت گھٹیا آدمیوں کی سی ہوتی ہے۔ صورت کے بعد میں دیکھتا ہوں کہ شاگرد نازک وقت میں حواس قائم رکھ سکتا ہے کہ نہیں۔ یہ بھی دیکھتا ہوں کہ ٹھاٹ باٹ کا شوقین تو نہیں ہے۔ جیب کترے کو چاہے جتنی دولت مل جائے لیکن اس کو رہنا چاہیے سیدھی سادی طرح۔ ورنہ لوگ سوچنے لگیں گے کہ اس کی آمدنی کا ذریعہ کیا ہے۔ اسی طرح کی میں درجنوں باتیں دیکھ لیتا ہوں۔ تب شاگرد بناتا ہوں۔"

"بیٹا، وکیل بننا، کلرک بننا یا ٹیچر بننا آسان ہے، لیکن جیب کترا بننے کے لیے بڑا دل اور بڑا دماغ چاہیے۔ تم تو جانتے ہو کہ میں نے کبھی کسی لڑکی کو شاگرد نہیں بنایا۔ حالاں کہ جوان لڑکیاں عام طور سے شریف معلوم ہوتی ہیں۔ لیکن وہ جلد باز اور بے صبری ہوتی ہیں اور جہاں کوئی ان کی باتیں غور سے سننے اور صورت تکنے لگا بس سمجھ لیتی ہیں کہ اس کو

مار لیا۔ کلکتہ کے استاد لڑکیوں کو جیب کترا بناتے ہیں۔ لیکن وہ پکڑ لی جاتی ہیں اور ایسی پکڑ لی جاتی ہیں کہ سزا سے نہیں بچتیں۔"

پھر گرو جی نے پوچھا۔ "چندر نے اور بھی کچھ کہا" موہن نے ابھی جواب نہیں دیا تھا کہ سدھو پوچھ بیٹھا۔

"اس ماں کے۔۔۔ نے اپنے بیٹے رام بھروسے کو کچھ فن ون بھی سکھا دیا تھا کہ نہیں؟"

موہن ہنسا اور بولا، "ابھی اس کو صرف اوپر کی جیب سے قلم نکالنا ہی سکھایا تھا۔ مگر قلم نکالتے ایک بار پرس بھی نکالنا چاہا تو فوری پکڑ لیا گیا۔ خیریت یہ ہوئی کہ مار پیٹ کر چھوڑ دیا گیا۔ چندر کہتا تھا کہ جب وہ پکڑا گیا تو میں نے اس کو سمجھا دیا کہ پرس نکالنے سے پہلے کوٹ ہو یا شرٹ ہو اس کے جھول اور بدن کے کساؤ کی پہچان ضروری ہے اور یہ کام بھی بہت مشق سے آتا ہے۔"

پھر چندر کہنے لگا، "وہ نکما ایسی باتوں کی طرف دھیان نہیں دیتا تھا۔ دیکھنا چاہیے کیا حشر ہوتا ہے اس کا۔"

آخری فقرہ سن کر سدھو پریشان ہو گیا اور بولا،

"سب کچھ بھگوان کے ہاتھ میں ہے۔"

پھر گرو جی نے پوچھا۔

"یہ تو بتاؤ سدھو سیٹھ جی کے پرس سے کتنی رقم نکلی۔"

"ساڑھے سات ہزار۔"

"بہت اچھی رقم۔ مبارک ہو۔" گرو جی نے کہا "اور یہ بھی سن لو کہ ابھی تک کسی نے پولیس میں اتنی رقم نکل جانے کی رپورٹ نہیں لکھائی ہے۔ اس کا مطلب یہ ہے کہ یہ

رقم نمبر دو والی ہے۔"

سدھو بولا، "تو پھر پولیس کو علم نہیں ہو گا۔ اس لیے اس کو حصہ دینے کی ضرورت نہیں۔"

"ہاں ہم چاہیں تو نہ دیں۔ لیکن پولیس سے معاملے کو صاف رکھنا ضروری ہے۔ ہم کم دیں مگر دیں ضرور، وہ ایسی رقم کا احسان ضرور مانیں گے۔"

موہن نے پوچھا۔

"کیا کنور جی والوں کو بھی حصہ ملے گا؟"

"چندر کو حصے کے ساتھ انعام بھی ملنا چاہیے۔ میرے خیال میں پانچ سو دیے جائیں۔ پھر وہ لوگ جگہ جگہ ہمارے کام آئیں گے۔ بھئی مل کر چلنا اچھا کام ہوتا ہے۔"

سدھو بگڑ کر بولا،

"انعام دینا ہے تو کنور جی کو دو، وہ جسے چاہیں گے دے دیں گے۔"

"چلو یوں ہی سہی۔"

(۳)

سدھو اپنے فن کا ماہر تھا۔ کام ایسا پلک جھپکتے میں انجام دیتا تھا کہ اپنے تو اپنے دوسری پارٹی کے لوگ بھی اس کی پھرتی پر حیران رہ جاتے تھے۔ حد یہ ہے کہ آج چندر تک جو فن کا بڑا ماہر تھا تعریف کر بیٹھا۔ لیکن اپنا کام ختم کرنے اور محفوظ جگہ پہنچ جانے کے درمیان جو چند منٹ کا خطرناک وقفہ گزرتا تھا، اس میں سدھو کو ایسا لگتا تھا کہ کہیں میرا ہارٹ فیل نہ ہو جائے۔ پھر جیسے ہی وہ وقفہ گزر جاتا تو اس پر ایک سرشاری سی چھا جاتی تھی۔ پھر اس کا جی چاہتا تھا کہ اپنا کارنامہ سنا سنا کر خوشی مناؤں۔ مگر اس وقت وہ عام طور سے تنہا ہوتا تھا اور ایسا نہ بھی ہوتا تو بھی کارنامے کی باتیں وہ کس کو سناتا۔ پارٹی والے تو

صرف یہ سن کر کہ رقم کتنی ملی ہے دوسری باتیں کرنے لگتے اور پارٹی سے باہر کے لوگوں سے فن کی باتیں کرنے کی زبردست ممانعت تھی۔ رنڈیوں سے، جن کے پاس سدھو کبھی کبھی چلا جاتا تھا۔ جسمانی سکون تو مل جاتا تھا۔ لیکن ایسی گفتگو نہیں ہو سکتی تھی۔ جس سے دل کو راحت ملے۔ رہا گھر سو آج کل تو سدھو کو گھر سے الجھن ہوتی تھی۔ کیوں کہ وہاں صرف وہی باتیں ملتی تھیں جن سے اس کو چڑ تھی۔

بس اگر دل کو کوئی چیز بہلا دیتی تھی تو وہ تھی شراب۔ اس نے کئی جگہیں بنا رکھی تھیں پینے کے لیے۔ ایک جگہ ٹھرا چلتا تھا، دوسری جگہ وہسکی اور تیسری جگہ وہسکی کے ساتھ خوبصورت ساقی بھی مل جاتی تھی۔ آج آمدنی ایسی ہوئی تھی۔ ساتھیوں کا حصہ، پولیس کا حق اور مشترکہ فنڈ اور استاد کے نذرانے کے بعد بھی اس کے حصے میں پانچ ہزار آئے تھے۔ نوٹ بھی استعمال شدہ تھے۔ اس لیے ان کو کٹوتی دے کر بدلوانے کی ضرورت نہ تھی۔ اتنی رقم ہونے پر بھی سدھو ساقی والے میخانے کی طرف نہیں گیا۔ بات یہ تھی کہ چندر کی صورت بار بار سامنے آ رہی تھیں جس سے دل میں عجب الٹ پلٹ ہو رہی تھی۔ ایک طرف تو چندر کا برے وقت میں کام آ جانا اور دوسری طرف یہ یاد کہ میری سیتا کو جو تمام بچوں میں مجھے پیاری تھی، اس کا بدمعاش بیٹا اغوا کر کے لے گیا ہے۔ ایسی کیفیت میں سدھو دارو گھر میں گھس گیا اور وہاں ایک گھنٹے میں ایک بوتل ٹھرا پی گیا۔ جب نشے سے جھومنے لگا تو گھر کی طرف چلا۔ راستے میں مٹھائی کی دوکان پڑی۔ اس نے کہا کہ آج بہت سی مٹھائی لے لو۔ اس کو دیکھ کر بیوی اور بچے خوشی کی چیخیں ماریں گے تو ذرا دل بہل جائے گا۔

راستے میں سمبھو کی پرچون کی دوکان تھی جو بند تھی۔ سدھو نے آہستہ آہستہ کھٹ کھٹ کی تو شمبھو جو کہ اندر سو رہا تھا۔ اٹھ بیٹھا اور بولا کون۔ سدھو نے نیچی آواز میں کہا،

"انگوٹھی"

شمبھو نے دوکان کا ایک گوشہ کھول کر انگوٹھیوں کا بکس سدھو کو دے دیا۔ اب سدھو نے کہا،

"کچھ حساب بھی ہے۔"

"اندر آجاؤ"

اندر جا کر سدھو نے اپنی پانچ ہزار کی رقم میں سے ساڑھے چار ہزار شمبھو کے پاس رکھوا دیے دوکان والے نے پوچھا۔

"کوئی نوٹ بدلنے والا تو نہیں ؟"

"نہیں"

پھر ہنس کر سدھو بولا،

"ایسی رقم سے آج تم محروم رہ گئے۔"

انگوٹھیوں کا صندوقچہ لے کر سدھو دوکان کے باہر آگیا۔ وہ ہر شخص سے یہی کہتا تھا کہ میں انگوٹھیوں کا کاروبار کرتا ہوں۔ لیکن اسے یقین تھا کہ لوگوں کو اس بات کا یقین نہیں ہے۔ یہاں تک کہ خود اس کی بیوی اور بچوں کو بھی یقین نہیں ہے۔ بیوی تو کبھی کبھی رات کو پوچھ لیا کرتی تھی۔

"سچ سچ بتاؤ کہ تم کیا کاروبار کرتے ہو۔ کہیں کوکین تو نہیں بیچتے ہو؟ لوگ یہی کہتے ہیں۔" جواب میں وہ کہتا تھا کہ۔ "ایسا شک کیوں دل میں لاتی ہو؟ کیا انگوٹھیوں سے اچھی آمدنی نہیں ہو سکتی ہے؟"

گھر میں بھاری فرنیچر تو کافی تھا۔ مسہریاں، تخت، میز اور کرسیاں لیکن چادریں اور میز پوش نظر نہیں آتے تھے۔ بیوی نے سدھو کو دیکھتے ہی آواز لگائی۔ "بچو پتاجی آگئے۔"

دو بڑی لڑکیاں اور دو چھوٹے لڑکے بستروں کو چھوڑ کر آ گئے اور سدھو کے پاس مٹھائی دیکھتے ہوئے شور مچاتے اس پر ٹوٹ پڑے۔

"لڈو، لڈو۔"

"میں تو برفی لوں گا۔"

"رس گلہ، رس گلہ۔ واہ واہ۔"

سب چیخ رہے تھے۔ چھین جھپٹ رہے تھے۔ قہقہے لگا رہے تھے۔ سدھو تماشہ دیکھ کر خوش ہو رہا تھا۔ بیوی بھی کھاتی رہی۔ لیکن بلا شور کیے۔ پھر سدھو نے پوچھا۔

"شنکر کہاں ہے۔"

"اس حرامی کو سنیما کی ایسی لت پڑ گئی ہے کہ روز دیکھتا ہے، روز دیکھتا ہے، وہیں گیا ہو گا۔"

"روز سینما دیکھتا ہے؟ پیسہ کہاں سے لاتا ہے؟"

"کیا معلوم، یہ نہیں دیکھتے کہ گھر میں کوئی چیز نہیں ٹکتی۔ پلنگ کی دو چادریں تھیں پرسوں تک، وہ بھی غائب ہو گئیں۔"

سدھو بگڑ کر بولا، "ابھی تک کھانے پینے کا سامان اڑ جاتا تھا۔ اب چادروں کی بھی نوبت آ گئی۔ تم روکتی نہیں ہو۔"

"لڑکا جوان ہونے کو آ رہا ہے۔ بھلا میری وہ ماننے لگا۔ تم بچوں کی خبر لو ورنہ سب سیتا کی طرح بگڑ جائیں گے۔"

"خبر لو۔۔۔ خبر لو! جیسے میں نے کوئی کسر چھوڑی ہے ان کی خبر گیری کرنے میں۔ روز سمجھتا ہوں۔ بری حرکتوں پر خوب پیٹتا بھی ہوں۔ مہنگے اسکولوں میں پڑھاتا ہوں، فیشن کے کپڑے پہناتا ہوں تاکہ اچھے لڑکوں اور لڑکیوں سے میرے لڑکے اور لڑکیوں

سے دوستی ہو۔"

کچھ یاد کر کے کہنے لگا، 'سیتا کے پاس جب ایک لڑکے کا خط میں نے پکڑ لیا تھا تو سیتا کو کتنا مارا تھا۔ اپنے بچوں کے لیے میں نے کیا نہیں کیا۔"

" بچے پوچھتے ہیں کہ پتاجی کے پاس پیسہ کہاں سے آتا ہے؟ جب کہوں کہ انگوٹھیاں بیچتے ہیں تو وہ کہتے ہیں کہ محلے والے کہتے ہیں کہ ان کو انگوٹھی بیچتے کسی نے آج تک نہیں دیکھا۔"

سدھو غصے سے بولا،

"تم یہ کیوں نہیں کہتی کہ محلے والے ہم لوگوں سے جلتے ہیں۔"

"میں سب کچھ کہتی رہتی ہوں۔ لیکن سنتا کون ہے۔ ارے محلے والے تو مجھ سے بھی یہی بات پوچھتے ہیں۔"

سدھو بولا، "اس سال ابھی تک میں نے کیرتن نہیں کیا ہے۔ وہ کر لوں تو محلے والوں کا دل صاف ہو جائے گا۔"

یہ کہہ کر سدھو کا موڈ ذرا سنبھل گیا۔ بیوی بولی۔

"تم نے تو ستیا کے اغوا کی رپورٹ تک پولیس میں نہیں لکھوائی۔ پھر کہتے ہو کہ بچوں کی خبر لیتا ہوں۔"

پولیس کا نام سن کر سدھو پھر بھڑک اٹھا۔

"پولیس۔۔۔ پولیس، تم سے کتنی بار کہا ہے کہ اس کا نام میرے سامنے نہ لیا کرو۔ رپورٹ لکھواؤں گا تو الٹا مجھے ہی پھانس لے گی اور جب تک تمہارے سب زیور ہضم نہ کر لے گی تب تک وہ جان نہیں چھوڑے گی۔ پولیس۔۔۔ پولیس۔"

سدھو ناگوار بحث کو ٹالنے کے لیے کہنے لگا،

"چلو، چائے بناؤ۔"

"کیا باتیں کرتے ہو، تم تو جانتے ہی ہو کہ گھر میں جتنی بھی شکر یا دودھ ہو سب کا سب ایک ہی دن میں اڑ جاتا ہے۔ ذرا سی چائے کی پتی پڑی ہو تو ہو؟"

"چلو اسی کی چائے بناؤ شکر کے بجائے برفی ڈال لوں گا۔"

بیوی نے پہلے ہی کچھ مٹھائی شنکر کے لیے نکال رکھی تھی۔ سدھو سے چائے کی یہ ترکیب سن کر اس نے جھپٹ کر برفی کی دس ڈلیاں مٹھائی کے جھاپے سے اور نکال لیں۔

چائے کے آتے آتے سدھو کا مزاج سنبھل چکا تھا۔ اس نے بچوں کو جو دیکھا کہ وہ مٹھائی کھا کر خوش ہیں تو وہ بھی خوش ہو گیا۔ اسے اپنے بیوی بچوں سے گہری محبت تھی۔ اس وجہ سے جب بھی اچھی آمدنی ہو جاتی تو کھانے کی عمدہ عمدہ چیزیں ضرور لاتا تھا۔ دو دو سیر مٹھائیاں، بیس بیس سیر آم، چار چار بڑے بڑے تربوز، ٹافیاں اور کیک وغیرہ۔ اس چیز نے بچوں اور بیوی کو بے حد چٹورا بنا دیا تھا۔ ان لوگوں کو ڈھنگ کی چیز پکانا تو آتی نہیں تھی۔ لیکن پھر بھی عجیب عجیب طرح کے بدرنگ اور بدمزہ حلوے سے بنا بنا کر گھی شکر کو ختم کر دیتے تھے۔ ان حرکتوں سے سدھو بے حد چڑتا تھا۔ اور کبھی کبھی تو غصے میں آکر ایک ایک بچے کو دھنک کر رکھ دیتا تھا۔

چائے بنتے اور پیتے کافی رات آگئی۔ تب سدھو گھڑی دیکھ کر کہنے لگا،

"یہ کون سا فلم ہے جو ابھی تک ختم نہیں ہوا۔"

"شنکر نے آج تک تو اتنی دیر نہیں لگائی تھی، جانے معاملہ کیا ہے۔"

دونوں گھبرا گئے۔ سدھو نے کہا،

"کس سنیما گھر میں گیا ہے؟"

"وہ مجھ سے کہہ کر کب جاتا ہے۔"

"کہاں جاؤں اسے ڈھونڈھنے۔"

(۴)

سدھو رات بہت دیر کو سویا تھا۔ دن کو دس کے قریب آنکھ کھلی۔ اس نے فوراً ہی پکارا۔

"شنکر"

بیوی نے آنسو بھری آواز میں جواب دیا۔

"ابھی تک نہیں آیا۔"

"نہیں آیا؟ تم تو کہتی تھیں کہ سینما دیکھنے گیا ہے۔"

"میں ایسا ہی سمجھتی تھی کیوں کئی روز سے سینما کے نام سے آدھی رات تک غائب رہ چکا تھا۔ میں محلے میں سب جگہ پوچھ آئی ہوں۔ کسی کو بھی شنکر کی کوئی خبر نہیں۔ جو لڑکے اس کے ساتھ کھیلتے ہیں وہ کہتے ہیں کہ شنکر نے کئی دن ہوئے ہم سے لڑائی کر کے بولنا چھوڑ دیا تھا۔

سدھو گھبرا کر اٹھ بیٹھا اور سوچنے لگا کہ کیا کیا جائے۔ پھر بیوی کو ڈھارس دیتے ہوئے بولا،

"فکر نہ کرو ہمارے گرو جی کے ہاتھ بہت لمبے ہیں۔ وہ پولیس کے ذریعہ پتہ لگا لیں گے۔ میں جاتا ہوں ان کے پاس۔"

اس محلے میں دس سال ہوئے سدھو نے بیس ہزار کی پگڑی دے کر مکان کرائے پر لیا تھا۔ تب سے وہ محلے والوں کی خوشی اور غم میں برابر شریک ہوتا رہا۔ سال میں جنم اشٹمی دھوم سے مناتا تھا اور ایک بار کیرتن بھی کرتا تھا۔ اس کے لڑکے اور لڑکیاں اچھے اسکولوں میں پڑھتے تھے۔ ان باتوں کی وجہ سے محلے والوں سے اچھے تعلقات تھے۔ لیکن

جب لوگوں کو سیتا کے اغوا کا حال معلوم ہوا تو وہ ذرا کھینچ کر ملنے لگے۔ اس کا بڑا دکھ تھا سدھو کو اور اس کو محلے والوں سے یہ کہتے برا لگ رہا تھا کہ رات سے بڑا لڑکا بھی غائب ہے۔ کہیں ایسا نہ ہو کہ محلے والے سمجھیں کہ سدھو کا گھرانا ہی ایسا ہے۔ اس لیے جہاں بھی وہ گیا براہ راست شنکر کی بات نہیں پوچھی۔ صرف یہ ٹوہ ہی لگانے کی کوشش کی کہ کسی کو اس کے بارے میں علم ہے یا نہیں۔

سدھو کا شک تھا کہ شنکر اگرچہ بارہ سال کا ہے لیکن چہرے مہرے کا اچھا ہے۔ اس لیے ہو سکتا ہے۔ کہ اسے کوئی لڑکی اغوا کر لے گئی ہو۔ لیکن جب محلے والوں نے ایسی کوئی بات نہیں بتائی تو وہ سوچنے لگا کہ پھر کیوں اور کہاں گیا۔

تلاش سے مایوس ہو کر سدھو اپنے کام کے لیے انگوٹھی کا بکس لینے شمبھو کی دوکان پر آیا۔ تب شمبھو نے کہا،

"گروجی کی آ گیا ہے کہ آج مقررہ وقت پر تم برلا مندر کے سامنے کے چائے خانے میں ان سے مل لو۔"

آج منگل کا دن تھا اس لیے مقررہ وقت رات کے دس بجے ہوتا تھا۔ سدھو کو فکر ہو گئی کہ گروجی نے اس طرح کیوں بلایا ہے اور گروجی اس بات کو ناپسند کرتے ہیں کہ ایک آدمی ان سے بلا کسی ضرورت کے ہفتے میں دو دن سے زائد ملے۔ ہے ضرور کوئی بے حد اہم بات۔ کیا ہو سکتی ہے وہ؟ یہ سوچتا ہوا سدھو دورہ کرنے نکل کھڑا ہوا۔

اپنے حلقے میں سدھو کا وقت تھا دن کو ڈھائی بجے سے لے کر نو بجے رات تک۔ اس کے حلقے میں تین سنیما گھر، چار بڑے ہوٹل اور دو بھیڑ بھاڑ والے بازار تھے۔ اس کے اپنے ساتھ ایک مددگار ضرور ہوتا تھا۔ سوچنے لگا کہ کل تو موہن تھا ہو سکتا ہے کہ آج گروجی نے یادو کو بھیجا ہو۔ وہ بھی کافی ہوشیار ہے۔ رنگ محل سینما کے آس پاس ہو سکتا

ہے۔

سدھو کا خیال درست نکلا۔ یادو رنگ محل سینما کے ٹکٹ کی بلیک کر رہا تھا۔ سدھو کی نظروں نے اس وقت یہ بھی دیکھا کہ ایک لڑکا ایک لڑکی کو جو تنہا معلوم ہوتی ہے۔ آنکھوں سے اشارے کر رہا ہے۔ سدھو اندازہ لگانے لگا کہ یہ اشارے کہیں یہ تو نہیں بتاتے ہیں کہ دونوں کسی طے شدہ پروگرام کے تحت آئے ہیں۔ ایسے پروگرام کے تحت آنے والے جوڑے کے پاس عام طور سے اچھی رقم ہوتی ہے۔

سدھو کو یاد آیا کہ پندرہ سال پہلے اسی سینما ہال میں میں نے جو کارنامہ انجام دیا تھا اس نے شہر میں کیسا میرا ڈنکا بجادیا تھا۔

ہوا یہ تھا کہ سدھو نے ابھی کام شروع ہی کیا تھا کہ اس سینما ہال میں دیکھا کہ پختہ سن کی ایک لیڈی خوب بنی سنوری گلے میں بے حد قیمتی ہار پہنے ٹیکسی سے اتر کر سینما ہال کے اندر آکر تصویریں دیکھنے لگی۔ وہ بار بار گیٹ کی طرف بھی دیکھتی جاتی تھی۔ ذرا دیر میں کرائے کے اسکوٹر پر ایک جوان آیا اور ادھر ادھر دیکھنے لگا۔ جب اس کی نظریں لیڈی سے ملیں تو دونوں کے چہرے چمک اٹھے۔ مگر دونوں نے دوسری طرف منہ موڑ لیے۔ سدھو سمجھ گیا کہ چوری چھپے کی ملاقات ہے۔ ذرا دیر میں لیڈی تو ہال میں چلی گئی۔ لیکن جوان ٹہلتا رہا۔ جب اصل پکچر شروع ہوئی تو وہ اندر گیا۔ اس دن ٹکٹوں کی بلیک کرنے والوں میں یادو تھا ہی۔ اس سے ٹکٹ لے کر سدھو اندر چلا گیا اور ایک طرف کھڑا ہو کر لیڈی کو دیکھنے لگا۔ ایک موقع پر اس کا ہار چمکا تو دیکھا کہ اس کے گلے میں جوان کی باہیں پڑی ہوئی ہیں۔ اب سدھو کو معلوم ہو گیا کہ ان دونوں میں کیا سلسلہ ہے۔ پھر تو وہ تاک میں رہا۔ آخر پتہ چلا کہ تیسرے چوتھے دن وہ دونوں آتے ہیں اور جوان سیٹیں بک کرا لیتا ہے۔

پھر سدھو تاک میں رہا ایک دن جب جوان نے سیٹیں بک کرالیں تو سدھو نے جوان کی سیٹوں کے دونوں طرف کی سیٹیں بک کرالیں۔

اس دن بھی یہی ہوا کہ پہلے لیڈی جا کر اپنی سیٹ پر بیٹھ گئی۔ سدھو فوراً جا کر اس کے برابر کی سیٹ پر بیٹھ گیا۔ جب پکچر شروع ہوئی تو جوان آگیا اور چند منٹ کے بعد اس نے لیڈی کے گلے میں باہیں ڈال دیں۔ ادھر اس کی باہیں پڑیں ادھر سدھو کا ہاتھ گیا اور اس نے ڈوری کاٹ دی۔ جیسے ہی جوان نے لیڈی کو اپنی طرف جھکایا۔ سدھو نے لیڈی کے سینے پر ہاتھ لے جا کر ہار کھینچ لیا۔ لیڈی چونکی ضرور، لیکن جیسا کہ سدھو کا خیال تھا وہ یہ سمجھی کہ جوان کا ہاتھ ادھر آگیا ہے۔ اس لیے ذرا سی سسکی بھری اور چپ رہی۔ سدھو سیٹ پر دوسری طرف دب گیا۔ ابھی دونوں بوس و کنار میں مصروف تھے کہ یہ اٹھ کر باہر چلا گیا۔

اس کارنامے میں صرف ہاتھ کی صفائی ہی نہیں تھی بلکہ وہ چیز بھی تھی جسے گروجی کہتے ہیں۔ شکار کے دماغ اور مزاج کا اندازہ لگانا۔ پھر سدھو نے یہ کارنامہ اکیلے انجام دیا تھا۔ ان باتوں کی وجہ سے شہر بھر کے جیب کترے سدھو کو چھوٹا استاد مان کر عزت کرنے لگے۔

یہ قصہ یاد آنے سے سدھو کے ہاتھ کلبلانے لگے نیا کارنامہ کرنے کے لیے۔ لیکن اس وقت ایک لڑکا نظر آگیا جس پر سدھو کو شنکر کا شک گزرا۔ مگر جب لپک کر اس کے پاس گیا۔ تو وہ کوئی اور نکلا۔ شنکر کے غائب ہونے کی بات یاد آتے ہی وہ بے جان سا ہو گیا اور اس نے طے کر لیا کہ آج میں نے کوئی کام کیا تو ہاتھ بہک سکتا ہے۔ اس لیے چھٹی منالو اور دیکھو کہ گروجی کیا کہتے ہیں۔ بچا ہوا پیسہ کافی تھا اس لیے فکر نہیں تھی۔ اس نے یادو کو اشارہ کر دیا کہ اپنے کام میں لگے رہو۔ پھر ٹہلتا ہوا اپنے خاص شراب خانے چلا گیا۔

وہاں پی کر رنڈی کے گھر جا پہنچا۔

جب سدھو نو بجے گروجی کے پاس گیا تو وہاں بھیکو اور سردار مستانہ سنگھ بیٹھے ہوئے تھے۔ یہ دونوں گروجی کی پارٹی کے نہیں تھے اور اسمگلنگ وغیرہ کا کاروبار کرتے تھے۔ سدھو کو دیکھ کر گروجی نے بہت محبت سے بلا کر بٹھایا اور جو باتیں کر رہے تھے وہ جاری رکھیں۔ بولے۔ "بھیکو! تم ٹھیک ہی کہہ رہے ہو کہ عورتیں ناگن ہوتی ہیں۔ ان کے کاٹے کا منتر نہیں اور لڑکیاں جو دیکھنے میں بھولی بھالی نظر آتی ہیں ان کا کاٹا تو پانی نہیں پی سکتا۔ انھوں نے جس جس طرح مجھے گرایا ہے کیا بتاؤں ایک دن ایک شاگرد کی عورت میرے گھر ایک بجے رات کو آگئی لیکن شاگرد کو بیٹا سمجھتا ہوں اور اس کی بیوی کو بہیم۔ اس لیے سر جھکائے بیٹھا رہا۔ اسی طرح رات کٹ گئی۔ لیکن صبح اس نے ایسا فعل کیا اور وہ ہنگامہ کھڑا کیا کہ تم لوگوں کو کیا بتاؤں۔ نتیجہ یہ ہوا کہ مجھے اس کو رکھنا پڑا۔ لیکن بات اسی جگہ ختم نہیں ہو گئی۔ دو سال کے بعد وہ ایک گویے کے ساتھ اس امید پر بھاگ گئی کہ سینما میں ہیروئن بن جائے گی۔ اس کے بعد میں نے ایک اچھے گھر کی لڑکی سے شادی کر لی۔ مگر وہ بھی دو سال کے بعد بھاگ گئی۔ وہ کس کے ساتھ بھاگی؟ میرے ہی ایک شاگرد کے ساتھ۔ پھر میں نے ایک بیوہ کو گھر ڈال لیا۔ وہ رہی وفادار۔ بیچاری دو سال ہوئے بھگوان کے گھر چلی گئی۔ مگر واہ واہ کیا بیوی تھی وہ! اب اولاد قسمت میں نہیں تھی تو اس کو کیا کروں؟"

سدھو بولا، "ہاں گروجی! وہ تو دیوی تھی۔ مجھ سے تو اولاد کی طرح محبت کرتی تھی۔"

"میں اس کو سمجھایا کرتا تھا کہ میرے شاگرد ہی میرے بیٹے ہیں۔ تم بھی ان کو یہی سمجھو۔"

بھیکو نے کہا" جیسے آپ گرو ہیں ویسے آپ کے چیلے۔ میں نے سنا کہ کل کس طرح سدھو نے کام کیا۔ سیٹھ ابھی جھکا ہی تھا کہ پلک جھپکتے ہی ان کی جیب اڑ گئی۔"

مستانہ بولا،

"بھائی بھیکو یہ مشاقی ہر ایک کے بس کی چیز نہیں۔"

گرو جی نے چائے منگوائی۔ چائے کے آنے پر ذرا دیر خاموشی رہی۔ پھر گرو جی سدھو کی طرف گہری نظروں سے دیکھ کر بولے۔

"یہ بتاؤ سدھو تم کو میں نے اپنا بیٹا سمجھا کہ نہیں؟"

"گرو جی! میرے تو سب کچھ تم ہی ہو۔ تمہاری وجہ سے میں کچھ بن گیا۔ ورنہ گلی گلی مارا مارا پھرنے والا لونڈا تھا۔"

"اچھا تو اب میری ایک بات مانو۔ تم آج سے سیتا کو میری بیٹی سمجھو اور اس کا معاملہ مجھ پر چھوڑ دو۔"

"ایسی نکمی لڑکی کو بیٹی بناؤ گے؟"

"تم تو میرا کہا مانو۔ کہہ دو کہ وہ میری بیٹی ہے۔"

"آپ کی آگیا ہے تو میں مانتا ہوں۔"

"تو اب سنو ایک نیا معاملہ۔ میں نے بھیکو اور سردار کو اس میں مدد کے لیے بلایا ہے۔ کل رات میں تین بجے کے قریب اپنے کمرے پر جو گیا تو دیکھتا کیا ہوں کہ دہلیز پر کوئی لڑکی سو رہی ہے۔ میں نے ڈانٹا کون ہے تو وہ بولی میں ہوں سیتا، سدھو مہاراج کی بیٹی۔ یہ کہہ کر میرے قدموں پر گر کر پھوٹ پھوٹ کر رونے لگی۔ مجھے ترس آگیا۔ اندر لے جا کر اس کا منہ دھلایا۔ اس وقت پتہ چلا کہ اس نے پرسوں سے کچھ نہیں کھایا ہے۔ جو کچھ میرے گھر پر تھا اس کو کھلایا۔ چائے پلائی پھر حال پوچھا تو معلوم ہوا کہ چندر کے

لونڈے رام بھروسے نے کانپور اسٹیشن پر اٹیچی اڑانے کی کوشش کی تھی تو وہ پکڑا گیا۔"

سدھو نے کہا، "اتنے بڑے جیب کترے کی اولاد ہو کر چوری کرتے حرامی کو شرم نہیں آئی۔"

گروجی بولے۔ "ارے بھائی آج کل کے لونڈے بری صحبت میں پڑ کر خاندانی عزت کو بھلا بیٹھے ہیں۔ کانپور میں کون تھا جو رام بھروسے کی پیروی کرتا۔ نتیجہ یہ ہوا کہ دو سال کی سزا ہو گئی۔ سیتا نے اس کے لیے بہت دوڑ بھاگ کی اور جو شخص بھی کام کا نظر آیا اس کے سامنے گڑگڑائی۔ مگر کچھ حاصل نہیں ہوا اور الٹا پولیس والوں نے اس کو خراب کرنا چاہا۔ یہ حال دیکھ کر وہ کانپور سے چلی آئی۔ کسی طرح ہمارے وکیل کا پتہ لگا کر ان کے پاس گئی۔ انھوں نے ڈانٹ کر نکال دیا اور کہا میں چوروں اچکوں کا مقدمہ نہیں لیتا ہوں۔ لڑکی نے خوشامد درآمد کر کے کسی طرح میرا پتہ پوچھ لیا اور میرے یہاں آ گئی۔"

سدھو کا پارہ چڑھ گیا اور گرم ہو کر بولا،

"گروجی اب اس حرامزادی کا کیا بناؤ گے۔ نکال دو اس کو اور کہو جائے وہ جیل میں اپنے بدمعاش کے پاس۔"

"دیکھو تم سیتا کو میری بیٹی بنا چکے ہو۔ اب خاموش رہو۔ میں نے سوچ لیا ہے کہ کیا کروں گا۔ پہلی بات تو یہ کہ وہ ابارشن کرانے پر راضی ہو گئی ہے۔ سردار کی بیوی بڑی ہوشیار دائی ہے۔ وہ یہ کام کر دے گی اور ہاں میں نے یہ بھی معلوم کر لیا ہے کہ سیتا اور رام بھروسے کی شادی نہیں ہوئی ہے۔ رام بھروسے نے یہ کیا تھا کہ کسی مندر میں لے جا کر اس کی مانگ میں سیندور، بھر دیا تھا اور کہا تھا کہ اب تم ہو گئیں میری بیوی۔"

"کچھ دیا بھی اس نے؟ کچھ ساتھ لے کر آئی ہے؟"

گروجی تلخ ہنسی ہنس کر بولے۔ "ہاں لائی ہے ایک سو چالیس بال پوائنٹ پین۔ ان

کے کوئی پچیس روپیہ دے دے تو سمجھو کہ بہت دے دیے۔ بس ایک پار کر ضرور ایسا ہے جس کے کچھ دام مل سکتے ہیں۔"

پار کر کا نام سن کر سدھو چونک پڑا۔

"کس رنگ کا ہے وہ؟"

"نیلا۔ کیوں تم نے رنگ کیوں پوچھا؟"

نیلا سن کر سدھو مسکرا دیا، بات بنا کر کہنے لگا،

"ایک جگہ پار کر دینے کا میں نے وعدہ کیا ہے اور کہا ہے کہ اچھے رنگ کا ہو گا۔"

گروجی نے کہا "ہوں" مگر اس ہوں سے یہ ظاہر تھا کہ وہ سمجھ گئے ہیں کہ سدھو کچھ چھپا رہا ہے۔ ذرا دیر خاموش رہ کر گروجی ڈھارس دینے والے انداز سے کہنے لگے۔

"ادھر کئی نوجوان میرے شاگرد بن رہے ہیں۔ دیکھوں گا کہ سیتا کے لائق کون ہے؟"

"گروجی مجھے اب اپنے پیشے سے نفرت ہو گئی ہے۔ جیب کترے کو میں داماد نہیں بناؤں گا۔ یہ بھی کوئی زندگی میں زندگی ہے۔ میرا گھر تو سرائے سے بدتر ہے اور بچے جن سے محبت کرتا ہوں۔ ان سے تو گلی کے کتے بہتر ہوں گے۔ میں تو اب شمبھو سے مال ادھار لے کر اسی طرح کی دوکان کھولوں گا اور اسی کی طرح ایمانداری کی آمدنی سے جیسی بھی کٹے گی کاٹ لوں گا۔"

شمبھو کا نام سن کر تینوں ہنس پڑے بھیکو نے زور سے کہا،

"اس سے بڑا جیب کترا شہر بھر میں نہیں ملے گا۔ وہ تو ترازو کی ڈنڈی سے گاہکوں کی جیب کاٹتا ہے۔"

"اور طرح سے بھی کاٹتا ہے۔ ہمارے سو کے مال کے پچاس بھی نہیں دیتا۔ چالیس

اور پینتالیس پر مول کرتا ہے۔ جو روپیہ اس کے پاس رکھو اس کو سود پر چلاتا ہے اور اس میں سے ہم کو ایک پیسہ بھی نہیں دیتا ہے۔"

سردار بولا، "جیب کون نہیں کاٹتا ہے۔ میری پتنی سے پوچھو جو کہ اسپتال میں کام کرتی ہے ڈاکٹر کس کس طرح مریضوں کی جیب کاٹتے ہیں۔"

بھیکو۔ "یہ جو تیسرے چوتھے دن ہم میں سے کسی نہ کسی کے ہاتھ بھاری رقم ایسی آجاتی ہے جس کی رپورٹ پولیس میں نہیں کی جاتی ہے۔ وہ کیا ہوتی ہے؟ سب جانتے ہیں کہ وہ نمبر دو کی رقم ہوتی ہے۔ یعنی کسی نہ کسی کی جیب سے اڑائی ہوئی۔ ایسی ہی رقموں سے تو لوگ لکھ پتی اور کروڑ پتی بنتے ہیں۔ اب بتاؤ کہ اصلی جیب کترے کون ہیں؟ وہ لوگ یا ہم لوگ"

گرو جی سنجیدہ آواز میں کہنے لگے،

"ساری دنیا جیب کاٹتی ہے۔ سدرشن وکیل کو لو جو ہمارے مقدمے لڑتا ہے۔ سادھو مل سیٹھ کو لو جو ہماری ضمانتیں لیتا ہے۔ اس کو ماہوار رقم بھی دو اور جب کوئی مقدمہ ہو تو اس کے پیسے الگ دو۔ دو دو رقمیں ایک ہی کام کے لیے۔ یہ جیب کاٹنا نہیں تو اور کیا ہے۔ پھر عدالت کو لو وہاں کون ہے جو مظلوم کی جیب نہیں کاٹتا ہے۔ سب دیکھ چکا ہوں سدھو۔ تمہارا کام شروع ہی سے اچھا چل رہا ہے۔ اس لیے تم نے ابھی اونچ نیچ نہیں دیکھی۔ دیکھو گے تب معلوم ہوگا کہ جیب کترے بہتوں سے اچھے ہوتے ہیں۔"

"لیکن گرو جی اب میرا دل اکھڑ رہا ہے اس کام سے۔ بلکہ اس کی وجہ سے زندگی سے نفرت ہوتی جا رہی ہے۔"

"سدھو عقل کے ناخن لو۔ جس دن تم الگ ہو گئے تمہاری برادری والے دشمن ہو جائیں گے تمہارے۔ کیوں کہ سب ڈریں گے کہ جانے کب کس کے راز پولیس کو بتا دو۔

ایسی برادری میں آکر کوئی الگ نہیں ہو سکتا ہے۔ ہوتا تو جان سے ہاتھ دھو لیتا ہے۔ یہ بھی دیکھو کہ ہم لوگ کس شرافت سے زندگی گزارتے ہیں اور دھرم کرم کے کام کتنے کرتے ہیں۔"

سدھو آنسو بھری آواز میں کہنے لگا،

"گروجی کل شام سے شنکر بھی تو غائب ہے۔ آج دوپہر تک تو نہیں آیا تھا۔ معلوم نہیں اس کا کیا ہوا۔ زندہ بھی ہے یا نہیں۔"

"آتے ہی تم نے یہ بات کیوں نہیں دی۔"

"سیتا کی بات جو آگئی تھی۔ وہ بھی اولاد یہ بھی اولاد اور دونوں نکمے۔"

"موہن آتا ہوگا تھانے سے خبریں لے کر۔"

آدھا گھنٹہ ادھر ادھر کی باتوں میں گزر گیا۔ آخر موہن آگیا۔ اس نے سدھو کو گہری نظروں سے دیکھا اور پھر بیٹھ گیا۔ گروجی نے کہا،

"بہت دیر کر دی؟"

"گروجی آج کل کئی نئے افسر آگئے ہیں جو بہت اونچے اڑتے ہیں۔ شہر میں اب صرف ایک داروغہ اور چند کانسٹبل رہ گئے ہیں اپنے مطلب کے۔ لیکن وہ بھی حالات دیکھ کر ہاتھ زیادہ پھیلانے لگے ہیں۔

گروجی۔ "کوئی خاص بات؟"

موہن نے گہری گہری نظروں سے سدھو کی طرف دیکھ کر پوچھا۔

سدھو کچھ معلوم ہے تم کو کہ شنکر کہاں ہے؟"

"نہیں، کیا کوئی خبر ملی۔"

موہن نے گروجی کی طرف اجازت طلب نگاہوں سے دیکھا اس نے کہا،

"جو بات ہو صاف صاف کہو۔ یہ موقع ایسا ہی ہے۔"

موہن کہنے لگا، "کل رات پولیس نے کالے نالے کی پلیا کے نیچے سے ایک مرد اور ایک بارہ سالہ لونڈے کو رنگے ہاتھوں گرفتار کیا ہے۔

سدھو بہت زور سے کڑک کر بولا، "جھوٹ ایسا نہیں ہو سکتا ہے۔ شنکر نہ ہو گا۔"

موہن نے جواب دیا۔ "دونوں کا ڈاکٹری معائنہ ہو چکا ہے اور دونوں حوالات میں بند کر دیے گیے ہیں۔"

"کون ہے وہ مرد؟"

"مرلی"

"وہ بدمعاش میں نے ہزار بار شنکر سے کہا تھا کہ اس کے ساتھ گھومو پھرو مت۔ زبردستی کی ہو گی اس مادر۔۔۔"

"شنکر نے بیان دیا ہے کہ مرلی اس کو سینما دکھاتا تھا اور شو کے بعد کالے نالے کی پلیا کے نیچے لے جاکر۔۔۔"

"اب میں سمجھا کہ یہ روز روز کا سینما کیا تھا۔ کیا شنکر نے بھی اقبال کیا ہے؟ اتنا بھی نہ آیا کہ اس کو کہ پولیس کے سامنے بیان کیسا دیا جاتا ہے۔"

گروجی نے کہا، "سدھو بات سمجھو۔ پولیس قبلوانے پر آتی ہے تو چپ کون رہ سکتا ہے۔ تم تو جانتے ہی ہو ایسی باتوں کو۔ وہ ناخون گھسواتے ہیں، سگریٹ سے بدن داغتے ہیں اور جانے کیا کیا کرتے ہیں۔"

سدھو تلملا کر اٹھا۔ "میں جاتا ہوں اور ملاقات کے لیے اجازت مانگتا ہوں۔ اسی وقت حرامزادے کا گلا دبا دوں گا۔ یہ اولاد ہے یا حرامی کا پلا۔"

سدھو جوش میں چند قدم بڑھا تھا کہ گروجی چلائے۔

"سدھو تم ہم سب کو پھنسوا دوگے۔"

وہ چلتے ہوئے بولا،

گرو جی میں صرف اپنے بیٹے کی جان لوں گا۔ کیا باپ کا حق اتنا بھی نہیں۔"

"کیا میں تمہارا کوئی نہیں ہوں؟"

سدھو کے بڑھتے ہوئے قدم رک گئے اور وہ بولا،

"میرے لیے تو اب تم ہی سب کچھ ہو۔"

گرو جی نے اس کی طرف غور سے دیکھ کر کہا،

"ہمارے پاس پیسہ بھی ہے۔ وکیل بھی اور داروغہ بھی۔ گھبراؤ نہیں۔"

سدھو ہولے ہولے قدم دھرتا ہوا واپس آگیا اور بیٹھ کر سر پکڑ کر رونے لگا۔

* * *